KB149032

삼국시대

삼국시대 제1권
불타는 대야성

지은이 | 안상헌
펴낸곳 | 북포스
펴낸이 | 방현철

편집자 | 공순례
디자인 | 엔드디자인

1판 1쇄 찍은날 | 2015년 08월 20일
1판 1쇄 펴낸날 | 2015년 08월 27일

출판등록 | 2004년 02월 03일 제313-00026호
주소 | 서울시 영등포구 양평동5가 18 우림라이온스밸리 B동 512호
전화 | (02)337-9888
팩스 | (02)337-6665
전자우편 | bhcbang@hanmail.net

이 도서의 국립중앙도서관 출판시도서목록(CIP)은 e-CIP 홈페이지(http://www.nl.go.kr/ecip)와
국가자료공동목록시스템(http://www.nl.go.kr/kolisnet)에서 이용하실 수 있습니다.
(CIP제어번호: 2015021666)

ISBN 978-89-91120-92-1 04810
값 12,800원

불타는 대야성

삼국시대

1

안상헌

북포스

중고등학교 시절에 읽은 역사소설은 밤을 새울 만큼 재미있는 이야기들로 가득 차 있었다. 《삼국지》, 《초한지》, 《소설 손자병법》등 전쟁 속에서도 별처럼 빛나는 영웅들의 이야기는 감수성 예민한 시절 가슴을 흔들어놓기에 충분했다. 나이가 들고 사회생활을 하며 갈등과 선택의 상황에 직면했을 때, 힘겨운 경험으로 어둠 속으로 숨고 싶을 때 그들의 이야기와 용기는 인내와 행동을 위한 버팀목이 되어주었고 삶의 길을 헤쳐나가는 데 큰 도움이 되었다.

우리가 읽은 책 속의 이야기들은 사라지는 것이 아니다. 우리 가슴 속을 파고들고 각인되어 일상의 생각과 중요한 상황에서 판단을 좌우한다. 우리는 이야기를 읽으며 생각을 만들어가고 다시 이야기를 만들어낸다. 그런 점에서 이 시대를 살아가는 사람들에게는 새로운 이야기가 필요하다. 시대마다 이야기는 달라져야 하며 새로운 삶을 위한 가능성을 열어줄 수 있어야 한다.

얼마 전 《삼국지》를 다시 읽다가 괴로운 경험을 했다. 《삼국지》에 비해 우리 역사 이야기가 너무 초라하게 느껴졌기 때문이다. 조조의 백만 대군에 비하면 고구려의 십만 대군은 너무 작은 규모였다. 《삼국사기》를 쓴 김부식의 사대주의事大主義를 비판하면서도 나 스스로 사대주의적인 생각에 물들어 있었던 셈이다. 내 안의 사대주의는 《삼국지》를 읽으며 나도 모르게 내 안에 스며들고 있었다.

글을 쓰는 사람이 이래서는 안 된다는 반성은 붓을 잡게 했다. 중국에 삼국 시대가 있다면 우리에게도 삼국 시대가 있다. 고구려·백제·신라의 삼국에는 위·촉·오의 삼국보다 더 큰 가치들이 숨어 있을지도 모르는 일이었다. 여러 날을 《삼국사기》와 《삼국유사》, 《조선상고사》 등의 책을 더듬었다. 고구려, 백제, 신라를 거쳐 간 사람들의 모습과 별들이 눈에 들어왔다. 전쟁의 시대, 그 힘든 삶을 그들은 어떻게 살아녔을까? 이런 질문으로 삼국과 영웅들의 삶을 다시 바라보았다.

힘겨운 삶을 사람은 무엇으로 살아가는가? 예나 지금이나 살아가기는 쉽지 않은 일이다. 쉽지 않은 삶의 바다를 사람들은 잘도 건너왔다. 김유신, 김춘추, 을지문덕, 연개소문, 서동, 의자왕, 계백 등 이야기 속 삼국의 영웅들은 초라한 일상을 넘어 하늘을 바라보게 한다. 그들은 삶을 멋지게 펼쳐낸 빛나는 별들이었다. 하지만 막상 그들의 삶으로 들어가 보면 어떨까? 영웅들도 생존에 대한 집착과 성공에 대한 갈망, 삶의 공허에 좌절하지 않았을까? 도대체 그 영웅들은 험난한 시대를 어떤 마음으로 건너왔을까?

우리의 삼국은 중국의 삼국과는 확연히 다르다. 중국의 《삼국지》에는 집단은 있으나 개인의 존재에 대한 고민이 없다. 우리의 삼국지에는 무엇보다 존재에 대한 고민이 담길 수 있을 것이었다. 나를 키운 것은 명예나 사명감이 아니었다. 생존과 실존 사이, 살아남아야 한다는 처절한 몸부림이었다. 또 하나의 몸부림은 이런 반성으로 만들어졌다.

삶의 짐을 버거워하는 사람들, 스마트폰에 빠진 청소년들이 이 책을 통해 자신에게 주어진 짐을 새로운 눈으로 볼 수 있게 되고 스마트폰 대신 이야기와 책의 재미에 빠져들기를 바라본다.

2015. 8.

안상헌

만남

서기 554년, 백제와 신라의 국경 장령산長靈山.

"대왕마마, 태자마마께서 열병에 걸리셨다 하옵니다."

승전보를 기다리고 있던 성왕聖王에게 화급한 소식이 날아들었다.

"뭐라! 태자에게? 병이 깊다고 하더냐?"

"위급하신 정도는 아니라 하옵니다."

"하필 이런 때에…. 신라군이 이 사실을 알면 선제공격을 해올 것이 아닌가! 아니 되겠다. 내 직접 태자에게 갈 것이다. 채비를 하라. 날랜 군사 쉰 명이면 될 것이야."

"대왕마마, 지금은 전시戰時이옵니다. 쉰 명으로는 너무 위험하옵니다."

"그렇지 않다. 군사가 많으면 적에게 발각되기 쉽지 않은가. 적은 군사로 빨리 움직이는 것이 나을 것이다."

태자 여창餘昌은 관산성 근처에서 신라군과 대치 중이었다. 호기 있게 사만이 넘는 군사를 이끌고 가기는 했으나 큰 군사를 이끌어본 경험이 없어 성왕이 노심초사하던 차였다. 이런 때에 열병까지 났다 하니 아버지 된 입장에서 팔짱만 끼고 있을 수는 없었다.

성왕은 쉰여 명의 기마병을 이끌고 샛길을 이용해 밤을 달렸다. 두 식경[1]쯤 지났을까.

"활을 쏴라!"

길 양쪽에서 갑자기 화살이 날아들었다. 그와 함께 양쪽에서 수백의 군사가 창칼을 들고 달려들었다. 김무력金武力이 이끄는 신라의 복병이었다.

"길을 열어라!"

"대왕마마, 어서 말을 달리시옵소서!"

호위무사들이 내달려오는 신라 군사들을 막아섰고, 그 틈을 이용해 성왕은 황급히 말을 몰았다.

---

1 食頃. 밥 한 끼를 먹을 정도의 시간

숙! 팟!

그때 살 하나가 날아와 말의 목을 꿰뚫었다. 말과 왕이 함께 나뒹굴었다.

"대왕마마를 호위하라!"

호위무사들이 달려들어 성왕을 에워쌌으나 이내 신라 군사들에 둘러싸이고 말았다.

신라군의 진영에 백제의 왕을 사로잡았다는 급보가 날아들었다. 얼마 지나지 않아 온몸이 묶인 성왕이 진흥왕眞興王 앞으로 끌려왔다.

"풀어라!"

성왕을 묶은 포승이 풀렸다. 진흥왕도 성왕도 말이 없었다.

"대왕마마, 백제 왕의 목을 소인에게 주시옵소서."

성왕을 사로잡은 고도苦都가 진흥왕에게 엎드려 고했다. 진흥왕이 고개를 끄덕여 승낙을 표하자 고도가 성왕 앞으로 나아가 두 번 절을 했다.

"당신은 뛰어난 군주이니 내가 그대의 목을 베어 후세에 이름을 전하고 싶소."

성왕이 고도의 초라한 행색을 보며 물었다.

"너는 무엇을 하는 놈이냐?"

"사마노[2]요."

"네 이놈! 말이나 돌보는 천한 노비가 어찌 대왕의 목을 달라 하느냐!"

서슬 퍼런 일갈에 기가 죽을 만도 했지만 고도는 천연덕스러웠다. 왕을 사로잡은 자다웠다.

"우리 신라에서는 공이 있는 자는 누구든 적군 왕의 목을 벨 수 있소이다."

고도를 노려보던 성왕이 고개를 들어 하늘을 보며 눈을 감았다. 잠시 후 허리에 두르고 있던 칼을 풀어 고도 앞에 던졌다. 성왕의 칼을 얻은 고도가 칼을 빼 들었다.

다음 날 아침, 태자 여창에게 진흥왕의 사신이 도착하여 성왕의 시신을 놓고 돌아갔다. 여창은 망연자실했다. 후방에 무사히 계셔야 할 아버지가 자신 앞에 누워 있었다. 게다가 머리는 어디로 갔는지 찾을 수도 없었다.

"이런 비열한 놈들!"

여창은 주먹을 쥐었다. 그리고 전군을 몰아 관산성으로 향했다.

---

2 飼馬奴. 말을 돌보는 노비

하지만 성에 도착하기도 전에 김무력의 복병을 만나 길이 막혔다. 이때 관산성의 신라군이 성문을 열고 나와 협공하니 여창의 군사는 포위되어 전멸하고 말았다. 이후 백제는 복수의 칼날을 갈았지만 귀족 세력의 난립과 왕권의 약화로 쇠락의 길을 피할 수 없었다.

진평왕眞平王 32년611년, 신라 서라벌.

대여섯 명의 아이가 축국[3]에 열심이었다.

"야! 여기야 여기. 이쪽이라고!"

소리를 지르는 모양이 여간 집중한 것이 아닌 듯했다.

"야, 너! 일루 와봐."

갑자기 열 살쯤 되어 보이는 아이가 두세 살 어려 보이는 자그마한 아이를 불러 세웠다.

"너, 왜 나한테 공을 안 줘! 혼날래? 달라고 하면 줘야 할 거 아니야!"

큰 아이가 작은 아이를 주먹으로 위협했다.

"아야!"

---

3 蹴鞠. 동물 가죽에 솜을 넣어 공처럼 차는 놀이

급기야 주먹이 나갔고 작은 아이가 쓰러졌다. 쓰러진 아이는 아무런 느낌도 없다는 듯 다시 일어났고 큰 아이가 다시 주먹으로 위협했다.

"이놈들!"

크지는 않았지만 왠지 모르게 위압감이 느껴지는 목소리였다. 놀란 아이들이 일제히 고개를 돌려 쳐다봤다.

"친구를 괴롭히는 것은 올바른 행동이 아니야!"

나이는 열대여섯쯤 되었을까. 자색과 비색이 어우러진 두루마기에 새하얀 바지가 어울리는 청년이 나무라는 듯한 눈으로 아이들을 내려다보고 있었다. 청년의 모습을 바라보던 아이 하나가 흠칫 놀라며 소리쳤다.

"앗! 풍월도[4]다."

"그냥 풍월도가 아니야. 풍월주[5]야!"

과연 청년은 머리에 자색 띠를 둘렀고 두건에는 기다란 꿩의 깃털이 달려 있었다.

"도망가자!"

---

4 귀족의 자제들로 이루어진, 학문과 무술을 배우고 훈련하는 무리
5 풍월도의 우두머리

풍월주라는 말에 주변에 있던 아이들이 혼비백산 달아나 흩어졌다. 주먹질을 당해 쓰러졌던 아이 하나만 덩그러니 남게 되었다. 아이가 일어나 옷을 툴툴 털었다.

"괜찮니?"

풍월주의 물음에 아이는 대답 대신 고개만 끄덕였다.

"풍월주이신 걸 보니 당신이 김유신金庾信 공이군요. 한 번 만나 뵙고 싶었습니다."

"내 이름을 아는 것을 보니 평범한 아이는 아닌 듯하구나. 이름이 무엇이냐?"

"춘추春秋."

짧은 대답이 돌아왔다. 그 대답에 유신이 흠칫 놀랐다.

"아니, 그럼 김용춘金龍春 어르신의 아드님? 이런 우연이 있나!"

유신이 갑자기 태도를 바꾸며 정중하게 묵례를 했다.

"유신이 춘추 공자님을 뵙습니다."

갑자기 정중해진 유신의 모습을 보며 춘추가 웃음을 터뜨렸다.

"하하하. 왜 이러십니까? 성함은 익히 들었습니다. 아버님께서 김서현金舒玄 공 말씀을 하시면서 늘 형님 이야기를 하십니다. 놀라운 재주를 가진 분이라고. 한 번 뵙고 싶었는데 이렇게 만나게 되는군요."

어린아이 같지 않은 말투였다.

"그렇군요. 저도 아버님으로부터 김용춘 어르신 댁에 영특한 공자 한 분이 계시다는 이야기를 들었습니다. 마침 아버님과 어르신 댁을 찾았다가 주변을 둘러보던 참이었습니다. 그런데 조금 전 그 무례한 아이는 누구인지요?"

"김알천金閼川이라고, 들어보셨는지요?"

"그 집안을 모른다면 서라벌 사람이 아니겠지요. 쟁쟁한 귀족 집안 아닙니까?"

"저를 때린 아이가 그 집의 막내아들입니다."

"그렇다고 해도 공자가 잘못한 일이 없는데 어찌하여 맞고만 있습니까?"

"힘이 부족하니 그렇지요."

"용력勇力이 부족하다 해도 투지鬪志가 있다면 싸움의 결과는 달라지는 법입니다."

"용력을 말씀드리는 것이 아닙니다. 그 아이는 대대로 왕실에 버금가는 힘을 가진 진골 집안 아이입니다. 반면 저는 쫓겨나 강등이 된 폐왕廢王의 자손이지요. 세상에서 말하는 힘은 용력이 아니라 어느 집안 출신이냐 하는 것입니다. 세력勢力이 곧 힘인지라 이렇게 맞고 있는 것입니다."

유신은 세상을 다 아는 듯한 춘추의 대답에 한편으로는 기특하기도 하고 한편으로는 측은하기도 했다.

'아버지께서 늘 춘추 공자의 이야기를 하시던 이유를 이제야 알겠구나. 어린 나이에도 세상을 보는 눈이 예사롭지 않다니. 장차 큰일을 할 아이가 아닌가!'

"저도 언젠가는 형님처럼 풍월주가 되고 싶습니다."

"반드시 풍월주 그 이상이 되실 것입니다."

춘추는 유신을 데리고 집으로 갔다. 마침 김서현이 김용춘과 이야기를 마치고 일어서고 있었다.

"두 사람이 함께 오는 것을 보니 보기 좋구나."

김서현이 김용춘 들으라는 듯 웃으며 말했다.

"마치 형님과 동생 같지 않습니까."

김용춘도 맞장구를 쳤다.

"춘추야, 이미 풍월주를 만났구나. 풍월주는 여기 계시는 김서현 장군의 아들이고 너보다는 나이가 한참 많으니 형님으로 모시도록 해라."

"예, 아버님. 벌써 형님이라 부르고 있사옵니다."

"그래? 잘했구나. 하하하."

김서현과 유신은 김용춘의 웃음소리를 뒤로하고 돌아섰다. 대문을 나서자 김서현이 아들에게 물었다.

"너는 내가 김용춘 공과 어찌하여 가까이 지내는지 아느냐?"

"소자의 짧은 소견으로는 김용춘 공께서 아버님을 잘 이해해주시고 미래를 함께 생각하실 수 있는, 도량이 크신 분이기 때문인 것으로 사료되옵니다."

"그래, 잘 봤다. 하지만 그것 때문만은 아니다. 사람이란 비슷한 처지에 놓인 이들끼리 더 잘 이해할 수 있는 법이고 그런 사람들이 모이면 더 큰 힘을 낼 수 있지. 좋은 환경에서 자란 사람들은 절박함과 애절함이 없지만 우린 그렇지 않단다. 너도 알다시피 김용춘 공의 아버님이 왕좌에서 쫓겨난 진지 대왕眞智大王이 아니시더냐. 사도 태후思道太后님과 진골 귀족들의 힘에 밀려 속절없이 그리되셨지. 그 후로 김용춘 공의 집안은 하루아침에 성골에서 진골로 내려앉았고 말이다. 다행히 김용춘 공은 학문과 지략이 뛰어나 귀족들의 견제 속에서도 나라에 공을 세우면서 집안을 다시 일으켜 세우려 하고 있지. 하지만 태후마마와 다른 진골들의 견제로 어려움에 처한 실정이고."

"무슨 말씀이신지 알겠습니다. 처지가 다르지 않다는 말씀이시군요."

"그렇지. 동병상련!"

동병상련이라는 아버지의 말을 들으며 유신은 자신의 집안을 둘러싼 상황을 떠올렸다.

유신의 집안은 신라에 병합된 금관가야金官伽倻의 후손이었다. 할아버지 김무력은 금관가야의 마지막 왕인 구형왕仇衡王의 아들로 금관가야가 신라에 병합되면서 신라의 신하가 되었다. 당시 신라는 금관가야의 세력을 흡수하기 위해 가야의 왕족들을 진골 귀족으로 편입하여 자신들의 세력으로 끌어안으려 했다. 귀족으로 편입은 되었다지만 기존의 신라 귀족들은 굴러온 돌을 인정하지 않으려 했다. 이런 터라 유신의 집안은 신라에 공을 세워 충성심과 희생정신을 보여줄 필요가 있었다. 무공이 뛰어났던 김무력은 백제와 연합하여 한강 유역을 점령하고 다시 백제를 공격해서 신주를 설치하는 데 큰 전과를 올렸다. 그 공으로 아찬阿飡의 벼슬에 올랐다. 여기에 그치지 않고 김무력은 관산성 전투에서 백제군을 섬멸하는 데 큰 공을 세웠고 그 후 왕실의 인정을 받아 신라 17관등의 첫째인 이벌찬伊伐飡에 이르렀다.

그의 아들 김서현 또한 백제와의 전투에서 수많은 공을 세웠고 왕실로부터 공훈을 인정받고 있었다. 하지만 아무리 큰 공을 세운다고 해도 유신의 집안은 굴러온 돌이었다. 진골 귀족들의 뿌리 깊은 권위주의는 유신의 집안을 받아들이지 않았다. 원래의 김씨인 자신들과 구분하기 위해 신김씨新金氏라고 부르며 거리를 두었다.

할아버지와 아버지가 아무리 희생하고 노력해도 인정받지 못하는 모습을 보면서 유신은 신라 왕실에 충성하려는 자신의 결심이 한없이 속절없는 것처럼 여겨졌다.

"아버님, 우리 집안이 진골 귀족들에게 인정을 받지 못한다면 차라리 변방의 조용한 곳으로 가서 자유롭게 사는 것만 못하지 않은지요?"

"풍월주답지 않은 말이로구나. 변방으로 가면 그곳은 편안하다더냐? 게다가 아직 옛 가야의 백성들이 우리를 따르고 있다. 우리가 그들을 버린다면 그들은 누구를 의지하여 살아갈 수 있겠느냐?"

"송구하옵니다. 답답한 마음에 그만."

"너의 마음은 이 아비도 잘 안다. 우리는 이미 한 번 나라를 잃었다. 지금 우리가 신라에서 자리를 잡지 못한다면 또다시

나라를 잃는 꼴이 되고 말 것이다. 나라를 잃은 백성이 어떻게 되는지 명심해야 할 것이다. 유신아, 이것만은 잊지 말도록 해라. 내가 어느 나라 어느 땅에 있는지가 중요한 것이 아니라 어떤 마음과 자세로 있느냐가 중요하다는 것. 지금 처한 상황이 어렵다 하여 그것을 피하려 든다면 닥쳐올 환란들을 어찌 감당할 수 있겠느냐!"

"명심하겠습니다. 아버님."

고개를 끄덕이며 유신은 아버지의 말씀을 되뇌었다.

'내가 어디에 있는지가 아니라 어떤 마음으로 있는지가 중요하다.'

아버지 김서현은 그런 사람이었다. 신라에 복속된 후에도 진골 귀족들은 작당한 듯 아버지를 위험한 전장으로 몰아넣었다. 목숨을 건 싸움에서 승리하고 돌아와도 공을 깎아내리고 전리품들을 빼앗아 가기에만 여념이 없었다. 하지만 아버지는 그에 대해 한 번도 불만을 드러내지 않았다. 오직 임금의 명을 따를 뿐이었고 그 결과에 대해서는 어떠한 말도 없이 받아들였다. 그러던 아버지가 김용춘 공과 깊은 사귐을 가지는 데에는 분명히 어떤 이유가 있음이었다.

지금 신라의 왕은 진평왕眞平王이지만 실질적인 힘은 진평왕이 아니라 사도 태후에게 있었다. 진흥 왕비였던 사도 태후는 진지왕을 왕위에 올렸다 폐위시킨 일은 물론이고 진평왕을 옹립하는 데에도 주도적인 역할을 했다. 이런 상황인지라 진평왕은 실세의 눈치를 볼 수밖에 없고 진골 귀족들 역시 권력을 장악한 사도 태후의 치마폭에서 움직이고 있었다. 다행히 유신은 사도 태후와 외할아버지인 김숙흘종金肅訖宗의 사랑을 한몸에 받고 있었다. 풍월도가 되고 풍월주에 오를 수 있었던 것도 두 사람의 후광이 크게 작용한 덕이었다.

하지만 김서현과 김용춘의 만남은 조심스러워야 했다. 사도 태후가 김용춘을 늘 주목하고 있기 때문이었다. 자신이 폐위를 주도한 진지왕의 아들이니 왜 안 그렇겠는가. 그래서인지 김서현은 김용춘의 집을 찾을 때는 하인도 대동하지 않고 단출한 모습인 경우가 많았다. 그런 그가 이번에는 큰아들 유신을 데려왔으니 두 집안의 유대가 자식 대에서도 계속되기를 바라는 마음이었으리라.

부자는 나란히 말을 타고 담소를 나누며 집으로 향했다. 아들은 아버지가 자신을 인생의 동반자로 인정하고 있음을 느꼈고, 아버지는 어느새 자신의 키만큼이나 훌쩍 커버린 아들에게 내면의 짐을 풀어놓을 수 있겠다는 믿음을 키우고 있었다.

서동 출사

"대왕마마, 왕후마마께서 순산하셨다 하옵니다."

진평왕 앞으로 달려온 나인 하나가 엎드려 고했다. 기쁨을 감추지 못한 듯 진평왕의 얼굴에 화색이 돌았다.

"잘되었구나. 그래, 태자는 건강하다더냐?"

"…"

나인이 당황한 듯 얼른 답을 하지 못했다.

"답답하구나. 태자의 건강을 묻고 있지 않느냐!"

"그것이 저… 태후마마께서… 공주님을…"

"뭐라! 공주라고 했느냐? 분명 공주란 말이더냐?"

진평왕은 믿기지 않았다. 있을 수 없는 일이기 때문이었다.

신라는 법흥왕法興王 때 이차돈異次頓의 순교 이후 불교를 받아들였다. 불교 수용에 앞장선 것은 왕실이었다. 왕실에서 불교를 받들게 된 것은 우연이 아니었다. 불교를 개창한 석가모니는 석가족釋迦族 출신의 왕자였고, 그의 아버지는 정반왕淨飯王으로 카필라성Kapila城을 중심으로 석가족의 나라를 다스리는 국왕이었다. 신라의 왕실에서 불교를 받들게 된 데에는 이런 배경의 영향이 컸다. 이후 신라 왕실은 스스로 석가족임을 자처했고 평범한 사람들과는 다른 계층임을 자부했다. 여기에 신라의 전통적인 성골의식이 합쳐져서 자신들은 세상을 다스리기 위해 태어난 군주라는 의식이 팽배해 있었다.

석가모니의 어머니는 마야 부인麻耶夫人이었다. 진평왕은 자신을 정반왕이라고 믿었기에 자신의 부인 또한 마야 부인이라 불렀고, 자신에게서 난 아들은 반드시 세상을 이끌 큰 군주가 될 것이라고 믿어 의심치 않았다. 이런 진평왕에게 아들이 태어나는 것은 당연한 일이었다. 하지만 기대와는 달리 진평왕이 얻은 아이는 아들이 아니라 딸이었다. 둘째 역시 딸이었고, 이 역시 있을 수 없는 일이었다.

마야 부인이 세 번째 아이를 가지자 진평왕은 다시 기대에 부풀었다. 드디어 석가모니 같은 아들을 얻을 수 있다는 기쁨에 해산날만을 기다렸다. 그러나 세 번째에도 딸을 얻었고, 그날은 그에게 하늘이 무너지는 것과도 같은 날이었다.

이후 진평왕과 마야 부인 사이에는 후사가 없었다. 진평왕은 '이 또한 부처님의 뜻'이라며 스스로를 위로했지만 서운함을 감추기는 어려웠다. 더욱이 사도 태후의 서슬이 퍼런 상황이라 보위寶位를 누가 이을지 예측할 수 없는 상황이었다.

다행히 딸들은 남다른 재능을 보였다. 큰딸 덕만德曼은 사물을 꿰뚫는 총명함과 과단성을 가졌고, 둘째 천명天明은 사람 사귀는 것을 좋아했으며, 막내 선화善花는 얼굴이 빼어나게 아름다웠다. 아들이 없으니 세 딸 중 하나에게 보위를 물려주어야 할 터인데 귀족들이 반대할 것은 불을 보듯 뻔했다. 진평왕의 고민은 깊어만 가고 있었다.

이런 진평왕에게 어느 날 놀라운 소문 하나가 들려온다.

선화 공주님은善花公主主隱

남몰래 신랑을 사귀어두고他密只嫁良置古

서동방을薯童房乙

밤에 몰래 안고 간다夜矣卯乙抱遣去如

막내딸이 남자를 사귀어 몰래 내왕한다는 내용이었다.

"당장 선화 공주를 불러오라!"

불호령이 떨어졌다. 불려 온 선화 공주는 어안이 벙벙한 채 사실무근임을 호소했다. 딸의 말을 믿을 수밖에 없었지만 소문은 사그라지지 않았다. 아이들만 부르던 노래가 온 서라벌 사람의 입에 오르내렸고, 급기야 왕실 인척들까지 수군거렸다. 이제 사도 태후의 귀에 들어가는 것은 시간문제였다.

진평왕은 결단은 내려야 했다. 선화 공주의 비행非行이 사실이든 아니든 그것이 문제가 아니었다. 정작 문제는 선화 공주의 행실이 왕위 계승 문제로 불똥이 튀는 것이었다. '이래서 공주는 왕이 될 수 없다'는 분위기가 궐내에 퍼지면 진평왕의 계획은 수포로 돌아갈 것이다.

"당장 궁궐을 떠나거라! 다시는 돌아오지 마라."

진평왕이 선화 공주를 내치면서 한 말이다. 억울하고 원통한 마음에 한없이 눈물만 흘리던 선화 공주는 시종 몇 명만을 대동한 채 유배를 떠나야 했다.

"워~ 워~."

한참 길을 가는데 갑자기 수레를 세우는 소리가 들리더니 시종이 달려와서 말했다.

"공주마마, 웬 사내 하나가 엎드려 공주님을 뵙기를 청하옵니다."

수레에서 내려선 선화 공주에게 스물이 안 돼 보이는 사내 하나가 엎드려 절을 했다.

"공주마마, 저는 서동이라 하옵니다. 충심으로 공주님을 모시고자 하오니 허락하여주시옵소서."

"방금 서동이라 했느냐? 이 무슨 하늘의 장난이란 말이냐!"

그날 이후 선화 공주는 자신의 운명을 받아들였다. 서동이 자신이 동요를 지어 세간에 퍼뜨렸다는 사실을 고백하자 처음에는 크게 노했으나, 점점 자기 앞에 나타난 서동이라는 존재를 하늘의 뜻으로 여기게 되었다. 서동은 선화 공주를 정성을 다하여 모셨고 결국 마음을 얻었다.

얼마 후 서동은 선화 공주를 데리고 집에 도착했다. 어머니가 아들과 며느리를 반갑게 맞았다.

"예쁜 색시를 얻으러 간다던 말에 헛됨이 없구나!"

며느리의 인사를 받으며 어머니는 연신 고개를 끄덕였다.

서동의 집에 화려하게 장식된 마차와 백여 명의 군사가 도달한 것은 이로부터 이 년 후의 일이었다.

"여기에 서동이라고 불리는 분이 계신가?"

마차에서 내린 사람이 물었다. 자색 띠를 두른 것이 한눈에 봐도 지체 높은 관리가 분명했다.

"제가 서동입니다만."

서동이 대답하자 자색 띠를 두른 관리가 엎드려 절하며 말했다.

"저는 대백제국의 좌평佐平 진도眞道라 하옵니다. 며칠 전 왕께서 승하하시어 대통을 이으실 분을 모셔오라는 명을 받고 찾아왔사옵니다. 어서 마차에 오르시옵소서."

"사람을 잘못 찾아오신 듯한데…."

당황한 서동이 고개를 돌려 어머니를 찾았다. 서동과 눈동자가 마주친 어머니는 지그시 눈을 감으며 고개만 끄덕일 뿐이었다.

이렇게 마를 키우고 산나물을 캐면서 살아가던 서동이 하루아침에 왕위에 오르게 되니, 그가 바로 백제의 제30대 왕인 무왕武王이다. 그의 즉위는 백제에는 희망의 싹이 될 것이었고 신라에는 심각한 골칫거리가 될 참이었다.

궁으로 거처를 옮기고 화려한 즉위식을 올린 얼마 후 무왕이 어머니를 찾았다.

"궁금한 게로구나."

"어찌 된 일이옵니까?"

"너의 아버님은 승하하신 법왕法王이시다. 차차 알게 되겠지만 우리 백제는 성왕께서 승하하신 이후 힘을 잃어 귀족들이 나라 일을 좌지우지하게 되었다. 심지어 대왕을 간택하는 것도 저들의 손에서 이루어졌고, 자신들의 마음에 들지 않을 때는 대왕을 시해弑害하는 일마저 서슴지 않았지. 왕께서는 그런 귀족들의 처사를 못마땅해하셨고 왕권을 회복하기 위해 그들과 싸우셨다. 내가 어린 너를 데리고 궁을 떠날 수밖에 없었던 것도 귀족들의 위협으로부터 보호하기 위한 것이었다. 왕께서는 왕흥사라는 사찰을 지으실 만큼 조부이신 성왕 대왕 시절의 영광을 회복하려고 노력하셨단다."

"그런데 어찌 왕위를 물려받으신 지 이 년도 지나지 않아서 승하하신 것입니까?"

"나 또한 궁을 떠난 지 오래되어 자세한 내막을 알 수가 없구나. 하지만…"

"시해되신 것이군요!"

"짐작할 수밖에 없구나!"

"이런 천인공노天人共怒할 일이 있나!"

무왕이 주먹을 쥐며 부르르 떨었다. 분노로 눈이 타올랐다.

31

"성급히 굴 일이 아니다. 너도 조심해야 한다. 우리는 호랑이 굴로 들어온 게야."

"이제부터 저는 서동이 아닙니다. 돌아가신 아버님의 원한을 갚고 귀족들을 모조리 쓸어버린 후에 선조 대왕 시절의 영광을 되찾는 일에 저의 모든 것을 바칠 것입니다."

서동요를 퍼뜨리고 선화 공주를 얻은 것에서 알 수 있듯이 무왕은 기개가 대단한 호걸이었다. 큰일을 이루기 위해 뜻을 굽히지 않음은 물론이요, 일을 이루기 위한 전략에도 뛰어났다. 하지만 무왕은 왕실에 아무런 기반이 없었다. 사실 이것이 백제 귀족들의 노림수였다. 성왕의 전사 이후 대성팔족大姓八族이라 불리는 귀족 세력이 요직을 차지한 채 국정을 장악했고, 상대적으로 왕권은 약화되어갔다. 특히 상좌평上佐平 국후國厚는 대성팔족을 대표하는 우두머리로 국정을 좌지우지하며 전횡을 일삼고 있었다. 그의 허락이 떨어지지 않으면 임금의 명이 있더라도 관리들이 움직이지 않았다. 서동을 선택한 것 또한 국후의 의지였다. 왕실에 기반이 없는 사람을 왕으로 앉혀 자신의 입맛대로 주무르겠다는 것이 국후의 뜻임은 궐에 있는 자라면 누구나 아는 일이었다.

하지만 국후와 귀족들의 생각은 완전히 빗나가고 말았다. 그들이 왕으로 앉힌 서동은 입맛대로 주무를 수 있는 토끼가 아니었다. 호랑이였다. 왕좌에 오른 무왕은 조금씩 왕실 분위기를 익혀갔고 국사도 척척 처리해냈다. 팔족이나 되는 귀족들이 서로 이권 다툼을 벌이고 있다는 것이 무왕이 힘을 키우는 데 유리하게 작용하기도 했다.

그러던 무왕이 드디어 칼을 빼 들었다. 그 시작은 즉위 삼년 만에 시작된 대규모 신라 토벌전이었다.

"좌평 해수解讐는 들어라. 보병과 기병 사만을 이끌고 가 신라의 아막산성을 빼앗도록 하라."

"대왕마마, 지금은 신라를 공격할 때가 아니옵니다. 북쪽의 고구려가 수시로 우리를 노리고 있는 상황에서 대군으로 신라를 친다면 후방의 방비가 위태로워질 것입니다."

"그건 내가 알아서 할 터이니 경은 신라와의 전쟁에나 집중하도록 하라!"

정치는 신경 쓰지 말고 싸움이나 이기고 돌아오라는 말투였다.

"하오나 대왕마마, 신라의 진평왕은 폐하께는 장인이 되시지 않사옵니까? 어찌 장인의 나라를 치라 하시옵니까?"

"좌평은 내가 신라 왕 진평의 딸을 아내로 맞이한 것이 못마땅한 모양이구료? 이보시오, 좌평. 내가 왕후를 아내로 맞이한 것은 남자로서 한 일이오. 그리고 이번에 신라를 정벌하려고 하는 것은 한 나라의 대왕으로서 하는 일이오. 그것이 잘못되었소?"

거침없는 무왕의 말투에 해수가 할 말을 잊고 말았다. 무왕은 거칠 것이 없었다.

"좌평은 벌써 잊었소? 우리 선조 대왕께서 신라의 사악한 도당들에 의해 목이 잘리는 수모를 당하셨음을. 어찌 백제의 신하로서 그따위 망발을 한단 말이오. 당신은 백제의 신하요, 신라의 신하요?"

좌평 해수가 당황하며 얼버무렸다.

"어찌 그런 말씀을…. 당연히 백제의 신하이옵니다."

"그럼 어서 달려가 신라를 쳐서 선왕先王의 원수를 갚으시오. 그것이 백제의 신하가 해야 할 마땅한 도리일 것이오."

"명 받들겠사옵니다."

해수가 잔뜩 찌푸린 얼굴을 하고는 꼬리를 내리며 물러갔다.

얼마 후 태후가 무왕을 찾아왔다.

"어서 오십시오. 어머니."

"신라의 아막산성을 공격한다고 들었다. 내가 정치는 잘 알지 못하지만, 지금 우리 백제의 사정이 신라를 공격하기에는 무리가 있는 듯해서 왔구나."

"너무 걱정하지 마십시오, 어머니. 이번 싸움에는 이유가 있습니다."

"이유라니? 무엇을 말하는 것이냐?"

"제가 수년을 노력하여 왕위를 튼튼히 하려 했으나 아직은 미약한 상황입니다. 눈엣가시 같은 귀족들이 시시콜콜 훼방을 놓기 때문이옵니다. 이번 전쟁은 그 가시를 빼내는 일입니다."

"가시를 빼내는 일?"

"전쟁에서 이기면 선조들의 원한을 갚을 수 있어서 좋은 일입니다. 게다가 승리의 공도 저에게 돌아올 것입니다. 만일 지게 된다고 해도 그 잘못은 전쟁에서 패한 장수의 몫이 될 것입니다. 대성팔족의 기를 꺾어놓을 수 있겠지요."

"너의 뜻이 크고도 가상하구나. 너의 아버님께서 이런 모습을 보셨다면 대견해 하셨을 것을…"

무왕은 자신의 손으로 선조 대왕의 원수를 갚을 날을 생각하며 주먹에 힘을 주었다.

얼마 후 좌평 해수가 돌아왔다.

"대왕마마, 죽여주시옵소서."

"어찌하여 그러느냐?"

"소장 해수, 신라의 네 성을 습격하기 위해 복병을 두어 신라 군사 일천여 명과 두 장수를 죽이는 전과를 올렸사옵니다. 그러나 적의 사기가 워낙 높아 이기지 못하고 돌아왔사옵니다."

"이기지 못했다? 그럼 군사들은 어찌 되었느냐? 네가 데리고 간 사만의 군사 말이다."

해수는 말이 없었다.

"어찌 되었느냐니까!"

"신라군의 복병에 걸려 모두 잃었사옵니다."

"뭣이라고!"

무왕은 펄쩍 뛰었다. 그도 그럴 것이 해수가 이처럼 참패를 당하고 올 줄은 생각지도 못했기 때문이다. 당황스럽기도 하고 놀랍기도 하여 세상이 아득했다. 전쟁에서 지는 것은 늘 있는 일이지만 사만의 군사를 잃는다는 것은 뼈아픈 일이 아닐 수 없었다.

"저놈을 당장 저잣거리에 효수하라!"

흥분한 무왕이 불호령을 내렸다.

"폐하, 싸움에 이기고 지는 것은 있을 수 있는 일이옵니다."

"그러하옵니다, 대왕마마. 사만의 병사를 잃었는데 거기에 훌륭한 장수를 또다시 잃어서는 아니 될 것이옵니다."

"통촉하시옵소서."

신하들의 만류가 잇따랐다. 자신들도 언제 좌평처럼 될지 몰라서였다.

"옥에 가두어라."

신하들의 만류로 해수를 죽이지 못하고 옥에 가두게 했다.

신하들을 물린 무왕은 허탈감에 빠졌다. 자기 꾀에 자기가 빠진 꼴이었다. 신라에 대패하고 군사를 사만이나 잃었으니… 그만한 군사를 다시 모아 훈련하려면 또 얼마나 많은 공력이 들겠는가. 그나마 해수를 벌하게 되어 해씨解氏 일족의 힘을 뺄 수 있게 되었다는 것이 위안이라면 위안이었다.

'배움의 대가가 너무 크구나!'

무왕에게는 통치의 경험이 더 필요했다.

성충을 얻다

햇살이 창을 뚫고 들어와 탁자 위에 놓은 단도短刀에 부딪히며 방을 은빛으로 물들였다. 잠에서 깨어난 선화 왕후가 탁자 위 단도를 못 박힌 듯 바라보고 있는 무왕을 안타까이 바라보았다.

아막산성에서의 대패 이후 백제는 신라에 더는 선제공격을 하지 않았다. 막대한 군사를 잃은 상황에서 작은 도발이 전면전으로 확대되는 것을 바라지 않았기 때문이다. 대신 대성팔족을 비롯한 귀족들의 권위를 제압하는 데 신경을 집중했다.

"대왕마마, 얼굴에 그늘이 깊으시옵니다. 무슨 걱정이라도 계신지요?"

"왕후도 알다시피 내가 무슨 일을 하려고 하면 늘 귀족들이 발목을 잡고 늘어지는 통에 국사를 살피기가 쉽지 않다오. 어떻게 해야 그들의 힘을 뺄 수 있을지…."

선화 왕후는 무왕의 괴로움이 자기 때문인 것 같아 가슴이 아팠다. 그녀에게 왕후라는 자리는 가시방석이었다. 무왕이 새로운 일을 추진하려 할 때마다 귀족들은 왕후의 출신을 문제 삼아 발목을 잡곤 했다. 게다가 무왕이 즉위한 지 오 년이 지났음에도 태자 책봉조차 이루어지지 못했다. 이 모두가 자신의 탓임을 알고 있었다. 그럼에도 선화 왕후에 대한 무왕의 애정에는 변함이 없었다.

"저의 좁은 소견으로 한 말씀 올려도 되겠사옵니까?"

"말씀해주시오. 그대는 신라의 왕족으로 나라를 살펴본 경험이 나보다 많으니 필히 좋은 계책이 있지 않겠소?"

"귀족들이 힘이 센 이유는 그들이 요직에 있기 때문이 아닌지요. 그러니 그 요직에 다른 사람을 앉히면 될 일인 듯싶습니다."

"다른 사람이라…. 그럴 만한 인재를 어디서 데려온단 말이오?"

"찾아야지요. 대왕마마께서도 한때 마를 캐서 살아가는 서동이셨지 않습니까? 나라 곳곳을 찾아보면 허드렛일을 하는 사람들 중에도 나랏일에 도움을 줄 재능 가진 이들이 있을 것이옵니다. 백방으로 방을 붙여 인재를 찾으시옵소서."

"좋은 계책이오. 부인은 내게 하늘이 내려준 사람이오."

무왕은 곧 사방에 인재를 찾는다는 방을 붙이게 했다. 아닌 게 아니라 수많은 이들이 기다렸다는 듯이 몰려들어 학문과 무예를 보여주겠다며 팔을 걷어붙였다. 무왕은 경험이 많은 관리들에게 인재 고르는 일을 맡기고, 선발된 이들 중에서 탁월한 자를 자신이 직접 만나 일일이 능력을 확인했다. 그리고 각기 재능에 따라 역할을 나누어주니 조정은 금세 새로운 인물들로 넘쳐났다. 그러기를 열흘, 그날도 무왕이 직접 나와 인재들의 재능을 확인해보고 있었다.

스물이나 되었을까? 흰 두루마기를 걸친 청년 하나가 불려 나왔다. 키가 크고 눈이 퀭한 것이 흰옷과 대비를 이루어 다소 겉늙어 보이고 고지식하다는 인상을 주었다.

"너는 무엇에 재능이 있느냐?"

"소인은 세상을 보는 눈을 가지고 있사옵니다."

"세상을 보는 눈이라…. 호기가 있는 젊은이구나. 그 말은 네가 식견이 있다는 뜻이렷다. 그렇다면 내가 문제를 하나 낼 터이니 너의 식견을 들려주도록 하라."

"예, 하문하시옵소서."

"현금現今의 우리 백제는 북으로는 고구려, 동으로는 신라, 서로는 바다 건너 수隋 사이에 끼어 진퇴양난의 상황에 빠져 있다. 우리 백제의 부국강병을 위해서는 신라가 차지하고 있는 한강 유역의 땅이 반드시 필요하다. 그래서 짐은 신라의 한강 유역을 쳐서 빼앗고 그 힘을 바탕으로 신라를 멸하려고 하는데, 너의 생각은 어떠한가?"

무왕은 천하의 지도를 펼쳐놓고 세상을 굽어보고 있는 듯 미래의 계획을 풀어놓았다. 왕이 이처럼 확신에 차 자신의 포부를 설명하는데도 청년은 표정 하나 바꾸지 않고 대답했다.

"그것은 하책下策이옵니다."

참으로 맹랑한 발언이었다.

"하책이라? 그럼 상책이 있다는 말이냐?"

"그러하옵니다. 현금의 천하 정세를 볼 때 우리 백제는 두 가지 계책을 동시에 사용하는 것이 가장 현명할 것이옵니다."

뜻밖의 말에 무왕이 몸을 앞으로 숙이며 관심을 보였다.

"두 가지 계책을 동시에? 어떤 계책인지 소상히 말해보라."

"지금의 신라는 우리 백제와 고구려의 압박에 시달리고 있사옵니다. 신라가 택할 수 있는 길은 오직 하나, 중국의 수나라와 교통하여 나라를 보존하는 것입니다. 그러자면 한강 유역의 당항성이 반드시 필요할 것입니다. 우리 백제가 해야 할 일이 바로 이것입니다. 신라로부터 당항성을 되찾는 것. 그러므로 한강 유역을 모두 차지할 필요는 없을 것입니다. 한강 유역을 모두 차지한다면 고구려와 국경을 맞닿게 될 것이고 그러면 고구려와의 전쟁으로 또다시 많은 국력을 소모하게 될 것입니다."

이야기를 듣던 무왕이 그 말을 곱씹는 얼굴로 또 물었다.

"그럼 두 번째 계책이란 무엇인가?"

"두 번째 계책은 신라의 후방을 치는 것입니다. 신라는 지금 옛 가야의 땅을 병합하여 차지하고 있습니다. 하지만 아직 신라의 지배력이 완전히 미치지 못한 곳이 많습니다. 우리 백제가 신라를 정벌하려면 옛 가야의 땅을 지나 서라벌로 곧장 진격하는 것이 가장 빠를 것입니다. 그렇게 되면 신라는 북으로는 고구려에 막히고 서쪽과 남쪽으로는 우리 백제에 막혀 사면초가四面楚歌가 될 것입니다. 이렇게 신라를 차지한 연후에 고구려를 상대해야 할 줄로 아옵니다."

무왕이 다가와 고개를 숙이며 말했다.

"그대의 생각이 과연 나와 같도다. 이제야 내 마음을 아는 이를 만났구나! 이름이 어찌 되는가?"

"성충成忠이라 하옵니다."

"좋은 이름이로다."

"황송하옵니다. 대왕마마."

무왕이 성충의 손을 잡아 일으켜 세우며 용상龍床 앞으로 끌고 오더니 아예 바닥에 주저앉혔다. 성충은 황송하여 엎드린 채로 무왕의 손을 잡고 있었다. 손을 빼고 싶어도 뺄 수가 없어 엉거주춤한 모양이 되고 말았다. 주변의 시선은 아랑곳없이 무왕이 성충의 손을 잡고 같은 말을 반복했다.

"고마우이, 고마워. 경국지대업經國之大業을 함께할 인재를 오늘에야 얻었도다."

무왕의 마음은 달빛도 없는 캄캄한 밤길을 혼자 걷다가 등불을 들고 온 사람을 만난 기분, 그것이었다. 한 나라의 왕이 되었건만 자신을 알아주고 마음을 상조相照할 사람은 없었다. 모든 국정을 혼자 판단하고 결정해왔으니 그 외로움이 얼마나 컸으랴.

무왕은 성충의 손을 잡아 일으켜 세우고 자신을 따르라 이르고는 먼저 걸음을 옮겼다. 두 사람은 내실에서 현 시국과 백제의 미래에 대한 이야기를 한참이나 나누었다. 그 모양이 마치 오래 잃어버렸다가 다시 찾은 가족의 모습과 같았다.

　성충은 백제 16관등 중에서 일약 4품에 해당하는 덕솔德率에 임명되었다. 이것도 국후를 비롯한 귀족들의 반발을 염두에 둔 조치였다.

　다음 날 이른 아침부터 무왕은 성충을 불러 국사를 의논했다.

　"신라를 치기 위해서는 먼저 고구려의 발을 묶어놓아야 합니다."

　"그렇지 않아도 고구려가 수군을 이용해 우리 연안을 침입해오는 일이 잦아지고 있소. 고구려의 발을 묶을 수만 있다면 마음 놓고 신라를 공격할 수 있을 것이오. 어떤 방법이 있겠소?"

　"수나라에 조공 사절을 보내시옵소서."

　"조공 사절은 매년 보내고 있소. 이번에는 특별한 임무를 맡겨야 하오?"

　"수나라가 고구려를 공격하도록 해야 하옵니다."

　"수나라가 고구려를? 옳거니, 수나라가 고구려를 공격하게 해서 고구려가 요동 지방에 신경을 쓰는 동안 우리는 신라를 친다!"

"적으로 적을 치는 것이옵니다."

"하하하. 멋진 계략이오."

"고구려에도 사신을 보내야 하옵니다."

"고구려에도 말이오?"

"그러하옵니다. 고구려에 사신을 보내 수나라가 공격할 수 있음을 알려야 하옵니다. 고구려는 무너져서는 아니 되는 나라입니다. 고구려가 무너지면 우리 백제는 순망치한脣亡齒寒이 될 것이옵니다."

"아, 그렇구료. 공이야말로 우리 백제의 국사무쌍國士無雙이오."

성충의 계책을 따라 무왕은 곧 국지모國智牟를 사신으로 삼아 수나라로 출발하게 했다. 성충이 일러준 대로 수나라를 설득해서 고구려를 공격하도록 해야 함을 수차례 강조하여 보냈다.

수나라에 도착한 국지모는 곧 양제煬帝를 만났다.

"먼 길 오느라 고생이 많았노라. 불편한 점이 있으면 언제든 짐에게 말하라."

"황송하옵니다, 폐하. 사실 오는 길에 어려움이 많았사옵니다."

"어려움이라니? 말해보라."

"바닷길을 고구려가 가로막고 있기 때문이옵니다. 고구려는 저희 백제가 수나라로 조공하러 가는 길임을 뻔히 알면서 그 길목을 지키고 있어, 고구려 수군을 피하기 위해 매번 멀리 돌아와야 하옵니다. 금번만 하더라도 고구려 수군의 눈을 피하느라 예정한 날보다 열흘이나 늦게 도착하였사옵니다."

"뭐라? 고구려 수군이 백제의 조공 길을 막는단 말이냐!"

"그러하옵니다."

"이런 고얀 놈들. 내 이미 동쪽의 불한당을 정벌하여 대국의 무서움을 보여주려 하던 참이었다."

"폐하. 하늘 높은 줄 모르는 고구려에 대국의 힘을 보여주시옵소서."

"암. 그래야지. 헌데 그대의 국왕이 짐에게 전하고자 하는 말은 무엇이더냐?"

"저희 왕께서는 폐하께서 언제 고구려를 정벌하시는지 그 시기를 궁금히 여시고 계시옵니다."

"시기를? 연유가 무엇인가?"

"그 시기를 알아야 저희 백제도 수나라와 호응하여 고구려를 후방에서 공격할 수 있지 않겠사옵니까?"

"그대의 말은 우리 수나라가 고구려를 공격하면 백제 또한 고구려의 뒤를 치겠다는 말이렷다?"

"그러하옵니다, 폐하."

"하하하, 기특한지고. 여봐라, 백제 사신 국지모에게 비단 백 필을 하사하고 잔치를 열어 노고를 위로하도록 하라. 그리고 상서기부랑尙書起部郎 석률席律은 국지모와 함께 고구려 토벌에 대하여 상세한 일정을 상의하도록 하라."

"성은이 망극하옵니다."

이처럼 환대를 받은 국지모는 수나라의 상서기부랑 석률과 함께 백제로 돌아왔다. 무왕은 성충과 상의하여 석률과 고구려 정벌에 대한 구체적인 내용을 상의하게 한 후 석률에게 많은 선물을 주어서 돌려보냈다. 쉴 틈도 주지 않고 무왕은 국지모를 다시 고구려로 보냈다.

백제의 사신으로 고구려에 간 국지모는 영류왕榮留王을 만났다.

"백제의 사신이 어찌 짐을 찾아왔는가?"

"저희 대왕마마께서 고구려 대왕마마께 보내는 국서國書를 가지고 왔사옵니다."

"그래? 어디 가져와 보라."

국서를 받아 읽어 내려가던 영류왕의 얼굴에 노기가 스쳤다. 수나라가 곧 대군을 일으켜 고구려를 공격할 것이라는 내용이 적혀 있었기 때문이다. 국서에 따르면 곧 수나라의 대군이 요동반도를 통해 고구려에 밀어닥칠 것이고 군사물자와 군량은 수군을 통해 공급될 예정이었다. 국서를 다 읽은 영류왕이 심각한 표정으로 국지모에게 물었다.

"그대의 왕은 어찌하여 수나라의 침공 계획을 우리에게 알려주는가?"

"저희 백제의 대왕마마께서는 고구려와 화평하기를 바라고 계시옵니다. 저희 백제가 수나라와 자주 사신을 주고받는 이유도 수나라의 정보를 얻어 고구려에 전하기 위함이옵니다. 또한 신라가 한강 유역을 점령한 이후에 우리 백제는 고구려를 먼저 공격한 적이 없사옵니다. 그래서 지난번 고구려가 공격을 해왔을 때도 우리 백제는 방비만 할 뿐 공격을 하지 않았던 것입니다."

"그래. 백제 왕의 마음은 짐이 알겠노라. 돌아가서 그대의 왕에게 전하라. 고구려가 백제를 먼저 공격하는 일은 없을 것이라고."

최초의 출정,
가잠성

국지모의 보고를 받은 무왕은 쾌재를 불렀다. 자신이 생각했던 대로 일이 척척 진행되었기 때문이다. 그러나 마음속으로 걱정이 없는 것은 아니었다. 무왕은 성충을 불러 마음을 풀어놓았다.

"일단 이간책은 성공적이었소. 그런데 만일 수나라가 고구려를 공격하여 점령해버린다면, 고구려가 망해버린다면 어찌 되겠소? 그러면 우리는 수나라와 국경을 접하게 될 것이고, 다음은 우리 차례가 되지 않겠소?"

"너무 심려하지 마시옵소서. 고구려는 북방의 강대국입니다. 수나라가 아무리 큰 나라라고는 하나 고구려 또한 만만치 않은 대국이옵니다. 게다가 전쟁이라는 것이 공격하는 쪽보다는 수비하는 쪽이 유리한 법이니 고구려가 쉽게 패하지는 않을 것입니다. 또한 우리가 이미 고구려에 경고를 보냈으니 수나라의 공격에 충분한 대비를 할 것입니다."

"경의 말을 들으니 마음이 좀 놓이는구료. 고구려가 수나라의 침입에 대비하느라 남쪽 전선에 신경을 쓰지 못하고 있을 테니 이제 본격적으로 신라를 정벌해야 할 때가 된 듯하오. 어떤 전략이 좋을지 경의 생각을 듣고 싶소."

성충은 커다란 두루마리를 풀어 지도를 탁자 위에 펼치며 말했다.

"익히 말씀드린 바와 같이 신라에 대한 공격은 북쪽과 동쪽 두 개의 전선을 통해서 이루어져야 합니다. 우리의 최종 목적지는 이곳 북쪽의 당항성과 아래쪽 신라의 심장인 서라벌이 될 것입니다."

"바로 그것이 짐의 생각이오. 그렇다면 당항성과 서라벌을 차지하기 위해 우선하여 공격해야 할 곳은 어디요?"

"북쪽의 가잠성과 남쪽의 아막산성입니다. 가잠성을 차지하면 당항성은 코앞입니다. 서라벌로 가자면 소백산맥을 넘어야 하는데 그 발판이 되는 곳이 아막산성입니다."

아막산성은 무왕 또한 그 중요성을 알고 있었기에 즉위 삼

년 만에 좌평 해수를 보내 공격을 감행했던 터였다.

"어느 곳을 선제공격하는 것이 좋겠소?"

"계략이 필요할 것이옵니다."

무왕과 성충이 뭔가를 속삭이더니 곧 장군 백기百奇를 불러 명했다.

"그대는 군사 팔천을 이끌고 아막산성으로 진격하라."

"아막산성을 말씀이옵니까? 그곳은 신라군의 방비가 튼튼한 곳인데 팔천의 병력으로는…."

"아막산성을 공격하라는 말이 아니다. 공격하는 척하다가 물러나 진을 치고 대기하라. 그대의 목적은 신라군의 이목을 끄는 것이다."

"예. 알겠사옵니다."

백기가 군사를 이끌고 출동한 지 사흘째에 무왕은 직접 군사 삼만을 이끌고 북쪽으로 나아갔다. 목표는 가잠성이었다. 그 시각 신라 조정에서는 아막산성에 적군이 몰려왔다는 파발에 당황하고 있었다. 진평왕은 상주와 하주는 물론이고 신주의 군사들까지 차출하여 지원군을 편성하도록 했다. 그만큼 아막산성은 신라에도 중요한 요충지였다. 그런 까닭에 가잠성을 지원할 수 있는 부대가 아래쪽으로 이동했고, 그 틈을 탄 백제군이 가잠성을 완전히 포위해버렸다.

"지금 가잠성의 성주는 누구인가?"

"찬덕讚德이라는 자입니다. 지난해에 이곳 성주로 부임했는데 용맹한 데다 지조가 있어 진평왕이 크게 신임하고 있다 하옵니다."

"만만치 않은 싸움이 되겠구나."

무왕이 이렇게 말하는 데는 이유가 있었다. 가잠성의 지형 때문이었다. 가잠성은 뒤로 산을 의지하고 앞으로는 높은 성벽을 단단하게 갖춘, 방어에 치중한 성이었다. 게다가 성주 찬덕의 군율이 엄했는지 군사들의 배치와 이동에 사뭇 질서가 잡혀 있었다. 성 앞에는 거마[6]가 빼곡하여 기병들의 접근도 쉽지 않아 보였다.

"적군은 소수입니다. 소수를 상대할 때는 천천히 압박하여 사기를 떨어뜨려야 합니다."

성충의 말에 무왕이 고개를 끄덕여서 동의했다.

"석포[7]를 준비하라!"

---

6 拒馬. 날카로운 창들을 사선으로 세워 적군 기병의 공격을 막는 일종의 바리케이드

무왕의 명에 따라 십여 기의 석포가 준비되었다.

"발사!"

석포를 떠난 커다란 돌들이 가잠성 성벽을 사정없이 때렸다. 하지만 성벽이 단단해서 큰 타격을 입히지는 못했다. 첫날은 석포를 날려 성안의 군사들에게 시위를 하는 것으로 공격을 그쳤다. 다음 날도, 그다음 날도 백제군은 커다란 돌덩이들을 끊임없이 날리기만 했다. 며칠째 석포만 쏘아대니 호방한 성격의 무왕은 몸이 근질거려 못 견딜 지경이었다.

"어찌 돌만 날리고 있단 말이오. 하루빨리 섬을 점령해야 하지 않겠소."

"대왕마마, 싸움은 이기기 위해서 하는 것이옵니다. 이기기 위해서는 우리의 뜻대로 전황을 이끌어가는 것이 중요합니다. 지금은 적이 지치기를 기다려야 합니다."

무왕은 더 말이 없었다. 하지만 속이 답답한 것은 그대로였다.

한편 가잠성 안에서 웅크리며 군사들을 독려하던 성주 찬덕은 며칠째 돌만 날리는 백제군이 한없이 고맙기만 했다.

---

7 石砲. 저울대처럼 생긴 투석기로 큰 돌을 담아 멀리 날릴 수 있는 공성 무기

시간을 끌면 신라군이 유리할 거라 믿었기 때문이다. 가잠성의 중요성은 누구나 알고 있기에 곧 서라벌에서 지원군이 도착할 것이 분명했다. 지원군이 오면 성문을 열고 나가 앞뒤로 협공하여 쉽게 적을 물리칠 수 있을 것이다. 그러니 백제가 돌을 날리며 시간만 흘려보내는 게 얼마나 다행스러운 일인가.

"며칠만 버티면 된다. 곧 지원군이 도착할 것이다. 이번 싸움은 버티는 자가 이긴다."

찬덕은 군사들을 독려하며 승리의 순간을 머릿속에 그렸다.

나흘째 되는 날에는 돌과 함께 불화살이 날아들었다. 성벽에 돌이 부딪혀 깨지는 소리에다가 수천 발의 불화살이 날아오는 소리, 인가에 불이 붙어 타오르는 소리와 연기로 성안이 온통 혼란스러웠다. 이런 상황에서도 성주 찬덕은 침착했다. 부서진 성벽을 신속히 돌로 받쳐 수리하고 뒤에 목책을 세우도록 독려했다. 백성들을 몇 명씩 묶어 효과적으로 불을 끄도록 지시하니 그 움직임이 일사불란했다. 그렇게 불화살이 사흘을 날아들었다.

"도대체 언제까지 이러고만 있을 작정이오."

무왕이 몸이 달았는지 다시 성충에게 목소리를 높였다.

54

"정 답답하시면 내일 폐하께서 직접 군을 지휘해 성을 공략해보시지요."

"듣던 중 반가운 소리요. 내 전군을 휘몰아 반드시 가잠성을 무너뜨릴 테니 잘 보아두시오."

막상 큰소리를 쳤으나 어떻게 승리할 수 있을지는 막막했다. 무왕의 막사는 밤새 불이 꺼지지 않았다.

"석포를 발사하라!"

날이 밝자 석포를 시작으로 백제군의 총공세가 시작되었다. 커다란 돌이 날아들어 신라군이 밤새 메워놓은 성벽을 때려 먼지를 일으켰고 어떤 곳에선 구멍이 났다.

"궁수들은 뭘 하느냐? 활을 쏴라!"

석포와 함께 화살이 날아들어 구멍을 메우려 달려드는 신라군들을 쓰러뜨렸다.

"전군 돌격!"

궁수들의 지원을 받으며 보병들이 창칼을 들고 달려나갔다. 신라군은 성벽 위에서 화살을 쏘며 보병들이 거마에 접근하지 못하도록 필사적으로 방어했다. 백제군은 쓰러지는 병사들을 밟고 전진하여 거마들을 하나씩 제거했다. 거마가 제거되자 갈고리가 달린 사다리를 성벽에 걸치고 기어오르기 시작했다. 거기에 여러 대의 운제[8]가 성벽을 향해 밀려왔다.

신라군은 기어오르는 백제 병사들을 향해 화살을 날렸고 백성들은 뜨거운 물과 분뇨를 날라다 성벽 아래로 퍼부었다. 화살을 맞고 쓰러지는 자, 뜨거운 물을 얼굴에 뒤집어쓰고 고통에 소리치는 자, 칼을 맞고 성벽 아래로 떨어지는 자들로 눈을 뜨고 볼 수 없는 아수라장이 펼쳐졌다. 무왕은 군사들을 독려하느라 목이 쉬었다.

"물러서는 자는 나의 손에 죽을 것이요, 용감하게 싸우는 자는 큰 상을 받게 될 것이다. 한 치도 물러나지 마라!"

이런 공방전이 반나절이나 계속되었다.

"성벽이 무너졌다!"

석포의 공격으로 성벽 한쪽이 허물어져 두세 사람이 지나갈 정도의 공간이 생겼다. 그곳을 향해 백제 군사들이 몰려들기 시작했다.

"목책木柵을 세워라!"

성주 찬덕이 재빨리 군사들을 다그쳐 구멍 난 성벽에 목책을 세워 방어했다.

---

8 雲梯. 수레에 지붕을 씌운 후 앞에 큰 사다리를 붙여 성벽을 기어오르도록 만든 공성 도구

"두 겹, 세 겹으로 목책을 세워라. 어서 서둘러라. 받침대를 가져와라!"

찬덕의 재빠른 대응으로 뚫린 성벽이 급히 메워졌다. 이에 성벽 쪽으로 달려들었던 수백 명의 백제 군사가 성벽 위에서 쏜 화살을 맞고 쓰러졌다.

"폐하, 이대로는 아무리 해도 무리입니다. 아군의 피해만 늘 뿐입니다."

"분하다. 일단 후퇴하라."

둥, 둥, 둥.

후퇴의 북이 울리자 거대한 방패를 든 군사들이 앞으로 달려나갔다. 보병들이 방패의 보호를 받으며 뒤로 물러섰다. 백제군이 후퇴하는 모습을 보고 성안에서 승리의 함성이 쏟아졌다. 신라군은 화살만 날릴 뿐 성문을 열고 추격해오지는 않았다.

"어찌 삼만이나 되는 대군으로 만 명밖에 안 되는 신라군에게 패할 수 있단 말인가!"

무왕은 자신에게 화를 내고 있었다. 왕으로서 직접 지휘한 전투에서 전과를 올리지 못한 것이 분했던 것이다.

"첫 싸움치고는 잘하셨사옵니다."

"지금 짐을 놀리는 거요? 싸움에서는 물러남이 없어야 하거늘 짐은 이미 군사를 물렸소. 이것은 패배나 다름없는 일이오."

"옛말에 축록자불견산逐鹿者不見山이라 했사옵니다. 사슴을 좇는 사람은 산을 보지 못하는 법입니다. 적군을 죽이는 일에만 몰두하면 승리하는 법을 놓치게 되고, 싸움의 승리만 생각하면 전쟁에서 이기는 법을 잊을 수 있사옵니다. 적군을 쓰러뜨리는 일이나 작은 싸움에서 이기고 지는 것은 크게 중요하지 않습니다. 중요한 것은 전쟁에서 이기는 일이옵니다."

"전쟁에서 이기는 일이라…. 그럼 이 전쟁에서 이기는 길이 무엇이라고 생각하는가?"

"고립이옵니다."

호기가 강한 무왕이었지만, 한 번 패하고 나자 성충의 말이 옳음을 확신하게 되었다.

전투는 열흘을 넘기고 있었다. 백제군은 성안의 신라군이 지치기를 기다렸고, 신라군은 지원군이 오기를 기다렸다. 도대체 지원군은 어디서 무얼 하고 있는 것일까?

신라의 진평왕은 상주와 하주, 신주의 군사들을 동원해 가잠성을 지원하라고 명을 내렸다. 하지만 이때 세 주의 지원병들은 아막산성을 지원하기 위해 남쪽으로 내려가 아막산성에 거의 도달한 참이었다. 명을 받고 세 주州의 지원병들은 다시 길을 거슬러 올라 북쪽으로 향했다. 그러느라 며칠이 지나버렸다. 결국 지원군이 모두 모여 가잠성 구원을 논의한 것은 공격이 시작되고 보름이나 지난 후였다.

지원군은 성을 포위한 백제군에 타격을 가하기 위해 후방을 기습한다는 계획을 세웠다. 하지만 성충은 만만한 상대가 아니었다. 신라의 지원군이 지나는 길목 두 곳에 오천의 군사를 매복시켜두었다. 신라군은 예상하지 못했던 기습을 당해 크게 패한 후 백 리 밖으로 물러났다. 한 번 기습을 당한 신라군은 조심스러워졌고, 가잠성을 지원할 방법에 대한 격론만 오갈 뿐 이렇다 할 행동을 취하지 못하고 있었다.

그러는 동안 백제군은 낮에는 석포를 쏘고 밤에는 불화살을 날려 성안의 군사들이 쉴 틈을 주지 않았다. 신라군은 잠을 자지 못하니 괴롭기 이를 데 없었다. 그렇게 한 달이 지나면서 성안 군사들은 사기가 급격히 떨어졌다. 지원군이 오다가 백제군에게 전멸했다는 소문까지 퍼져 나갔다. 전멸까지는 아니지만, 실제로 지원군은 백제의 복병을 만나 후퇴하기를 반복하고 있었다. 성주 찬덕은 군사들을 위무하는 한편 어떻게든 지원군과 연락을 취해보려고 했으나 고립무원의 상황에서 방법을 찾지 못했다.

겨울에 시작된 싸움이 봄까지 이어졌다. 무려 석 달 하고도 열흘이 넘는 동안 계속된 싸움으로 신라군은 식량이 바닥나고 말았다. 성안에는 마실 물이 부족하여 오줌을 받아 마셔야 하는 처지가 되었다. 가잠성을 포위한 후 성충이 집중한 것은 성을 빼앗기 위한 공격이 아니라 적의 보급로를 차단하고 지원군을 기습하여 성 안팎이 합류하지 못하도록 하는 것이었다. 지원군은 백제군의 기습과 매복전에 발이 묶이고 뒤로 밀려 어떻게 손을 쓸 수 없는 상황이 되고 말았다. 성충은 몸이 근질거려 하는 무왕을 위해 직접 신라의 지원군을 공격하도록 하여 호방함을 발산하게 하는 여유를 부렸다. 성충의 고립작전은 이토록 치밀하고도 지루하게 전개되고 있었다.

식량과 식수가 떨어지고 얼마 후, 성안으로 지원군에 대한 소식이 날아들었다.

"장군! 상주, 하주, 신주에서 출병한 우리 지원군이 백제군의 기습으로 크게 패하여 결국 되돌아갔다 하옵니다."

"지원군이 돌아갔다고? 그럴 리가 없다."

"틀림없는 사실이옵니다."

60

"아! 위급한 성을 눈앞에 두고 어찌 구원도 하지 않고 되돌아갈 수가 있다는 말이냐. 우리가 목숨을 걸고 일백 일을 버틴 것을 그들이 진정 모른단 말이냐. 이것은 의리가 없는 것이다. 세상이 어찌 이리도 야박하단 말인가? 나 찬덕은 의리 없이 살기를 바라지 않는다. 그들이 나를 버릴지언정 나는 신라를 버리지 않을 것이다."

"하지만 장군. 이제 식량도 바닥나서 군사들이 시체를 먹어야 할 지경이옵니다."

"나도 알고 있다. 이제 방법은 하나뿐이다. 전군에 명한다. 성문을 열고 나가 싸우자. 죽기로 싸운다면 살길을 열 수 있을 것이다. 성문을 열어라."

드디어 성문이 열리고 성안의 신라군이 최후의 결전을 위해 몰려나왔다. 그 모습을 본 성충이 말했다.

"이제 때가 되었습니다. 저들은 지금 최후의 발악을 하고 있습니다."

"궁수는 화살을 쏴라!"

성문 밖으로 달려 나오는 신라군을 향해 화살이 날아들었다. 누구는 가슴에, 누구는 다리에, 누구는 얼굴에 살을 맞은 군사들이 속절없이 쓰러졌다. 그 틈을 타고 백제의 기병이 전진하니 최후의 격전이 벌어졌다. 치열했던 싸움은 금세 기울었다. 기병을 앞세운 백제군이 신라군을 밀어붙였고 오히려 문을 열고 달려 나오던 신라군이 서로 부딪히고 밀려 자기편에 깔려 죽는 처지가 되었다. 신라군은 성문을 닫지도 못하고 자기편에 밀려 패퇴하고 말았다. 이때를 놓치지 않고 백제의 기병이 열린 성문으로 들이닥쳐 이리 베고 저리 쳐서 길을 여니, 그 뒤를 이어 보병이 물밀듯이 밀어닥쳤다.

찬덕은 부하 장수들을 독려하며 칼을 빼 들고 백제군과 맞서 싸웠으나 힘이 다한 데다 유시流矢에 팔을 맞아 큰 부상까지 입고 말았다. 백제군의 포위망이 좁혀져 사로잡힐 위기에 처하자 찬덕은 하늘을 우러러 이렇게 말했다.

"왕께서 나에게 이 성을 맡겼으나 내 이를 보전하지 못하였다. 이제 무슨 얼굴로 왕을 뵙겠는가? 내 죽어 악귀가 되어 백제 사람들을 다 잡아먹고서라도 이 성을 회복하리라!"

그러고는 눈을 부릅뜨고 달려가 커다란 회나무에 몸을 날려 머리가 깨져 죽었다.

석 달 하고도 열흘을 넘는 긴 싸움은 이렇게 끝이 났고 백제군은 신라를 압박할 수 있는 중요한 전략적 요충지를 손에 넣게 되었다.

천관

"얏!"

"합!"

"탓!"

우렁찬 기합소리와 병장기 부딪히는 소리가 요란했다.

"아군과 거리를 유지하라. 적당한 거리를 계산하지 못하면 아군끼리 상하게 된다."

"예! 풍월주."

유신이 자신의 풍월도들을 데리고 수련을 하고 있었다. 유신을 따르는 무리는 삼백여 명이었다. 처음에는 가야계의 후손들이 많았는데 지금은 신라 귀족의 자제들도 많아졌다. 풍월주가 될 수 있었던 것은 유신의 무술과 용맹이 뛰어났기 때문이기도 했지만 외할아버지인 김숙흘종의 도움도 컸다. 그는 딸과 김서현의 결합을 극구 반대하던 사람이었다. 하지만 어쩔 수 없이 혼인이 성사되고 이윽고 손자가 생기자 마음을 바꾸었다. 그 후 외할아버지로서 손자의 앞길을 열어주기 위해 자신의 정치적 수완을 모두 발휘했고, 그 도움으로 유신은 어린 나이게 풍월주에까지 오를 수 있었다.

얻는 것이 있으면 잃는 것도 있는 법. 때로 사랑은 간섭이라는 모습으로 나타나기도 한다. 유신에게 혼담이 들어왔다. 유신의 외할아버지와 어머니는 미래를 위해 좋은 가문과의 혼인을 중매했고 그런 와중에 실력자인 하종夏宗 공의 딸 영모令毛가 거론되었다. 여기에 사도 태후까지 나서서 두 사람의 혼인을 지지했다.

"무슨 생각을 그리 골똘히 하십니까?"

"아, 해론奚論. 별거 아닐세."

해론은 유신의 낭도들을 훈련하는 일을 맡고 있었다. 세 살이 아래였으나 용맹하고 기개가 높아 유신은 그를 아꼈다.

"설마 또 천관天官을 생각하는 건 아니시지요? 마음은 이해 못 하는 바 아니오나, 풍월주께서는 큰 뜻을 품으신 분입니다. 천관이 그 큰 뜻에 도움이 되지 못할까 두렵습니다. 그러니…."

"도련님!"

해론이 말을 마치기도 전에 헐떡이며 달려오는 목소리가 있었다. 해론의 집을 돌보는 노비였다.

"마님께서 속히 돌아오시랍니다."

"왜? 무슨 일이시라더냐?"

"나리께서 돌아가셨다 하옵니다."

"뭐? 아버님께서? 무슨 소리냐? 그럴 리가 없다. 자세히 말해보거라."

해론의 부친 찬덕은 당시 가잠성에 성주로 가 있었다.

"나리께서 백제군의 공격으로 전사하시고 성은 함락되었다고 합니다. 무려 백 일이 넘는 싸움에서 끝까지 성을 지키시다가 끝내…."

"이럴 수가! 아버님께서…."

해론은 주저앉고 말았다. 유신이 그의 팔을 붙잡고 말했다.

"아버님은 용감한 분이셨네. 지금은 어머님을 위로해드리는 것이 아들 된 도리가 아닌가. 어서 가보게."

해론이 그 말을 옳게 여겨 급히 말을 몰아 집을 향했다. 유신은 해론의 뒷모습이 보이지 않을 때까지 지켜보았다.

'죽음은 무엇이고 삶은 또 무엇이던가. 어차피 죽을 목숨, 무엇에 구애받을 이유가 없지 않은가?'

용감했던 한 장군의 전사 소식이 유신의 억눌린 본성을 건드렸다. 유신은 천관을 떠올렸다. 천관은 기녀妓女였다. 천관의 집안은 대대로 옛 가야의 무녀巫女로 하늘에 제사를 지내는 일을 맡아보던 하늘의 사람이었다. 가야가 신라에 복속되자 가야의 무녀는 노비가 되었고 그 후손인 천관은 기녀가 되었다.

찬덕의 전사 소식으로 수련회는 일찍 파했다. 유신의 발걸음이 천관에게로 향했다.

"앉으시지요."

머리카락이 땅에 닿을 듯 찰랑거렸다. 가늘고 오똑한 코가 귀여운 느낌을 주었고 그 아래에 자리 잡은 꽉 다문 입술은 야무진 인상을 풍겼다. 시련에 패인 상처들이 가득 담긴 눈은 서글퍼 보이기 마련이었지만 눈동자의 생기와 촉촉하게 윤기가 도는 볼이 젊음의 싱싱함을 말해주고 있었다. 미녀였다.

마주 앉은 두 사람은 말이 없었다. 찾아오는 사람도 없었다. 사방이 고요했다. 처음 만났을 때부터 그랬다. 말이 없어 벙어리라고 착각할 정도였다. 가끔 웃을 때 보이는 보조개가 돋보이는 이유는 말이 없기 때문이리라고 유신은 생각했다. 이제는 이런 침묵이 편안했다.

"오늘 존경하는 분이 전사하셨소. 백제와의 전쟁에서 성을 지키려다 최후를 맞이하신 게요. 아버님과는 막역한 사이셨소. 그분의 아들이 나의 부장이기도 하오. 이런 소식을 들을 때면 세상이 한없이 부질없어 보이오. 신라는 무엇이고 백제는 무엇이며 고구려는 또 무엇이오. 사람을 살리는 것이 군자의 덕목이거늘 세상은 사람을 많이 죽이는 자에게 상을 주고 있소."

"전쟁이란 슬픈 것입니다."

천관이 작은 소리를 냈다.

"그대는 내가 어찌했으면 좋겠소?"

"어찌하시다니요?"

"내가 풍월도로서 신라의 장군이 되고 백제와 고구려를 정벌하여 세상에 이름을 떨쳐 가문을 빛내는 영웅이 되기를 바라오? 아니면, 한 여자의 지아비가 되어 함께 아이를 돌보는 필부匹夫가 되기를 바라오?"

"영웅이 되실 것이옵니다."

"후…"

유신이 긴 한숨을 내뱉었다. 이상하게도 천관에게는 아버지나 어머니에게 하지 못하는 말까지 털어놓게 하는 힘이 있었다. 언젠가부터 캄캄하게만 보이는 세상과 그로 인해 꽉 막힌 듯한 가슴을 천관에게는 풀어놓을 수 있었다.

"장군이 되고 삼한三韓을 정벌하여 영웅이 되는 길은 피를 보는 일인데 내가 그걸 원할 것 같소? 돌이켜보면 그동안 풍월도가 되어 칼을 쓰고 활을 쏘는 일에 매진한 일이 한없이 부질없게 보인다오. 오늘 전사하신 찬덕 장군은 무엇을 지키려 했던 것인지···. 충은 무엇이고 효는 무엇인지···."

"약한 말씀 마십시오. 도련님께서는 옛 가야의 백성들을 위무하고 신라의 백성들을 평안케 하실 사명이 있지 않사옵니까? 사람에게는 각자의 명命이 있고 그 명에 따라 가야 할 길이 있는 법입니다."

"도대체 그 명과 길을 누가 정했단 말이오. 나는 인정할 수가 없소."

천관은 다시 말이 없었다.

"나는 단지··· 그대와 함께··· 머물고 싶을 뿐."

심장이 두근거리는 소리가 천관의 귀에도 들렸을까? 천관의 눈동자가 흔들렸다. 입술 끝이 파르르 떨리더니 급히 일어섰다. 유신이 따라 일어서며 뒤돌아 나가는 천관을 뒤에서 안았다. 천관의 등에 귀를 대자 동맥의 뜨거운 피가 흐느꼈다.

"그래, 알아봤느냐?"

"예, 마님."

"어디로 가더냐?"

만명 부인萬明夫人이 하인에게 유신의 행적을 묻고 있었다. 아들의 거동이 수상쩍다고 여긴 만명 부인이 은밀히 미행을 붙였던 것이다.

"그것이…."

"왜 말을 못 하느냐. 어서 말하라!"

"도련님께서는…, 기루妓樓에 들르셨사옵니다."

"기루라니! 유신이 기생집에 들락거린단 말이더냐? 그래, 거기서 누구를 만나더냐?"

"사람들 말에 따르면 도련님께서는 이틀에 한 번꼴로 들르시는데… 천관이라는 기생의 집이라 하옵니다."

"혼담이 오가는 상황에 기루라니. 천관이라 하였더냐? 알겠다. 그만 물러가거라."

만명 부인은 속에서 치미는 분노를 억눌렀다. 배신감 같은 것이 밀려 올라왔다. 집안의 반대에도 김서현과 혼인을 했던 터라 배신감은 더욱 컸다. 몇 시진[9]을 꼼짝하지 않고 앉아서 생각에 잠겼다.

늦은 시각, 집으로 돌아온 유신이 만명 부인 앞으로 불려 왔다.

"취했구나."

"예, 어머니."

"내가 잘못 가르친 듯하구나."

"어머님 잘못이 아니옵니다. 혼란스러워 그런 것입니다."

"대체 뭐가 그리 혼란스럽단 말이냐?"

"그걸 잘 모르겠습니다."

두 사람은 한동안 말이 없었다. 만명 부인이 먼저 침묵을 깼다.

"찬덕 장군께서 전사하셨다는 소식은 들었느냐?"

"예."

"술은 그 댁에서 마신 것이냐?"

"…"

---

9 時辰. 두 시간가량

"왜 말이 없느냐?"

"기루에 갔었습니다."

"기루라 했느냐? 아, 미륵보살이시여, 이 일을 어찌하오리까? 이 어미의 가슴이 찢어지는구나! 너는 아버님이 전쟁터를 누비며 목숨을 걸고 싸우는 이유를 잊었느냐? 이 어미가 살아가는 이유가 무엇인지 잊었느냐? 모두 너 때문이다. 너 하나만을 보고 이 험한 세상을 살아왔다. 그런데 너는 기루나 들락거리고 있다니!"

유신도 잠자코 있지 않았다.

"기루에 가는 것이 무슨 잘못이옵니까?"

"기루에 간 것을 나무라는 것이 아니다. 네 마음을 말하고 있는 것이야! 가서 누구를 만났느냐? 네 마음이 어디에 가 있느냔 말이다! 천관이라는 아이냐?"

유신이 흠칫했다. 눈빛이 매워졌다.

"어찌 아셨습니까?"

"지금 어미를 핍박하는 것이냐? 너를 어찌 길렀는데. 한낱 기생에게 빠지다니."

"신분의 차이가 무슨 소용이란 말씀이십니까? 어머니께서도 아버님과 혼인하실 때 외조부모님의 반대가 있으셨지 않습니까?"

"그러니까 이러는 것이다. 신분의 차이가 있는 혼인이 얼마나 힘든 것인지 내가 너무도 잘 알지 않느냐! 너의 아버님과 내가 겪은 일을 너에게만은 물려주고 싶은 않은 것이야. 이 어미의 마음을 진정 모르더란 말이냐?"

"모르겠습니다. 아무것도 모르겠습니다."

유신은 울고 있었다. 그런 아들을 바라보는 어머니의 마음에도 눈물이 고였다. 하지만 어머니는 눈물 대신 매를 들었다.

"선택해라. 이 어미냐, 그 천관이란 아이냐? 둘 중 하나를 선택해라. 나는 네가 잘못된 길로 가는 것을 지켜볼 수만은 없다. 네가 나를 선택한다면 앞으로 천관이라는 아이의 집에는 가지 마라. 네가 그 아이를 선택한다면 지금 이 집에서 나가거라. 그리고 다시는 돌아오지 마라."

"어찌 그런 말씀을…."

"두말할 것 없다. 나가보거라."

방을 나온 유신이 마당에 머물렀다. 바람이 낯설었다.

다음 날 아침, 유신은 평소처럼 일어나 문안 인사를 올렸다. 어머니는 말없이 고개만 몇 번 끄덕였다. 믿음의 표시였다.

집을 나선 유신은 해론의 집으로 향했다. 하룻밤 사이 유족들은 가장의 부재不在를 받아들이고 있었다. 해론은 아버지의 복수에 대한 생각으로 눈물조차 나오지 않는다며 분개했다. 그 아버지에 그 아들이었다. 너무 강하면 부러지기 쉽다는 것을 유신은 알고 있었다. 하지만 지금은 복수라는 분명한 뜻이 있는 해론이 부럽게 느껴졌다. 자신에게는 가문을 일으킨다는 뜻도, 나라를 위해 대업을 이룬다는 목표도 없었다. 마지막 남아 있던 지푸라기 같은 희망도 놓아버린 유신이었다. 천관의 얼굴이 떠올랐지만 고개를 흔들어 흩어버렸다. 평소 같은 하루를 보냈다. 하루가 길었다.

천관은 열흘이 넘도록 유신을 보지 못했다. 이틀에 한 번꼴로 들르던 유신이었다. 이별을 예감했지만 실감은 나지 않았다. 천관이 자신의 배를 내려다보며 손으로 쓰다듬었다. 달거리를 거른 지 석 달째였다. 달이 좋아 밖으로 나왔다. 크게 숨을 쉬니 답답했던 가슴이 진정되는 듯했다.

딸가닥, 딸가닥.

말발굽 소리였다. 천관이 반사적으로 고개를 돌렸다. 유신이었다. 거리가 있어 희미했지만 분명 유신이었다. 몸이 흔들리는 것이 술에 취한 듯 보였다. 금방이라도 말에서 떨어질 듯

위태했다. 천관이 달려나가려는 찰나, 유신이 고개를 들었다. 놀란 듯 급히 말에서 내렸다. 크게 한숨을 내쉬고는 혼잣말로 중얼거리더니 자신이 타고 온 말에게 뭐라고 이야기를 건네는 듯했다. 그러고는 칼을 뽑아 말의 목을 내리쳤다. 피가 폭포수처럼 솟구쳤다. 유신의 얼굴과 옷이 붉게 물들었다. 칼을 내던진 유신이 왔던 길을 되돌아 걸어갔다. 돌아보지 않았다.

천관은 떨리는 손으로 허리띠에 걸린 드리개를 매만졌다. 수십 가닥으로 엮인 비단 실에 둥글고 납작한 동전 같은 모양 여럿이 금으로 장식되어 묶여 있었다.

"어울릴 듯해서…"

열흘을 내리 찾아오던 유신이 드리개를 내밀며 했던 말이다. 다시는 유신을 볼 수 없을 것이다. 아니, 보지 않을 것이다. 날이 밝자 천관은 짐을 쌌다. 최대한 유신과 멀어져야 했다. 유신의 마음이 돌아섰다면 어떤 것으로도 되돌릴 수 없음이 분명했다. 거리가 멀면 마음도 멀어질 수 있으리라. 천관의 계산이었다.

천관이 사라진 후 유신에게선 말이 사라졌다. 꼭 필요한 말 이외에는 입을 열지 않았다. 유일하게 말을 주고받는 이는 해론이었다. 두 사람은 비슷한 경험을 공유하고 있었다. 상실.

74

유신은 천관을, 해론은 아버지를 잃었다.

 "자네는 이 세상이 살아볼 만한 가치가 있다고 보나?"

 용화향도龍華香徒들과 산을 달리다 잠시 쉬는 틈에 유신이 해론에게 말했다.

 "적어도 해야 할 일은 있으니까요."

 해론의 대답은 도움이 되지 않았다. 어차피 대답을 듣기 위해 던진 말도 아니었다. 오히려 자신에게 던진 말이었다. 유신에게 세상은 아무것도 아니었다.

 "그 말이 부럽게 들리는군."

 "형님, 저는 생각이 깊지 못해서 도움이 되지 못하겠습니다만 이것 하나만은 말씀드리고 싶습니다. 형님께서 지금 느끼시는 고통이 아마도 도움이 될지 모른다는 겁니다. 때로는 짐도 힘이 되는 법입니다."

 "짐이 힘이 된다…."

 유신이 해론의 말을 되뇌며 자신에게 던져진 짐들을 생각했다. 아버지는 쓰러져가는, 아니 쓰러졌던 가문을 일으켜 세우기 위해 온갖 노력을 하고 있었다. 하루아침에 될 수 있는 일이 아니었기에 자신에게 기대하는 바가 크다는 것도 알았다. 마음만 먹는다면 할 수 있을 것 같기도 했다. 그러나 이내 천관이 다시 떠올랐다. 태어나 처음 스스로 시작한 마음이었다.

"저는 늘 부족한 아들이었습니다. 아버님은 싸움에서 용맹하고 물러나서는 고요한 분이셨습니다. 저는 발뒤꿈치만큼도 따라가지 못하는 아들이었고 그것이 저에는 큰 짐이었습니다. 아버지께서 전사하셨을 때 한편으로 홀가분했다는 말씀을 드린다면, 안 믿으시겠지요? 사실입니다. 그런데 곧 가족을 이끌어야 한다는 새로운 짐이 생겼다는 것을 알았습니다. 아버지의 한을 풀어드려야 한다는 짐도 함께 말입니다. 그런데 지금은 그 짐이 저를 살아가게 합니다. 세상이 살아볼 가치가 있느냐고 물으셨지요? 그런 게 있는지는 모르겠습니다만 짐을 진 사람은 계속 가야만 합니다. 문득 이런 생각이 들더군요. 남이 짐을 지게 하면 고통이지만 스스로 짐을 지면 그게 힘이 되는 건 아닐까 하는…"

"…. 나보다 낫네그려."

유신이 일어섰다. 해론의 이야기가 여전히 귓가를 맴돌았고 두서 없는 생각들이 유신을 괴롭혔다.

'이루고 싶은 뭔가를 위해 사는 것은 좋은 일이지만, 어쩔 수 없이 해야 하는 것이 있다면 그 또한 나쁘지는 않을 것이다. 그것이 비록 자신이 원하는 것이 아니라 할지라도.'

그날은 늦도록 말을 달렸다.

얼마 후 유신은 혼례를 올렸다. 배필은 하종 공의 딸 영모였다. 진흥왕의 동생인 세종의 손녀로 아버지 하종 공은 11대 풍월주를 지낸 세력가였다. 만명 부인이 학수고대하던 혼례였다. 신라 왕실 중에서도 세도 있는 집안의 규수를 맞이했으니 유신의 집안에서는 경사가 아닐 수 없었다.

혼례를 올린 후 유신은 점차 안정을 찾아갔다. 짙은 안개로 가려졌던 세상이 아침 햇살에 서서히 명료해지고 있었다. 집안의 대소사에 관여하게 되었고 전쟁터로 말을 달리는 날도 늘어났다. 스스로 짐을 지기 시작했다.

고수전쟁

"부끄러움을 알고 자결하라!"

수나라 문제文帝가 양량楊諒과 양광楊廣 두 아들에게 명을 내렸다.

"폐하, 한 번 싸움에 패했다고 죽으라고 명하시면 죽지 않을 장수가 몇이나 있겠사옵니까?"

양량이 울면서 호소했다.

"이것은 폐하의 전쟁이옵니다. 저희는 그저 명을 따랐을 뿐인데 어찌 칼을 내리시나이까?"

양광은 고개를 들고 아버지를 올려다보며 눈을 부라렸다. 이번 고구려와의 전쟁에서 양량과 양광은 대패를 당했다. 양량은 싸움에서 졌고 양광은 군량선을 빼앗기고 보급로를 차단당해 군사가 몰살되고 말았다. 지켜보던 황후가 문제를 설득해 겨우 두 아들을 죽음에서 구했다. 이 일로 두 아들은 아버지와 멀어졌다.

589년 분열되었던 중국을 수나라가 통일했다. 중국의 통일은 삼한의 땅에 있는 나라들에는 새로운 변화이자 위협으로 작용할 것이었다. 이를 감지한 삼국은 각기 다양한 방법으로 수나라와 접촉하여 자국의 이익을 위해 활용하고자 발 빠르게 움직였다. 삼국 모두 대륙의 통일을 축하한다는 사신을 보낸 것이 그 시작이었다.

하지만 속내는 모두 달랐다. 백제는 수나라를 이용해 고구려의 남하를 견제하려 했고, 신라는 수나라와 손을 잡고 압박해 들어오는 고구려와 백제의 틈에서 숨 쉴 공간을 만들어야 했다. 그에 비해 수나라와 국경을 접하고 있는 고구려는 입장이 좀 달랐다. 축하 사신을 보내기는 했지만, 수나라 국내 사정이 안정되면 언젠가는 한바탕 대결이 불가피하다는 사실을 직감하고 있었다.

아니나 다를까 얼마 후 수나라가 고구려에 칭신稱臣을 요구하면서 관계가 악화되기 시작했다. 고구려는 하늘에서 내려온 천자天子의 나라였다. 칭신 문제로 자존심이 상한 고구려는 아예 수나라에 선제공격을 가해 장차 군사기지가 될 곳을 부숴버렸다. 고구려 영양왕嬰陽王이 말갈군을 이끌고 요서를 공격했던 것이다. 세계 역사에서 가장 많은 인원이 동원된 고수전쟁高隋戰爭은 이렇게 시작되었다.

고구려의 공격에 분노한 수 문제는 삼십만 대군으로 고구려를 공격할 것을 명한다. 아들 양량으로 하여금 고구려를 공격하게 하고, 양광에게는 후방에서 군수물자를 지원하는 일을 맡겼다. 대군을 맞이한 고구려는 강이식姜以式 장군을 중심으로 한데 뭉쳐 수나라의 수군을 격파하고 군량선을 파괴하여 보급로를 끊어버렸다. 거기에 장마와 질병까지 겹쳐 병사들의 사기가 떨어지자 수나라는 결국 철군을 선택했다. 황제로서의 위엄을 보이기 위해 일으킨 대규모 전쟁에서 참패를 당하고 만 것이다. 문제는 패배의 책임을 두 아들에게 물었다.

얼마 후 태자 양용楊勇이 향락에 빠져 방종하게 굴다가 태자에서 쫓겨났다. 문제는 아들들에게 엄격했다. 조금만 잘못이 있어도 책임을 물었고 태자의 폐위 역시 같은 맥락에서였다. 황후의 지지를 받은 양광이 태자에 올랐다. 양광은 양양 못지않은 문제아였다. 사치와 방탕은 물론이고 부황父皇의 후궁에게 눈독을 들여 범하려고까지 했다. 이 사실을 안 문제는 대로大努하여 폐 황태자 양용을 다시 황태자에 앉히려고 했다. 다급해진 양광이 평소 가까이 지내던 장군 우문술宇文述을 은밀히 불러냈다.

"큰일 났네. 내가 후궁을 탐하는 것을 황제께서 아셨네. 태자 자리에서 쫓겨날 판이네."

양광이 우문술을 천거하여 장군이 되게 했고, 우문술은 그 대가로 양광에게 충성을 다하고 있었다.

"기왕 이렇게 된 바에야 큰일을 도모하심이…."

"큰일이라니?"

"명만 내려주시면 제가 모든 것을 알아서 진행하겠사옵니다."

양광이 그 뜻을 알아차렸다. 잠시 생각하던 양광이 결단을 내렸다.

"그대가 나를 위해 노고를 아끼지 않는다면 그대를 영원히 중용하리라. 즉시 군사를 이끌고 대보전大寶殿으로 가라!"

"대업에 목숨을 걸겠사옵니다."

명을 받은 우문술은 즉시 군사들을 움직여 대보전으로 향했다. 수 문제는 막 잠자리에 들려던 참이었다.

"모두 죽여라!"

수백 명의 군사가 일시에 들이닥쳤다. 숙위宿衛하는 군사들은 물론 내시와 궁녀들까지 숨을 쉬는 것들은 모조리 도륙하기 시작했다. 비명에 놀란 문제가 당황하여 칼을 빼 들고 달려 나오다 우문술과 정면으로 마주쳤다.

"무슨 일…."

말을 마치기도 전에 우문술의 칼이 문제의 배를 갈랐다.

다음 날 변란이 일어나 황제가 시해되었고, 역도의 무리를 양광이 진압하였으며, 양광이 황제의 자리에 오른다는 포고령이 내려졌다. 장차 위협이 될 수 있었던 양용에게는 문제의 유언장을 조작하여 자결하라는 명을 내렸다. 양용이 자결하지 않고 달아나자 근위대장 우문화급宇文化及을 보내 죽여버렸다. 우문화급은 우문술의 아들이었다. 이렇게 자기 손으로 아버지를 죽인 양광이 스스로 황제의 자리에 오르니 그가 바로 수나라 2대 황제 양제였다.

아버지와 형을 죽이고 황제가 된 양제는 전형적인 폭군의 성향을 드러냈다. 모든 것을 자기 마음대로 할 수 있다는 생각, 그것이 폭군의 기본조건이 아니던가. 태자 시절 향락을 일삼던 버릇을 고치지 못한 양제가 가장 먼저 한 일은 낙양성 서쪽에 큰 연못을 파게 하는 일이었다. 말이 연못이지 끝이 보이지 않을 정도로 커서 바다라고 해도 믿을 지경이었다. 그리고 그 한가운데에 큰 섬 세 개를 조성하여 누각을 짓고 정원을 꾸미게 했다. 희귀동물을 풀고 기암요초奇巖妖草로 장식한 후 궁녀들과 밤낮으로 즐기니 이곳을 서원西苑이라 불렀다.

토목공사는 여기서 그치지 않았다. 만리장성을 새로 쌓게 했고 낙양에 동경東京을 축조했다. 또한 아버지가 중단시킨 대운하 공사를 재개해서 북경에서 항주까지 연결되는 거대한 수로를 만들었다. 토목공사에는 사람이 동원되는 법, 끝없는 토목공사로 백성들의 원성과 불만이 하늘을 찌를 듯했다. 하지만 대운하는 남쪽의 장강과 북쪽의 황하를 연결해주었고 물자와 사람의 이동을 원활하게 해주어 경제를 활성화했다. 머지않아 있을 고구려 침공에서 대운하는 물자 조달을 위한 통로로 적극 활용될 터였다.

국내 질서가 안정되자 양제는 아버지가 실패했던 고구려 정복을 이루겠다는 야심을 드러낸다. 자신이 아버지보다 뛰어나다는 것을 보여주고 싶었던 것이다. 양제는 아버지를 죽인 명분을 스스로 찾고 있었다. 먼저 고구려에 사신을 보내 입조入朝하지 않으면 군사를 보내서 정벌하겠다고 협박했다. 물론 고구려가 따를 리 없다는 것을 알고 있었다. 양제에게 필요한 것은 군사를 일으킬 명분이었다.

영양왕의 콧방귀가 황제의 침실에까지 날아들자 양제는 고구려를 공격하겠다는 조서를 내린다. 612년, 삼국의 운명을 좌우할 수 있는 거대한 전쟁이 시작되려 하고 있었다.

고구려의 영양왕은 막리지莫離支 을지문덕乙支文德과 함께 수나라의 침략에 어떻게 대비할 것인지 이야기를 나누고 있었다.

"일찍이 우리 고구려에 이토록 큰 전쟁은 없었소. 수나라의 군사가 무려 이백만이 넘는다고 하오."

용상의 왕이 어두운 얼굴로 막리지를 내려다봤다. 침착과 용맹의 두 얼굴을 한 을지문덕은 표정에 변화가 없었다. 대답이 없자 왕이 말을 이었다.

"아버지와 형을 죽인 포악무도暴惡無道한 황제가 작정을 하고 달려드니 어찌하면 좋겠소?"

잠시 뜸을 들인 을지문덕이 말한다.

"전쟁은 군사의 수로 하는 것이 아니옵니다. 전쟁에서 가장 먼저 살펴야 할 것은 지형이옵니다. 지형을 살핀 후에야 활용할 수 있는 군사의 수가 결정되고, 그런 후에야 비로소 쌍방의 전투력을 가늠할 수 있으며, 그에 따라 전략과 전술이 만들어집니다. 적군의 군사가 이백만이라고 하나 싸우는 곳이 우리 고구려 땅이라면 두려울 것이 없습니다. 지형을 잘 알고 싸우는 군대를 당할 수는 없는 법이오니 너무 심려하지 마시옵소서. 대병大兵이 오히려 적의 약점이 될 것이옵니다. 게다가 양광은 아버지와 형을 죽인 패륜아가 아닙니까? 도를 거스른 자는 하늘이 그를 벌하기 전에 스스로 무너진다고 하였으니 양광이 그리될 것입니다."

"막리지의 말을 들으니 위안이 되는 듯하오. 적군이 수륙 양면으로 나뉘어 몰려온다고 하는데, 그 방향과 대응책을 알고 싶소."

"수나라의 지상군은 양제의 지휘하에 요하를 건너올 것이옵니다. 요하를 건너면 곧 요동성인데, 요동성은 강이식 장군이 지키고 있으니 걱정할 것이 없사옵니다. 설사 그들이 요동성을 피해 요수를 건너 평양성으로 향한다고 해도 보급로가 길어져 약점이 될 것이니, 그때는 제가 그들을 섬멸할 것이옵니다. 배를 타고 오는 수군은 고건무高建武 장군과 서부 대인西部大人 연태조淵太祚에게 만반의 채비를 하도록 일러두었사오니 그들에게 맡겨두시옵소서. 적들이 두 방향에서 공격해온다면 우리는 두 곳을 지키면 되고, 세 곳으로 나누어 오면 세 곳을 지키면 될 것이옵니다."

"짐은 막리지를 믿겠소. 하지만 적의 군사들이 출병하는 데만 사십 일이 걸렸고 그 행렬이 구백육십 리에 달한다고 하니 어찌 마음을 놓고만 있을 수 있겠소. 국운이 걸린 싸움이니 목숨을 걸고 임해야 할 것이오."

"명심하겠사옵니다, 대왕마마."

영양왕과 을지문덕이 대책을 논의하고 있는 그 시각, 수양제가 이끄는 삼십만 대군이 요하에 당도하고 있었다. 요하는 강 폭이 넓고 깊어 사람이 그냥 건너올 수 없었다. 양제는 공부상서工部尚書 우문개宇文愷를 불러 물의 깊이를 재고 얕은 곳을 골라 부교浮橋를 만들도록 명했다. 강을 건너는 배들을 모아서 엮고 주변 나무를 베어 부교를 만드니 사흘 만에 말 열 마리가 한 번에 지날 수 있는 부교 세 개가 만들어졌다.

"군사들은 부교를 건너 진군하라!"

양제의 명이 떨어지자 보병들이 먼저 부교를 건너기 시작했다. 군사들이 부교를 절반 넘게 지났다 싶었을 때다.

"활을 쏴라!"

강 건너 언덕에서 화살이 억수처럼 날아오기 시작했다. 좁은 부교 위였기에 군사들은 피할 곳을 찾지 못해 화살에 맞고 쓰러져 나갔다. 앞선 군사들이 놀라 등을 돌리니 뒤따르던 군사들도 당황하여 서로 밀치다가 물에 빠져 휩쓸렸다.

"물러서지 마라! 뒤돌아오는 자는 내 칼에 죽을 것이다."

양제가 소리치고 장수들이 칼을 들어 되돌아오는 군사들을 베었다. 돌아갈 수 없다는 것을 안 군사들이 앞다투어 부교를 달리기 시작했다. 누구는 화살에 맞고, 누구는 밀려 넘어져서 물에 빠지는 아수라장이 연출되었다. 그러는 와중에도 부교를 건너 반대편에 도달한 병사들이 점점 늘어났다. 하지만 부교를 건넜다 해도 높은 언덕이 앞을 가로막고 있기에 기어올라야 했다. 기어오르는 동안 언덕 위에 몸을 숨기고 활을 쏘는 고구려군에 의해 다시 쓰러지니 진퇴양난의 꼴이 되고 말았다.

"석포를 날려라!"

요동성주 강이식 장군의 명에 따라 이번에는 언덕 위에 세워진 석포에서 돌들이 날아들기 시작했다. 석포는 부교를 집중적으로 공격했다. 순식간에 나무판에 구멍이 나고 배가 가라앉아 부교마저 무용지물이 되고 말았다. 화살과 돌덩이에 맞고 쓰러진 군사가 수를 셀 수조차 없었다. 하는 수 없이 양제는 군사를 물렸다. 한 번 싸움으로 오천이 넘는 군사를 잃었다.

"부교가 너무 작고 부실하다. 고구려군의 공격을 무시하고 건너갈 수 있도록 더욱 크고 튼튼하게 만들어라!"

양제의 명에 따라 다음 날부터 대대적인 부교 축조 작업이 시작되었다. 만여 명의 군사가 나무를 베고 밧줄로 묶는 작업을 일사천리로 진행하니, 닷새 만에 이전과는 비교할 수 없는 거대한 부교가 만들어졌다. 이렇게 부교는 완성되었지만, 이번에는 부교를 물에 띄우는 것이 문제였다. 물에 띄우려고만 하면 건너편에서 석포와 화살이 날아오는 통에 군사들만 축이 났다.

"적의 공격은 무시하고 부교를 건설하라!"

양제의 명이었다. 참으로 단순한 방법이었다. 군사의 수만 믿고 작은 출혈은 무시한다는 식이었다. 어쨌든 이 방법은 군사들의 목숨을 담보로 부교를 건설하게 해주었다. 그런데 이번에는 부교가 강의 폭보다 짧았다. 다 이었는데도 열 척[10]이나 모자랐다.

---

10 尺. 약 삼십 센티미터

"강으로 뛰어내리면 될 것이 아니냐!"

이번에도 양제의 명은 단순했다. 짧으면 강으로 뛰어내려서 헤엄쳐 가라는 것이었다. 헤엄쳐서 가는 것이야 문제가 아니지만 그러다 보니 갑옷이 물에 젖고 무거워져 몸놀림이 둔해질 수밖에 없다. 싸움에서 몸놀림이 둔하다는 것은 곧 죽음을 의미하는 것이 아니던가. 이렇게 삼십만이라는 대군이 막무가내로 부교를 건넜고, 결국 고구려군과 맞붙는 상황이 만들어졌다.

양제는 어이가 없었다. 강을 건너기는 했지만 군사가 만여 명이나 줄었고 강 하나를 건너는 데 무려 이십여 일이나 소요되었기 때문이다. 이삼 일이면 될 것 같았던 도하渡河에 열 배의 시간이 걸렸으니 군량도 그만큼 빨리 줄었다. 맥철장麥鐵杖을 비롯하여 군사를 이끌던 장군들도 여럿 잃었다.

군량을 아끼려면 시간이라는 자원을 잘 활용해야 한다. 양제는 하루빨리 요동성을 점령해야겠다 싶어 마음이 바빠졌다. 급히 군사를 몰아 요동성을 향하는데 가는 곳마다 인가가 텅 비어 있었다. 언덕 위에서 화살만 쏘던 고구려군도 정작 싸움이 시작되려 하자 어느샌가 달아나 보이지도 않았다.

"고구려놈들은 죄다 겁쟁이들이 아닌가? 가는 곳마다 짐을 다 챙겨서 도망을 치니 이렇게 싱거운 놈들이 어디 있겠나?"

고구려인들이 자신이 무서워 도망친 거라 생각한 양제가 거들먹거리며 말을 뱉었다. 하지만 차츰 이상한 느낌이 들었다.

"폐하, 인가에 가축이며 곡식이며 아무것도 남아 있지 않습니다. 논과 밭의 곡식들도 모두 파헤쳐지거나 불태워져 먹을 것이 없사옵니다. 필시 고구려군의 계략이 아닌가 하옵니다."

보고를 받은 양제가 고개를 끄덕였다. 예부터 고구려는 강력한 적들과 전쟁을 치를 때는 청야淸野의 방법을 사용했다. 들의 곡식들을 불사르고 밭을 갈아엎어 적이 식량으로 사용할 만한 것을 하나도 남기지 않았다. 인가의 가축과 식량은 모두 성안으로 운반하여 자신들의 군량으로 사용했다. 씨앗 하나라도 적에게 줄 수 없다는 정신으로 똘똘 뭉친, 고구려인들만이 가능한 기막힌 전술이었다.

"신경 쓸 것 없다. 군량은 아직도 넉넉하다."

보고를 무시해버린 양제였지만 찜찜한 기분을 지울 수 없었다. 곡식이 모두 불타 황량해진 들판의 바람이 으스스했다.

길을 재촉하던 양제에게 급한 전갈이 도착했다.

"앞에 복병입니다. 고구려군이 성을 나와 산등성이에 의지해 활을 쏘고 선봉 부대를 기습했습니다. 고구려군은 물리쳤지만 이천여 명이 전사하거나 다쳤사옵니다."

그들은 고구려군을 물리쳤다고 말했지만 사실은 고구려군이 목적을 달성하고 물러선 것이었다. 산에 복병을 숨겨두고 기습하여 적들을 혼란스럽게 하고는 다시 산으로 숨어버리는 전형적인 기습작전이었다. 요동성에 도착하는 동안 이런 일이 다섯 번이나 반복되었다. 진군속도가 늦어질 수밖에 없었다.

마침내 요동성에 도착한 양제는 성을 보고 혀를 내두르고 말았다. 성의 크기도 대단하거니와 성벽의 높이가 어른 스무 명을 세워놓은 것보다도 높았기 때문이다. 까마득한 성벽을 보며 양제의 입이 저절로 벌어졌다. 하지만 그는 여전히 자신이 몰고 온 군사의 수를 믿었다. 이까짓 높이 정도야 머릿수로 극복하면 될 일이다 싶었던 것이다. 미리 준비한 수많은 공성무기도 있지 않은가. 허영에 들뜬 양제의 마음이 금방 자만심으로 차올랐다.

장수들을 불러 모은 양제는 큰 싸움을 앞두고 일장 연설을 토해냈다. 그러고는 싸움에 큰 영향을 미칠 수 있는 중요한 명령을 하달했다.

"모든 장수는 들으라. 싸움에서 진퇴는 물론이고 적군의 장수를 사로잡거나 죽이는 일, 적의 항복을 받아들이는 일, 성의 어느 곳을 공격할 것이냐를 결정하는 일 등 싸움에 대한 모든 일은 짐이 직접 결정할 것인즉, 장수들은 움직임에 짐의 명을 따르라. 그렇지 않은 자는 군율을 어긴 것으로 간주하여 목을 벨 것이다."

모든 권한을 황제인 자신이 가지고 전쟁을 지휘하여 승리하려는 통제욕이자 과시욕에서 나온 명령이었다. 작은 일 하나까지 모두 보고해야 한다면 예기치 못한 사태가 수시로 발생하는 전쟁터에서 어떻게 임기응변을 발휘할 수 있겠는가? 장수들은 아연실색했지만 황제의 엄명이니 따르지 않을 수 없었다.

곧 대대적인 공격이 시작되었다. 이미 고구려군은 성 앞에 진을 치고 나와 싸울 태세를 갖추고 있었다.

"중군은 성문을 공략하고, 좌군과 우군은 성벽을 공격하며, 후군은 성벽을 공격할 수 있도록 지원한다. 각 장수는 자신의 몫을 다하여 반드시 요동성을 점령하라. 진군하라!"

양제의 명에 따라 수나라의 대군이 물밀듯이 밀려오기 시작했다. 멀리서 수십 대의 발석차[11]가 한꺼번에 돌아가는 소

---

11 發石車. 돌을 실어 날려 보내는 공성 도구

리와 거대한 돌덩이들이 바람을 가르고 날아가는 소리, 돌덩이가 성벽에 부딪히며 깨지는 소리로 땅이 울렸다. 돌과 함께 화살이 억수같이 쏟아지니 한 번에 수천 발이 날아가 성벽과 방패에 부딪히고 머리에서 뇌수를 뽑아냈다. 여기에 악을 쓰며 성벽을 향해 달리는 군사들의 아우성이 어우러졌다. 공포에 질린 사람의 입에서 나오는 비명만큼 두려움을 주는 것도 없으리라.

"당황하지 마라. 겁먹지도 마라. 우리는 성을 지키기만 하면 된다. 각자 자기 자리를 지켜라. 이것만을 기억하고 나아가 싸우라!"

고구려 장군 강이식은 군사들을 독려하며 이 말을 반복했다. 자기 자리를 지키기만 하면 이길 수 있다는 것을 알고 있었기 때문이다. 강이식의 전략은 장기적인 농성을 통해서 적을 지치게 하고, 야간에 성문을 열고 나가 기습을 통해 적을 피로하게 만드는 것이었다. 그러다 보면 군량이 떨어질 것이고 적들은 물러날 수밖에 없을 것이다.

'이번 싸움은 버티는 자가 이긴다.'

이것이 요동성주 강이식의 전략이었다.

성을 향해 달려온 보병들이 긴 사다리를 세우고 성벽을 기어오르기 시작했다. 하지만 수나라군이 가져온 사다리는 요동성의 높이에 비해 너무 낮았다. 성벽에 기대기는 했으나 사다리 꼭대기에 오른다 해도 성벽을 넘기는 어려웠다. 그렇다고 뒤로 돌아갈 수는 없기에 억지로 사다리를 기어올랐으나 아무런 소용이 없었다. 오히려 고구려군의 공격목표가 되어 화살받이가 되기 일쑤였다.

"운제를 준비하라!"

아무런 대책도 없이 성벽을 오르는 보병들 뒤로 수십 개의 운제가 밀려왔다. 운제 위에 올라간 군사들이 활을 쏘아 성 위의 고구려군을 쓰러뜨렸다. 하지만 그것도 잠시, 운제가 성벽 가까이로 다가오자 고구려군이 펄펄 끓는 물을 퍼부었다. 운제 위의 군사들이 얼굴을 움켜쥐고 비명을 지르며 나가떨어졌다. 고구려군은 이어서 기름을 붓고 불화살을 쏘아 운제에 불을 붙였다. 그렇게 수십 개의 운제 중 절반이 넘는 숫자가 불에 타거나 부서져 버렸다.

"폐하, 우리 군사가 크게 다치고 있습니다. 지금 이대로는 요동성을 얻기 어렵습니다."

양제는 결국 후퇴 명령을 내려야 했다.

첫 번째 공성에 실패한 양제는 다음 날 다시 공격 명령을 내렸다. 비슷한 상황이 반복되었는데 이번에는 발석차를 활용했다. 하지만 아무리 공격해도 요동성의 성벽은 철벽같이 단단했다. 날아간 돌들이 부서지기만 할 뿐 성을 무너뜨리지 못했다. 그도 그럴 것이 수나라의 성들은 돌을 쌓아서 만든 것들이기에 발석차나 석포로 쉽게 부술 수 있었지만 고구려의 성벽은 돌을 쌓은 후 진흙으로 보강하여 내구성이 아주 강했다. 수나라에서는 적군의 성벽을 무수히 깨부순 발석차였지만 고구려에서는 전혀 힘을 발휘하지 못하고 있었다.

"안 되겠다. 성벽이 단단하니 발석차로 한곳을 집중 공격하라!"

수십 대의 발석차가 한곳을 겨냥하여 집중적으로 돌을 날렸다. 그러기를 한참, 성벽 한쪽이 깨지기 시작했다.

"됐다. 부서진 성벽 쪽을 집중 공격하라!"

깨진 성벽을 향해 운제와 사다리들이 몰려들었고, 이내 수나라 군사들이 성 위로 기어올랐다. 백병전이 펼쳐졌다. 칼이 번뜩이고 창이 난무하는 상황에서 성벽 아래로 떨어지는 군사의 수를 헤아릴 수도 없었다. 그러다 성벽이 거의 허물어지다시피 했을 때 강이식이 명을 내렸다.

"백기를 올려라!"

강이식의 명에 따라 군사 하나가 항복을 알리는 커다란 백기를 흔들어 잘 보이도록 내걸었다.

"공격 중지! 공격을 중지하라!"

백기를 발견한 수나라의 장수가 공격을 멈추게 한 후 말을 돌려 양제에게 달려갔다. 명을 받기 위해서였다.

"성에 백기가 올랐사옵니다. 어찌해야 하는지 명을 내려주시옵소서."

"잘되었구나. 항복을 받아들일 테니 적군의 장수를 내게 데리고 오라."

군의 진퇴와 적군의 항복 같은 사안에 황제의 허락을 받으라는 엄명에 따른 조치였다. 항복을 받아도 좋다는 허락을 받고 되돌아간 장수는 아연실색하고 말았다. 백기는 사라졌고, 부서졌던 성벽이 돌과 목책으로 단단히 보강되어 있었다.

"속았구나. 거짓 항복이었어!"

장수는 다시 말을 돌려 황제에게 가서 적의 항복이 거짓임을 아뢰고는 공격 명령을 하달받은 후에야 성을 공격할 수 있었다. 그러나 이번에는 성이 보수된 데다가 그곳에 고구려 군사들이 몰려 있어 뚫을 수가 없었다. 이런 문제는 전쟁터 곳곳에서 일어났다. 성 밖으로 나왔던 고구려 군사들을 사로잡은 수나라 군사들이 이들을 어찌해야 할지 황제에게 물으러 간 사이 지원병이 도착해 사로잡은 군사들을 다 놓치는가 하면, 성을 공격하던 군사들이 참패를 당했는데도 제때 퇴군 명령을 받지 못해 몰살당하는 일까지 생겼다. 군사에 관한 모든 것을 직접 결정하려던 양제의 야심이 부른 재앙이었다.

　또다시 군사를 물린 양제는 이를 갈았지만 딱히 뾰쪽한 방법이 없어 시간만 보내게 되었다. 게다가 밤이면 고구려군이 성문을 열고 나와 기습을 가하는 통에 군사들이 편히 쉴 수도 없었다.

거짓 항복

한편 수나라의 수군水軍은 산동반도에서 출발하여 대동강에 이르렀다. 수군을 실은 배가 얼마나 많았는지 먼저 출발한 배가 대동강에 도착하는 순간에도 새로 출발하는 배가 있을 정도였다. 수군을 이끄는 장수는 대장군 내호아來護兒였고, 부총관 주법상周法尙이 군사자문을 맡았다.

대동강 포구에 도착해 진을 친 내호아는 수군이 도착했다는 사실을 알고 공격하러 온 고구려군과 일차 접전을 치른다.

"고구려놈들의 실력 좀 보자. 공격하라."

싸움은 생각보다 쉽게 끝나버렸다. 수나라군의 일방적인 승리였고 패배한 고구려군은 달아나기에 바빴다. 첫 싸움에서 크게 승리한 내호아는 마음이 교만해져 공을 세워야겠다는 야심에 불타올랐다.

"고구려군이 도망친다. 여기서 육십 리만 가면 평양성이다. 이 틈에 평양성을 빼앗아 전쟁을 끝낼 것이다."

"아니 됩니다. 우리 수군은 곧 지상군과 합류하게 되어 있습니다. 여기서 진을 치고 기다려야 합니다. 폐하의 명령을 어길 생각이십니까?"

주법상의 만류도 공을 세우겠다는 야심에 가득 찬 내호아를 어찌할 수 없었다.

"병법에 이르기를 격렬하게 흐르는 물이 무거운 돌을 밀어낼 수 있는 것은 물의 기세가 강하기 때문이고, 사나운 매가 작은 새를 잡아챌 수 있는 것은 시기를 놓치지 않고 급습했기 때문이라고 했다. 지금 우리가 그 물과 매이니 이 기회를 놓쳐서는 안 된다."

주법상을 남겨 배들을 지키게 한 후 내호아는 오만이 넘는 군사를 다그쳐 고구려군을 추격했다.

"한 놈도 살려두지 말고 죽여라!"

내호아의 명령으로 수나라 군사들이 내달리니 고구려 군사들이 연패를 거듭했다. 여러 번을 싸웠으나 모두 패한 고구려군은 후퇴를 거듭하여 결국 평양성 안까지 밀리고 말았다. 성문이 활짝 열려 있었던 탓에 수나라 군사들이 무혈로 입성하여 성안의 민가들을 약탈하고 백성들을 사로잡았다. 고대의 전쟁은 약탈전이었다. 약탈은 생존을 위한 방편이었고 군사들 중에는 이런 기회에 한몫 잡자는 생각으로 참전한 이들도 많았다. 그런 탓에 한번 약탈을 허용하면 군기가 문란해짐은 물론 다시 진열을 가다듬는다는 것이 무척이나 어려웠다.

수나라 군사들이 성을 마음껏 약탈하는 동안 고구려 군사들은 도대체 무엇을 하고 있었을까?

평양성에서 얼마 떨어지지 않은 외성에는 오래되고 낡아서 버려진 큰 절이 있었다. 그곳에 만 명이 넘는 고구려군이 숨어 있었다. 고건무 장군과 서부 대인 연태조가 이끄는 주력 병력이었다.

"지금 적들은 성을 약탈하느라 정신이 없습니다. 이 틈에 섬멸해야 합니다. 장군, 공격 명령을 내리시옵소서."

연태조의 말에 고건무가 고개를 끄덕였다.

"전군은 들어라! 지금 수나라 군사들이 우리가 일군 터전을 짓밟고 있다. 우리의 부녀자들을 겁탈하고 아이들을 죽이는 자들을 어찌 살려둘 수 있단 말인가! 오늘 저들을 죽이지 않는다면 우리가 어찌 고개를 들고 살아갈 수 있겠는가! 단 한 놈도 살려 보내서는 안 된다. 총공격하라!"

고건무의 명으로 군사들이 절에서 나와 수나라군을 급습했다. 한참 약탈에 정신이 없는 사이 급습을 당하니 후군이 금세 무너지고 말았다. 후방이 무너지니 성 곳곳에 흩어져 욕심을 차리던 군사들은 제 부대를 찾지 못하고 진도 짜지 못한 채 우왕좌왕했다. 결국엔 고구려의 정예병에게 이리 찔리고 저리 베여 각개격파 당했다. 뒤늦게 사실을 안 내호아가 긴급히 철수 명령을 내렸지만 명령을 전달할 수하장수도, 명령을 들어줄 군사도 보이지 않았다. 장군들조차 약탈에 정신이 팔려 제자리를 지키지 않았던 것이다.

내호아는 급히 주변의 부장들 몇을 데리고 말을 타고 달아났다. 그 뒤를 연태조를 비롯한 고구려군이 비호처럼 쫓아갔다. 목숨을 건 탈출이었기에 죽을힘을 다했던지 겨우 생명은 부지할 수 있었지만, 오만이 넘는 병사 중에서 살아 돌아온 병사는 수천에 불과했다.

내호아를 쫓던 연태조는 주법상이 진을 치고 기다리는 것을 알고는 군사를 거두어 평양성으로 돌아갔다. 그 후 내호아는 그곳에서 한 발자국도 움직이지 못하고 지상군이 도착하기만을 기다려야 했다.

수양제가 이끄는 중군이 요동성을 공략하는 동안 우중문于仲文과 우문술이 이끄는 별동대別動隊 삼십만은 요동성을 아래쪽으로 돌아 압록강 서쪽으로 모여들었다. 요동성을 점령할수 없을 것을 대비해서 압록강을 건너 곧장 평양성으로 진격하는 전략을 사용한 것이다.

출발하기 전 우중문과 우문술은 함께 전략을 짰다.

"우리의 삼십만 대군이라면 평양성 하나 점령하는 것은 쉬운 일입니다. 그런데… 문제가 하나 있습니다."

우문술이 걱정스럽다는 듯 말을 꺼냈다.

"그 문제라는 것이 무엇이오?"

"군량의 수송입니다. 고구려군은 식량을 모두 없애버리고 군량 수송을 못 하도록 후미를 치는 방법을 늘 사용해왔습니다. 이번에도 분명히 같은 방법으로 나올 것입니다."

이야기를 듣던 우중문이 좋은 생각이 났다는 듯 말했다.

"그야 쉬운 일 아니오? 고구려군이 보급로를 차단한다면 식량 보급을 받지 않고 싸울 방법을 찾으면 되지 않겠소?"

"어떻게 말씀이십니까?"

"군사들에게 자신이 먹을 군량을 스스로 지고 가게 하는 것이오. 평양성을 점령하고 돌아오는 데 백 일 치의 식량이면 충분할 터. 그만큼의 군량을 지고 가게 하시오."

"좋은 계책이십니다."

우중문의 계책은 곧 실행에 옮겨졌다. 수나라 병사들은 각자 자신이 먹을 군량인 백 일 치의 식량을 짊어지고 가게 되었다. 말이 백 일 치지 무려 석 섬[12]에 달했다. 석 섬이나 되는 군량을 지게 되었으니 군사들의 입에서 불평이 나오는 게 당연했다. 무거운 갑옷을 입은 채 어깨에는 군량을 짊어지고 손에는 병장기를 들고 먼 길을 가려니 괴롭기 이를 데 없었다. 기마병들은 그렇다 쳐도 보병들에게는 견디기 힘든 고통이었다.

"군량을 버리는 자가 있으면 참수할 것이니 그리 알고 생명처럼 사수하도록 하라!"

우중문이 엄명을 내려 군량을 버리는 일이 없도록 미리 단속을 했다. 지엄한 군율이니 지켜질 것이라 믿었지만, 사실은 그렇지 못했다. 하루 이틀이 지나자 무게를 견디지 못한 군졸들이 군량을 조금씩 버리기 시작한 것이다. 특히 장막帳幕을 치고 잠을 자고 난 후에는 군량이 급격히 줄어들었다. 장막 밑에 땅을 파고 군량 일부를 파묻어버렸기 때문이다. 땅에 파묻

---

12 한 말의 열 배. 약 백팔십 리터

으니 버렸다는 증거가 남지 않아 장수들이 벌을 주고 싶어도 그럴 수가 없었다. 군사들이 모두 이와 같은 방법으로 군량을 버리니 압록강을 넘어설 때쯤에는 이미 군량이 반 토막이 나 있었고, 평양성 근처에 도달했을 때는 군량이 바닥나서 퇴군을 걱정해야 할 판이 되었다.

"장군, 군량이 바닥입니다. 이대로는 평양성을 빼앗을 수 없습니다."

"민가民家를 뒤져서 군량을 찾도록 군사들을 보내시오."

"이미 주변 마을을 이 잡듯이 뒤졌지만 쌀 한 톨도 구하지 못했습니다."

"그럼 군량 보급을 요청하러 간 군사들은 어찌 되었소?"

"고구려군이 우리 군량 보급로를 어떻게 알았는지 매번 습격하여 불을 지르는 통에 군량 수송이 쉽지 않은 상황입니다. 일부가 겨우 습격을 피해 도착했지만 이 정도로는 사흘도 버티지 못할 것입니다."

"보급량을 줄이고 버틸 때까지 버텨봅시다. 고구려군은 우리가 군량이 부족하다는 사실을 알지 못할 테니 속전속결로 싸움을 끝내는 것이 최선이오."

우중문의 지시로 장수들은 하루빨리 싸움을 끝내기 위해

서 평양성 공략을 위한 작전회의에 들어갔다. 그때 부장 하나가 달려와 놀라운 사실을 알려주었다. 고구려의 막리지 을지문덕이 항복을 하기 위해 찾아왔다는 것이었다. 놀란 눈이 된 우중문과 우문술이 서로 얼굴을 마주 보았다.

"폐하께서 고구려의 왕이나 막리지 을지문덕을 만나면 반드시 사로잡으라고 하셨으니 좋은 기회일 것이오."

우중문이 말했다. 곁에서 듣고 있던 상서우승尙書右丞 유사룡劉士龍이 걱정스럽다는 듯 말했다.

"대장군, 신중하셔야 합니다. 항복을 하러 온 을지문덕을 사로잡는다면 고구려군이 항복을 받아들이지 않는 것으로 알고 끝까지 저항할 것이 분명합니다. 군량이 부족한 상황에서 고구려군이 끝까지 저항한다면 승리를 장담할 수 없을 것입니다."

"그럼 어쩌자는 말이오?"

"일단 군영으로 들여서 이야기를 들어본 후에 사로잡아도 늦지 않을 것입니다."

우문술이 중재안을 냈다. 우중문이 그 말을 따라 을지문덕을 불러오게 했다.

"위명威名을 사해에 떨치고 계신 우중문, 우문술 두 장군을 뵈니 기쁘기 한량없습니다. 멀리서만 존경하는 마음으로 앙망해온 터에 오늘에야 그 바람을 이루게 되었습니다. 소장 고구려의 연개소문이라 하옵니다."

한쪽 무릎을 꿇고 고개를 숙이는 모습이 여간 정중한 것이 아니었다.

"일어나시오. 이렇게까지 할 것은 없소."

우중문이 겸연쩍은 표정으로 호의를 드러냈다. 자신을 존경해왔다는 말에 어깨가 으쓱해져 관대함을 보여주고 싶어졌던 것이다.

"우리 고구려 대왕마마께서 두 장군께 항복의 예를 갖추라고 하셔서 이렇게 찾아왔습니다."

우중문이 을지문덕의 말에 속으로 쾌재를 부르면서도 짐짓 그렇지 않은 척했다.

"그 말을 어찌 믿는단 말인가?"

"그렇지 않다면 어찌 단기單騎로 여기까지 왔겠습니까? 여기 고구려 대왕마마의 항복문서가 있으니 믿어주십시오."

우중문이 두루마리를 받아 펼쳐보니 정말로 고구려 왕의 항복문서였다.

"이제 믿어주시겠습니까? 군사를 물리고 돌아가시면 곧 대

106

왕마마께서 백관百官을 거느리고 입조하실 것입니다. 전쟁은 백성들을 고달프게 하는 일이 아니겠습니까? 그런 일은 두 나라에 전혀 도움이 되지 않을 것입니다."

"진작 이렇게 나왔으면 우리 대군이 움직일 필요도 없지 않았겠나. 그렇다면 언제 입조를 할 것인지 구체적인 날을 잡아 알려주시오. 그 확약을 받기 전에는 군사를 물릴 수 없소."

"알겠습니다. 대왕마마께 가서 두 분 장군의 의견을 말씀드리고 언제 입조할 것인지 날을 받아오도록 하겠습니다."

을지문덕이 군막을 나섰다. 말에 오르자마자 채찍을 휘둘러 수나라 군영을 크게 한 바퀴 돌았다. 그리고 곧바로 평양성을 향해 말을 달렸다. 을지문덕이 떠나자 우문술이 우중문에게 말했다.

"대왕마마께서 고구려의 왕이나 을지문덕을 만나거든 반드시 사로잡으라고 명을 내리셨는데 어찌하여 그토록 쉽게 놓아주셨습니까?"

우중문이 잠시 생각하다 말한다.

"고구려 왕에게 입조할 날을 받아 돌아온다고 하니 그때 가서 붙잡아도 늦지 않을 것이오."

"고구려는 거짓말을 밥 먹듯 하는 나라가 아닙니까. 을지문

107

덕의 말을 다 믿을 수는 없을 것입니다."

우문술의 말에 우중문이 아차 싶었다.

"소장이 가서 을지문덕을 설득해 데려올 테니 그때 사로잡으십시오."

우문술이 빠른 말을 골라 타고 을지문덕이 달린 방향을 따라 급하게 말을 몰았다. 한참을 달리니 을지문덕이 보였다.

"장군! 잠깐 기다리시오. 드릴 말씀이 있소."

을지문덕이 말을 멈추었다. 급하게 달려온 우문술이 말에서 내리지도 않고 말했다.

"우중문 장군께서 그대와 이야기를 더 나누고 싶어 하시오. 나와 함께 돌아갑시다."

을지문덕이 고개를 갸웃하더니 빙그레 미소를 지어 보였다. 그러고는 대꾸 한마디 없이 말에 채찍을 가했다.

"이랴!"

을지문덕은 말을 몰아 평양성으로 돌아왔다.

쉼 없이 달려온 을지문덕은 곧바로 영양왕을 배알했다.

"그래, 적군의 동태는 어떠하던가?"

그렇다. 을지문덕이 항복을 하겠다고 한 것은 거짓말이었고 적군의 상황을 살펴보기 위한 계략에 불과했다. 사로잡히거나 죽임을 당할지도 모르는 상황에서 단기로 삼십만 대군 속으로 뛰어든 것이다. 을지문덕은 그런 사람이었다. 영양왕이 오직 을지문덕 한 사람에게 의지하는 이유가 여기에 있었다.

"적군의 진영을 살펴보니 군사들이 오랫동안 먹지 못해 굶주리고 지쳐 보였사옵니다. 눈동자에서 싸우려는 의지마저 사라진 것을 보면 분명 우리가 적군의 보급로를 끊은 것이 효과를 보고 있는 것이옵니다."

"좋소! 잘된 일이오. 이제 우리가 취해야 할 계략은 어떤 것이오?"

"적의 힘을 더욱 빼서 초주검이 되도록 만들 작정이옵니다."

초주검이라는 말에 영양왕은 웃음이 나왔다. 백만이 넘는 대군과 싸우는 상황에서 나온 을지문덕다운 말이라고 여겼기 때문이다.

을지문덕이 돌아간 후 자신들이 속은 것을 안 우중문과 우문술은 땅을 치며 후회했다.

"을지문덕이 너무 당당했던 탓에 우리가 그만 정신을 빼앗기고 말았구나. 적장을 사로잡을 절호의 기회를 놓치다니."

"지금은 그게 문제가 아닙니다. 이제 어떻게 하면 좋을지 결단을 내려야 합니다. 제 생각으로는 이대로 군사를 되돌려 폐하가 계시는 요동성으로 가서 군량을 보급받는 것이 최선으로 여겨집니다만."

우문술이 싸움에 자신이 없는 듯 돌아가자는 제안을 했다. 우문술은 황제의 총애를 받고 있는 터였기에 돌아가더라도 큰 처벌은 면할 수 있으리라고 여겼다. 반면 우중문의 생각은 달랐다.

"아니 될 일이오. 장수가 전쟁터에 왔으면 끝을 보고 가야지 되돌린다는 것은 있을 수 없는 일이오. 평양성을 공격해보지도 못하고 되돌아간다면 폐하의 노여움을 어찌 감당하시겠소? 아직 싸울 힘은 남아 있으니 평양성을 빼앗아 그곳의 군량을 얻으면 될 것이오."

우중문은 무장武將답게 강직한 데가 있었다. 우중문이 이렇게 나오니 우문술은 따를 수밖에 없었다. 혹시 패하더라도 우중문이 공격의 뜻을 굽히지 않았다고 하면 될 일이다.

우중문은 평양성을 향해 전군을 휘몰아 나갔다. 거마를 세우고 진을 친 고구려군을 향해 삼십만 대군이 달려나가니 한번 싸움으로 이십 리를 나아갔다. 힘에 밀려 패배한 고구려군이 물러나자 진을 칠 시간도 주지 않으려는 듯 우중문이 다시 공격 명령을 내렸다. 미처 진형陣形도 갖추지 못한 고구려군이 밀리니 또다시 십여 리를 나아갔다. 수나라군은 하루에 일곱 번을 싸워 일곱 번을 모두 이겼다.

결국 평양성 앞 삼십 리까지 도착해서 진을 치고 군사들을 쉬게 했다. 싸움에서는 이겼지만 군사들의 몰골은 말이 아니었다. 굶주린 채 종일 싸움을 치렀으니, 밥이 있더라도 숟가락들 힘조차 못 낼 상황이었다.

"이제는 군사들이 걸을 힘조차 없습니다. 이렇게 사기가 떨어져서는 평양성을 공략하기 어렵습니다."

군사들의 상태를 우문술이 우중문에게 알리는 사이, 고구려의 군사 하나가 백기를 들고 와서는 을지문덕의 서신을 전하고 돌아갔다. 우중문이 서신을 펼쳤다.

神策究天文 (귀신 같은 꾀는 하늘의 이치를 헤아리고)

妙算窮地理 (신묘한 셈은 지리에 통달했네)

戰勝功旣高 (전쟁에 이긴 공이 이미 높으니)

知足願云止 (만족함을 알고 여기서 그치기를 바라노라)

서신을 다 읽은 우중문이 고개를 갸웃거렸다.

"이게 칭찬이오, 아니면 비웃는 게요?"

글이 기묘하게 칭찬 속에 비웃음을 숨기고 있어 진의를 제대로 파악하지 못한 것이다. 글을 아는 우문술은 차마 솔직히 말하지 못했다.

"칭찬일 것입니다."

그렇게 말하고는 고개를 돌렸다. 잠시 후 고구려군으로부터 새로운 서찰이 도착했다. 역시 을지문덕이 보낸 것이었다.

"일전에 제가 수나라의 진영으로 가서 항복의 의사를 전하고 입조할 날을 잡아 연통을 드린다고 하였는데 어찌하여 우리 고구려를 공격하는 것입니까? 나는 언약을 쉽게 하는 사람이 아니니 나를 믿고 돌아가시오. 그대들이 돌아가면 곧 대왕마마를 모시고 입조할 것을 약속드리는 바이오."

함께 서찰을 읽은 우문술이 때가 왔다는 듯 말했다.

"고구려 막리지로부터 이 정도 약속을 받아냈으면 충분할 듯합니다. 철군하는 것이 어떨지요?"

우중문도 딱히 방법이 없는지라 그에 동의하며 말했다.

"하지만 을지문덕 그자는 두 얼굴을 가진 자가 아니오? 지난번에도 돌아오라는 명에 대꾸도 없이 떠났지 않습니까? 우리가 철군하면 반드시 후방을 공격하려 들 것이 뻔한데…"

"그렇다고 굶주린 군사들을 데리고 죽기 살기로 싸울 수는 없는 일 아닙니까?"

"철군은 하되 방책을 세워야 하오. 적의 기습으로부터 후방을 방어하는 방책 말이오."

"방진方陣을 짜고 후퇴하는 것이 어떻겠습니까?"

"좋소. 그리합시다."

방진이란 진형을 사각형 모양으로 유지하여 나아가는 진법을 말한다. 사각형 모양이므로 적군이 사방 어디에서 공격하더라도 수비할 수 있다는 이점이 있다. 하지만 단점도 있다. 한꺼번에 많은 군사를 집중시키는 방법이기에 좁은 산악지형에서는 사용하기 쉽지 않다는 것이다.

수나라의 삼십만 대군은 방진을 짜고 후퇴를 시작했다. 척후병으로부터 적군이 철수한다는 소식을 들은 을지문덕이 가만히 있을 리 없었다. 직접 사만의 군사를 이끌고 적을 추격하면서 공격할 듯한 기세를 드러내 일부러 적을 혼란에 빠뜨렸다. 그렇지 않아도 굶주린 수나라군은 적이 언제 공격해올지 모르는 상황을 마주하게 되니 두려움으로 전의를 잃어버리고 말았다. 배고픔과 두려움을 견디지 못한 자들이 대열에서 이탈해 고구려군에 항복하는 일도 속출했다.

을지문덕의 계략은 치밀했다. 발 빠른 군사 이백 명을 뽑아서 은밀한 임무를 주어 살수로 보냈다. 수나라 군사보다 먼저 도착하여 그들을 유인하기 위한 것이었다.

"조금만 힘을 내라. 곧 살수다. 살수만 건너면 군량이 기다리고 있다."

우중문은 군사들을 독려하여 서둘러 살수를 향했다.

그렇게 삼십만이나 되는 대군이 살수에 도착하니 물살이 제법 빠르고 물이 깊어 부교 없이 건너기가 쉽지 않아 보였다. 올 때 만들었던 부교는 이미 거친 물살에 휩쓸려갔는지 흔적만 남아 있을 뿐이었다. 당연히 부교는 을지문덕이 보낸 이백 명의 군사가 부순 것이었다. 부교를 다시 건설하려면 이틀은 걸릴 것이고 물길을 돌아 얕은 곳으로 가려면 얼마나 가야 할지 알 수도 없는 상황이었다.

진퇴양난에 빠진 우중문이 깊은 고민에 빠졌을 때 강 위쪽에서 물을 건너는 사람들이 눈에 들어왔다. 승복을 입은 일곱 명 정도의 스님이 바지를 걷어 올리고 강을 건너고 있었던 것이다.

'저들이 바지를 걷고 건너는 것을 보니 생각보다 깊지 않은 게로군.'

진퇴양난의 상황에서 물을 건너는 사람들을 보았으니 그 기쁨이 얼마나 크겠는가? 우중문의 마음속 바람이 의심을 날려 버리고 말았다.

"군사들은 모두 강을 건너라!"

우중문의 명에 따라 군사들이 강으로 들어서기 시작했다. 혹시 모를 고구려군의 공격에 대비해 후진은 물을 건너는 군사들을 보호하라는 명을 내렸다. 살수의 물은 거칠었다. 그리고 깊었다. 얼마를 가지 않아서 물이 허리까지 차올랐다. 군사들은 이 물만 건너면 먹을 것이 기다리고 있고 고향으로 갈 수 있다는 생각에 오직 앞으로 나아갔다. 사실 뒤로 돌아갈 수도 없는 상황이었다. 삼십만이나 되는 대군이 강을 건너니 뒤를 따르는 이들에게 떠밀려 앞으로 나아갈 수밖에 없었던 것이다.

그렇게 수나라 군사들이 살수를 반쯤 건넜을 때였다.

"적들을 섬멸하라!"

둥, 둥, 둥.

을지문덕의 공격 명령과 함께 진격의 북이 울렸다. 궁수들이 화살을 날리자 그것을 신호로 고구려의 기병들이 수나라 군의 후방을 덮쳤다. 지치고 굶주린 병사들에게 싸움에 대한 의욕이 어디 있겠는가? 고구려군을 보자마자 후방의 군사들이 병장기를 집어 던지고 살수를 향해 내빼기 시작했다. 일단 살고 보자는 생각뿐인 것이다. 장수들이 군사들을 독려하여 진형을 유지하려 했지만 아무런 소용이 없었다. 오히려 장수들이 먼저 등을 돌리기도 했다.

그리하여 뒷사람이 앞사람을 밀고 앞사람이 더 앞선 사람을 밀치는 일이 시작되었다. 강 한가운데는 물의 깊이가 장정의 키를 넘었다. 웬만큼 헤엄을 잘 치는 사람이 아니면 살수의 굽이치는 물살에서 헤어 나올 수조차 없었다. 이런 상황에서 뒷사람에 밀려 강에 빠지고 그 위에 다시 사람이 엎어지니 살수는 사람으로 가득 찼다. 화살에 맞아 쓰러져 급류에 휩쓸리고, 넘어진 사람에게 걸려 다시 휩쓸리는 모양이 수도 없이 반복되었다. 이런 혼란이 반나절이나 계속되었으니 그 광경이 참으로 아비규환이었다. 그렇게 수나라의 수십만 대군은 살수의 고혼孤魂이 되고 말았다.

우중문과 우문술이 혼란을 틈타 겨우 살수를 건너 정신을 차려보니 살아남은 자가 고작 이천칠백뿐이었다. 어이없는 참패였다. 그렇게 살수에서 무려 삼십만을 잃은 우중문은 빈손으로 양제를 대면했다.

"우중문과 우문술, 저놈들을 묶어 압송하라! 철군한다."

요동성과 평양성을 동시에 공략했던 수양제의 고구려 원정은 이렇게 참담한 패배로 끝을 맺었다. 하지만 그것으로 완전히 끝이 난 것은 아니었다. 양제에게는 고구려 정복이 반드시 필요했다. 아버지보다 뛰어나다는 것을 증명해야만 했기 때문이다.

수양제의
최후

고구려와의 전쟁에서 대패를 당한 양제는 그 책임을 우중문과 우문술 두 사람에게 물었다. 평민으로 강등한 것이다. 둘은 하루아침에 평민이 되어 옥에 갇히는 신세가 되었지만, 속내는 각각이었다. 우중문이 패한 것에 분통을 터트리며 시간을 보내는 동안 우문술은 양제에게 억울함을 호소하는 글을 올렸다.

"군량이 부족한 상황에서 끝까지 공격을 주장한 것은 우중문이었사옵니다. 소신은 돌아가 군량을 확보한 후에 다시 오는 것이 좋겠다고 했으나 우중문이 듣지 않았습니다. 게다가 군량 조달은 물자를 지원하는 자의 책임이지 소신의 것이 아니옵니다."

양제가 그 말을 듣고 옳게 여겼다. 사실 평민으로 강등한 것은 황제의 권위를 보여 자신에게 충성하는 개로 길들이기 위한 술책이었을 뿐이다. 우문술만큼 수족처럼 부릴 수 있는 자도 없었다. 결국 패전의 모든 책임은 우중문이 뒤집어쓰게 되었고 우문술은 풀려나 다시 대장군에 임명되었다.

"우문술, 네놈이 나를 죽이고 나라까지 망치려 하는구나!"

울분을 이기지 못한 우중문은 옥중에서 피를 토한 후 죽고 말았다.

이듬해인 613년, 수나라와 고구려의 세 번째 전쟁이 시작되었다. 양제가 우문술에게 지난날의 패배를 설욕할 기회를 주어 다시 고구려 공격의 책임을 맡긴 것이다. 이번에도 수양제가 직접 군사를 이끌고 왔다. 하지만 이전까지의 싸움과는 달라진 것이 있었다. 병력을 한군데 집중시켜 진군하되 각 부대의 장수들이 각자 알아서 판단하여 싸움에 임하도록 한 것이다. 크게 혼이 나고 얻은 교훈 덕분이었다. 병력을 집중시킨 곳은 또다시 요동성이었다.

요동성은 고구려가 요동 지역을 지배하는 데 중요한 거점이되는 곳이다. 요동성이 점령되면 신성, 건안성, 안시성 등 다른 성들이 크게 위협받기 때문에 사활을 걸고 지켜야 했다. 성주 강이식은 이번에도 들판을 모두 비웠다. 먹을 것이라고는 쌀 한 톨 남기지 않고 성으로 모두 옮겼고, 옮길 수 없는 것은 불태웠다.

　수나라의 대군은 몇 번 기습을 당했으나 그나마 큰 피해 없이 요동성에 도착해서 성을 에워쌌다. 공격은 지난번과 크게 다르지 않았다. 발석차로 돌을 날리고 충차[13]로 성문을 공략했다. 운제를 동원했고 지난번보다 길어진 사다리 수백 개가 성에 걸쳐졌다가 부서졌다. 여전히 요동성은 난공불락難攻不落이었다. 강이식 장군의 방어가 어찌나 조직적인지 성이 위기에 처할 때마다 일사불란한 움직임으로 위험한 곳을 방어해 냈다.

　"땅굴을 파라."

　아무리 두드려도 열리지 않는 요동성을 바라보며 수양제가 좋은 생각이 떠올랐다는 듯이 내뱉었다. 양제의 명에 따라 군사들이 땅을 파기 시작했다. 얼마를 팠을까. 물이 솟아올랐다. 다른 곳을 파니 바위가 가로막았다. 이에 장수들이 이견

---

13 衝車. 성벽이나 적진을 공격할 때 사용하는, 사방이 쇠로 덮인 수레

을 제시했다. 굴을 판다고 해도 출구에서 몰살당할 것이 뻔하지 않겠느냐는 것이었다. 그 말이 옳다고 여긴 양제가 새로운 꾀를 냈다.

"성에 오를 수 없다면 성보다 높은 산을 만들면 될 것이다. 군사들에게 가마니를 나누어주고 그 안에 흙을 담도록 하라. 그 가마니를 쌓아서 높은 산을 만들면 그 위에서 적을 공격할 수 있을 것이다."

그리하여 군사들에게 가마니를 나누어주고 흙을 담아서 쌓으니 가마니가 무려 백만 개나 소요되었다. 요동성을 내려다보며 석포와 활을 쏠 수 있는 거대한 인공 산이 한 달 만에 만들어졌다. 수양제는 어양대도魚梁大道라 이름을 붙이고 자신의 공적을 자랑하듯 그 위에서 활을 쏘게 했다. 고구려군이 당황하여 공격을 막기에 급급했다.

하지만 하늘은 고구려의 편이었다.

"폐하, 큰일 났사옵니다. 예부상서禮部尙書 양현감楊玄感이 여양에서 반란을 일으켰다 하옵니다."

"뭐라? 양현감이 반란을!"

반란이라는 말에 양제가 자기도 모르게 벌떡 일어났다. 자신이 자리를 비운 터에 일이 생긴 것이다. 자칫 황제의 자리를 빼앗길 수도 있는 상황이었다.

"어서 돌아가자. 어서!"

전군에 퇴군 명령을 내려 돌아가기 시작했다. 그 많은 전쟁 물자를 그대로 방치한 채 밤을 재촉했다. 우문술을 미리 보내 반란을 진압하도록 했고 자신은 중군을 이끌고 뒤를 따랐다.

수나라군이 철군한다는 소식이 고구려 진영에 전달되었다.

"적의 속임수일지도 모른다."

강이식은 조심스러웠다. 이틀 후 수나라의 장수로 보이는 이가 단기로 달려와 항복을 청했다. 수나라 병부상서兵部尚書 곡사정斛斯政이었다. 그는 양현감과 공모하여 반란을 일으켰는데 사태가 불리할 듯해서 고구려에 항복해온 것이었다. 곡사정의 말을 듣고 상황을 파악한 강이식은 성문을 열고 나가 수나라군의 후방을 쳐서 수천 명을 죽였다.

급히 돌아간 덕에 양제는 양현감의 반란을 진압할 수 있었고, 고구려도 한숨을 돌리게 되었다. 하지만 고구려병에 걸린 양제가 여기서 멈출 리 없었다. 이듬해 군사를 모아 다시 침략해온 것이다. 수나라 내부에 도둑떼가 들끓었고 각지에서 민란이 일어나 국정이 어지러웠는데도 개의치 않았다.

양제가 또다시 수십만 대군으로 고구려를 공격하니 영양왕은 항복해 왔던 곡사정을 전리품으로 내주고, 수나라에 입조할 테니 돌아가라고 화친을 제의했다. 국내 사정이 좋지 못한 점을 고려한 양제는 신하들의 설득으로 못 이기는 척 돌아갔다.

이듬해, 고구려가 약속을 지키지 않자 양제는 고구려를 다시 치기 위해 신하들을 불러놓고 의견을 들었다. 고구려 공격에 나서려는 자가 한 사람도 없었다. 화가 난 양제는 일방적으로 고구려 정벌을 선언하고는 군사를 모으게 한 후 북방의 변경으로 유람행차를 떠나버렸다. 그가 안문에 이르렀을 때 양제가 왔다는 정보를 입수한 돌궐족의 기마병 수십만이 쳐들어왔다. 돌궐족에게 완전히 포위된 양제는 죽음이 두려워 눈물을 흘리며 통곡했다. 아무도 그를 도와주려 하지 않았기 때문이다.

이때 대신 소위蘇威가 나서서 말했다.

"지금 폐하를 구원하려 하지 않는 것은 고구려에 대한 침공으로 백성들이 지쳐 있기 때문입니다. 백성들에게 고구려 침공을 하지 않겠다고 약조하시고 널리 병사를 모집한다면 빠져나갈 길이 없지는 않을 것이옵니다."

할 수 있는 것이 아무것도 없었던 양제는 그의 말을 받아들여 고구려 원정을 포기한다는 포고령을 내리게 했다. 그리고 널리 군사를 모집하여 공을 세우는 자는 크게 포상할 것이라고 공포했다. 이 소식을 들은 백성들이 군사가 되겠다고 자청해서 달려왔고, 주변의 수령들도 군사를 몰고 연합하여 돌궐족과 싸워 포위망을 뚫어냈다. 간신히 목숨을 건진 양제는 낙양으로 돌아와 한숨을 돌리며 말했다.

"이제 고구려 정벌을 준비하도록 하라."

고구려병에 걸린 양제는 백성들과의 약속을 깨고 또다시 전쟁을 일으켰다. 게다가 크게 상을 내리겠다는 말도 지켜지지 않았다. 이런 때에 고구려 침략을 준비하던 우문술이 병을 얻고 말았다. 열병에 걸려 죽어가던 우문술이 황제에게 남긴 마지막 부탁은 이러했다.

"저에게 부족한 아들이 둘 있사오니 부디 제 얼굴을 보아 그 둘을 중용하여주시옵소서."

당시 우문술의 아들 우문화급과 우문지급宇文智及은 밀무역을 자행하다 발각되어 옥에 갇혀 있었다. 양제는 우문술과의 정리情理를 생각하여 둘을 방면했고, 그중 우문화급은 근위대장으로 삼았다. 천성은 버릴 수 없는 법, 황제를 등에 입은 우문화급은 교만하고 난폭하여 남의 재물을 탐해 빼앗고 백성

124

들을 괴롭히며 가렴주구苛斂誅求에 여념이 없었다.

황제가 기분에 따라 국사를 주무르고 관리가 탐욕에 사로잡혀 있으니 나라 꼴이 잘될 리가 있으랴. 각지에서 농민들이 봉기를 일으켰고 도적떼가 창궐했다. 심지어 군사들이 나라를 지키는 대신 도적떼가 되어 산천을 떠돌았다.

상황이 이러한데도 양제는 주색에 빠져 국고만 탕진했다. 양제는 알고 있었다. 더는 자신의 힘으로 나라를 지켜낼 수 없음을. 수나라가 망하고 자신의 목이 잘릴지도 모른다는 두려움 앞에 양제는 점점 이성을 잃어갔다. 오직 술만이 그를 위로해줄 뿐이었다. 농민군의 압박은 점점 강해졌고, 여러 성을 차지하면서 세력이 커져 갔다. 수나라 땅의 대부분이 반란군의 수중으로 들어가 낙양을 포함한 몇 개 성만이 어렵게 유지되고 있었다.

"단양으로 천도할 것이니 그곳에 궁궐을 수축하도록 하라."

낙양이 위급해지자 양제가 내린 명이었다. 그런데 천도하라는 명이 떨어지자 성을 지키던 군사들마저 야음을 틈타 달아나버렸다.

이렇듯 민심이 완전히 돌아섰음을 감지한 우문화급은 동생과 은밀히 만났다.

"지금이 아니면 기회가 없을 것이다."

마음을 합친 두 사람은 반란을 일으켜 궁궐에 불을 질렀다. 반란 소식에 놀란 양제가 내시의 옷을 빼앗아 입고 달아났다. 하지만 그를 숨겨줄 사람은 어디에도 없었다. 오히려 그가 숨은 곳을 궁녀들이 알려주어 금방 붙잡히고 말았다.

"짐이 무슨 죄가 있다고 반란을 일으키느냐?"

아직도 사태 파악을 하지 못한 양제가 우문화급에게 고함을 질렀다. 이에 우문화급이 코웃음을 치며 대꾸했다.

"그대는 황제의 권력으로 전쟁을 일으켜 수많은 젊은이를 죽음으로 내몰았고, 사치에 빠져 백성들을 궁핍하게 하였으며, 토목공사를 일으켜 백성의 등골을 뽑아냈으니 어찌 죄가 없다 하겠는가? 지금 나라의 어지러움이 모두 당신으로 인한 것인 줄 진정 모른단 말인가?"

그러자 양제가 말했다.

"나로 인해 그대들도 부귀영화를 누리지 않았는가?"

우문화급은 대답 대신 황제를 내실로 끌고 갔다.

"너에게는 칼을 쓰는 것도 아깝다."

우문화급이 양제의 허리띠를 풀어 그것으로 목을 졸랐다.

"내가… 짐승을 키웠구나…."

양제의 마지막 말이었다.

"아버지와 형을 죽인 짐승이 할 말은 아닐 텐데?"

이렇게 아버지와 형을 죽이고 황위에 오른 양제가 자신의 호위대장에게 죽임을 당하니 수나라의 운명도 그것으로 끝이 났다. 이후 천하는 반란군들 중에서 두각을 나타낸 이연李淵의 손에 들어갔다. 그가 바로 당나라의 초대 황제 고조高祖다.

해론

　백제 무왕은 가잠성을 점령한 후 당항성을 공격하고자 기회를 노리고 있었다. 신라가 그것을 모를 리 없었고 온 국력을 모아 당항성 방어에 전력을 기울였다. 김서현은 당항성 방어 책임을 지고 집을 떠난 후 돌아올 틈이 없었고, 유신은 집과 전선을 오가며 가족을 돌보았다.

　유신이 당항성 방어에 여념이 없는 전장에서 집으로 돌아온 어느 날, 해론이 찾아왔다.

　"강녕하신지요?"

　"걱정해줘서 고맙네. 자네 이번에 대나마大奈麻가 되었다지? 이제 나보다 낫네그려."

　"형님도 참, 예전에도 같은 말씀을 하시더니…. 제가 대나마가 될 수 있었던 것은 형님의 가르침 덕분임을 누구보다 잘 알고 있습니다."

"이 사람아, 어찌 그것이 나의 덕이겠는가? 자네의 기량이 뛰어나기 때문이고, 그것은 또한 백제와의 전쟁에서 한 치의 물러남도 없으셨던 아버님의 뜻을 잘 받든 덕이 아니겠나."

"그래서 드리는 말씀입니다만."

"그래, 뭔가?"

"지금 백제는 우리 당항성을 점령하기 위해 갖은 노력을 기울이고 있습니다. 병력이 온통 당항성 공략에 집중되어 있다는 말씀입니다. 이런 상황이라면 그 배후가 텅 빌 수밖에 없지 않겠습니까?"

"배후라니 어디를 말하는 것인가?"

"가잠성이옵니다."

가잠성이라는 말에 유신이 놀란 듯 물었다.

"가잠성이라면!"

유신은 미처 말을 잇지 못했다. 해론의 부친이 칠 년 전에 전사한 곳이다.

"그렇습니다. 지금이야말로 빼앗긴 가잠성을 되찾을 절호의 기회가 아니겠습니까?"

유신은 잠시 머뭇거렸다. 분명 지금이야말로 가잠성을 칠 둘도 없는 기회임은 분명했다. 문제는 해론이 가잠성을 공격하는 일에 사심私心이 담겨 있을지도 모른다는 것이었다. 개인적인 복수를 위해 전쟁에 나선다면 자칫 오판을 할 수도 있다는 생각이 들었다.

"자네 혹시 아버님의 복수를 위해서…?"

"그렇지 않습니다. 가잠성을 되찾는다고 한들 아버님의 원한을 어찌 갚겠습니까? 가잠성이 아니라 백제의 모든 성을 함락시킨다고 해도 그 원한은 풀리지 않을 것입니다."

"내가 무엇을 해주기를 바라는가?"

"대왕마마께 가잠성을 칠 수 있도록 윤허를 받아주십시오."

"그 문제라면 나보다는 자네가 더…."

"방금 형님께서도 제일 먼저 염려하셨듯이, 제가 나서면 사적인 감정이 개입되었다고 판단하실지도 모르는 일입니다. 그렇지만 형님께서 주청을 드린다면 분명히 윤허하실 것입니다. 그때 제가 나서서 선봉장이 되어 가잠성으로 갈 것을 청하겠습니다."

"좋네. 내 생각에도 지금이야말로 가잠성을 회복할 기회라고 여겨지네. 하지만 내가 주청을 드리는 것보다는 마침 내일 김용춘 장군님을 만나 뵐 일이 있으니 그분께 먼저 상의를 드려보는 것이 나을 듯하네."

"역시 제가 믿을 사람은 형님뿐입니다."

다음 날 유신은 김용춘을 만나 지금이야말로 가잠성을 칠 기회라고 설득했다. 유신의 말을 옳게 여긴 김용춘은 진평왕을 만나 가잠성을 치라는 허락을 받아냈다. 문제는 누구를 보낼 것인가였다. 이때 해론이 자신에게 선봉장을 맡겨달라는 청원을 냈고 진평왕이 이를 허락했다. 하지만 해론이 아직 어리고 전쟁 경험이 부족하다 하여 한산주 군주軍主 변품邊品으로 하여금 군을 지휘하게 했다. 이로써 해론은 변품의 부장이 되어 가잠성 공격에 나서게 되었다.

618년, 신라 장수 변품과 해론은 이만의 군사를 이끌고 백제의 가잠성을 수복하라는 명령을 받고 출전한다. 마침 가잠성을 지키는 백제의 군사는 오천도 되지 않았다. 대부분의 병사가 당항성 공격에 나섰기 때문이다. 변품은 주도면밀한 사람으로 무장武將이라기보다는 관리官吏에 가까운 인물이었다. 과단성은 부족했지만 적을 분석하고 상황을 판단하는 일에는 능했다.

변품은 정탐꾼을 보내 성에서 병사들이 언제 빠져나가고 들어오는지 달포가 넘도록 조사만 하고 있었다. 해론은 몸이 근질거리고 속이 탔다.

"장군, 이러다 우리가 공격할 것이라는 정보가 샐까 두렵습니다. 지금이라도 저에게 군사를 주시면 당장에 가잠성을 점령해 보이겠습니다."

"자네 마음은 이해가 가네만 조금만 더 기다려보게. 이제 곧 때가 올 걸세."

"도대체 어떤 때를 기다리시는 겁니까?"

"내 달포 동안 가잠성을 들고 나는 병사들의 숫자를 파악했네. 그동안 군사가 오천이나 줄어들었다네."

"그 말씀은 지금 성안에 백제군이 얼마 없다는 말씀 아니십니까?"

"바로 그러하네."

"그럼, 지금이 공격의 적기가 아니겠습니까? 무엇을 망설이십니까?"

"하지만 성안에 남아 있는 군사가 정확히 얼마인지 알 수가 없으니 그 숫자를 파악할 때까지 기다리고 있는 걸세."

"장군! 예전에 저희 아버님께서 가잠성을 지키실 때 거느린 군사가 일만이었습니다. 당시 아버님의 말씀으로는 가잠성은 내부가 협소해 일만 이상의 군사가 머무르기 어려운 성이라고 하셨습니다."

"오호! 그렇다면 지금 가잠성은 기껏해야 오천의 군사밖에 없다는 말이 아닌가?"

"바로 그렇습니다."

"좋네. 우리 병력이 수비를 하는 군사의 네 배 이상이니 반드시 승리할 수 있을 것이네. 날이 밝는 즉시 총공격으로 일거에 성을 점령하세."

해론은 날이 밝기만을 학수고대했고 해가 뜨기도 전에 병사들을 독려하며 일전을 준비했다. 일찍 아침을 먹도록 병사들을 독려한 후, 급히 군사를 몰아 가잠성을 간단히 포위해버렸다. 지체할 필요가 없었다. 석포를 쏘고 화살을 날린 후 곧장 성으로 밀고 들어갔다. 성을 지키던 백제군은 전열을 정비하지도 못한 채 석포와 화살 공격에 대혼란을 겪었고, 사다리를 걸치고 기어오르는 신라군을 대처하느라 정신을 차리지 못했다. 이 틈에 신라군은 커다란 나무를 매단 충차로 성문을 밀어붙였다. 성 위의 백제군이 충차를 조종하는 병사들을 향해 집중적으로 화살을 날렸다.

"충차를 보호하라!"

해론이 급히 방패를 든 병사들을 데리고 충차 주위를 에워
싸니 힘센 병사들이 나무에 묶인 밧줄을 힘껏 잡아당겼다가
놓았다. 뾰족한 나무기둥으로 성문을 공격하니 금세 내려앉을
듯했다. 그러기를 이십여 차례, 결국 성문 한쪽이 부서지며 내
려앉고 말았다.

"성문이 열렸다! 성안으로 돌격하라!"

해론이 군사들을 독려하여 부서진 성문 쪽으로 가장 먼저
달려들었다.

슉슉!

기다렸다는 듯이 수십 발의 화살이 날아들었다. 말 등에
잔뜩 웅크린 해론은 칼로 화살을 쳐내며 성안으로 돌진해 들
어갔다.

팍!

히히힝.

순간 해론의 말이 목에 화살을 맞고 앞으로 넘어졌다. 해론
의 몸도 속도를 이기지 못하고 땅바닥으로 내동댕이쳐졌다.
해론은 몸을 굴려 속도를 받아내고는 반사적으로 일어나 칼
을 휘둘러 적병들을 베기 시작했다. 성문 입구를 지키던 군사
들이 쓰러지자 해론을 뒤따르던 군사들이 물밀듯이 밀려들어

왔다. 순식간에 성문을 점령당한 백제군은 등을 돌리고 달아나기에 바빴다.

신라군의 대승이었다. 이로써 신라군은 칠 년 만에 다시 가잠성을 얻게 되었다.

"아버님, 성을 회복하였사옵니다. 이제야 찾아온 불효한 자식을 용서하시옵소서."

해론은 성벽에 올라 성내를 굽어보며 아버지께 절을 올려 용서를 빌었다. 강직한 것이 그 아버지에 그 아들이었다.

"장군! 백제의 지원군이 몰려오고 있다 하옵니다."

척후병이 변품에게 백제군이 가잠성을 구원하기 위해 급히 달려온다는 소식을 전했다.

"이렇게 빨리? 가잠성이 중요하기는 중요한 모양이군."

변품은 서둘러 해론을 불렀다.

"지금 우리가 성을 점령했다고는 하나 전열을 가다듬지 못한 상황이네. 게다가 성문이 부서져 어찌할 수가 없네. 이대로 백제군이 들이닥친다면 승리를 장담할 수 없네."

"제가 시간을 벌겠습니다. 날랜 군사 삼천만 내주십시오. 백제군을 무찌르고 돌아오겠습니다."

"자네를 믿겠네. 명심하게, 시간을 벌어야 하네."

해론은 쉴 틈도 없이 기병과 보병 삼천을 데리고 백제의 지원군을 맞으러 나갔다.

너른 들판에서 백제의 지원군 일만과 맞닥뜨렸다. 병력이 열세인 해론은 들에 불을 질렀다. 시간을 벌기 위한 작전이었다. 들불로 길이 막힌 백제군이 맞불을 놓으며 진군해왔다. 신라의 군사들이 활을 쏘며 백제군을 막았지만 워낙 병력의 차이가 컸다. 선봉이 무너지자 군사들이 주춤하며 뒷걸음질치려 했다. 해론이 군사들을 돌아보며 말했다.

"죽음이 두려운 자는 그 마음이 죽은 자다. 물러서지 않는 자는 비록 칼을 맞아 쓰러진다 해도 죽는 것이 아니다. 절대 물러서지 마라."

군사들이 이 말에 힘을 얻어 다시 백제군과 두 식경을 맞서 싸웠다. 하지만 병력의 열세는 극복할 수가 없는 것이었고, 신라군이 다시 밀리기 시작했다. 전선이 급격히 무너지면서 군사의 대부분을 잃고 말았다. 해론은 날랜 군사 둘을 불러 변품에게 상황을 보고하도록 보낸 후 하늘을 우러러보며 크게 외쳤다.

"옛날 나의 아버지께서 이곳에서 전사하셨다. 나 역시 오늘 백제군과 이곳에서 싸우니 오늘이 내가 죽을 날이다. 모두 덤벼라!"

죽음을 각오한 해론의 칼이 적진 한가운데서 춤을 추었다. 순식간에 백제군 다섯 명을 베어 쓰러뜨렸다. 해론의 칼이 다시 번뜩이며 백제 군사들을 향해 달려들 때 화살 하나가 날아와 해론의 어깻죽지를 파고들었다. 멈칫하는 순간 다시 날카로운 창끝이 등을 꿰뚫었다. 해론이 피를 쏟으며 쓰러졌다. 그 광경을 보던 신라군이 해론을 구하기 위해 달려들었으나 상황을 바꾸기에는 이미 늦었다.

백제의 지원군이 가잠성에 도착했을 때는 성문이 단단하게 잠겨 있었고 신라군의 방비 또한 탄탄했다. 가잠성을 빼앗겼다는 보고를 받은 백제 무왕은 탄식을 한 후 군사를 물려 돌아오게 했다.

진평왕은 가잠성의 승리를 크게 기뻐하는 한편, 아버지와 아들이 대를 이어 죽음으로 충성한 그 집안을 두텁게 돌보도록 했다.

해론의 전사 소식은 유신에게도 전해졌다.

"또 한 사람이 떠났구나! 그대의 짐을 이제 내가 지리라."

해론의 죽음은 유신을 변화시켰다. 목숨을 던지다시피 한 젊음의 주검을 보면서 자신에게 주어진 짐을 받아들이기 시작했다.

꿈을 산 문회

신라에 대한 백제 무왕의 공격은 여름날의 소나기 같았다. 아무런 방비도 없는 틈을 타서 성들을 급습하여 빼앗기도 하고 마치 공격할 듯 대군을 몰고 왔다가 화살 하나 날리지 않고 물러가기도 했다. 이런 방법으로 무왕은 신라의 서쪽과 남쪽 국경지대의 성들을 하나씩 빼앗았고 북쪽 국경의 여러 성까지 탐내기에 이르렀다. 그중에서도 아막산성을 차지한 것이 컸다. 아막산성은 소백산맥을 넘을 수 있는 중요한 보루가 되어주었고 이제는 옛 가야 지역의 땅을 호시탐탐 노릴 수 있게 되었다.

신라는 김용춘과 김서현에게 기댈 수밖에 없었기에 두 사람이 조정에서 차지하는 비중이 점차 커져 갔다. 그래서 유신은 전장과 서라벌을 오가며 아버지의 빈자리를 메우느라 여념이 없게 되었다. 김춘추와의 관계는 더욱 가까워져서 시국은 물론이고 사적인 감정까지 기꺼이 나누는 사이가 되었다.

"그래, 지금 백제와의 싸움은 어떠합니까?"

유신이 전장에서 돌아와 며칠 집에 머무는 동안 김춘추가 짬을 내서 유신의 집을 찾아왔다.

"초긴장 상태입니다. 백제 무왕이 우리 성들을 호시탐탐 노리고 있어 잠시도 한눈을 팔 수가 없습니다. 특히 가잠성과 아막산성에서 싸움이 치열합니다."

"그렇군요. 백제뿐만 아니라 고구려도 우리를 노리고 있으니 정말 큰일입니다. 우리 신라는 땅으로는 고구려의 절반에도 미치지 못하고, 사람 수로는 백제와 비교도 할 수 없는 소국입니다. 이런 형편에 우리가 고구려와 백제를 상대할 수 있는 방편이 어디에 있다고 보십니까?"

"저의 부족한 생각으로는 사람이지 않을까 싶습니다."

사람이라는 유신의 말에 춘추가 고개를 갸우뚱하며 물었다.

"사람이라… 소상히 말씀해주십시오."

"사람을 알아야 한다는 뜻입니다. 나라를 일으키는 것도 사람이고, 나라를 망치는 것도 모두 사람이 하는 일 아니겠습니까? 우리 신라가 비록 작은 나라이기는 하나 사람으로는 고구려와 백제에 지지 않는다고 봅니다. 저희 아버님께서도 늘 사람을 강조하셨습니다. 사람을 알면 나라를 얻을 것이고 사람을 모르면 나라를 잃게 될 것이라고."

"어떤 경우가 그렇습니까?"

궁금해진 춘추가 고개를 앞으로 쭉 빼며 물었다.

"제가 아버님을 따라 전쟁터를 다니면서 지켜본 것이 있습니다. 전쟁터에서 한 명의 군사가 머뭇거리면 곁에 있는 다른 군사들도 머뭇거렸습니다. 이럴 경우 대부분 크게 패하고 맙니다. 반면 한 명의 군사가 용감하게 앞으로 나아가 싸우면 곁에 있던 군사들이 힘을 얻어 더욱 용감하게 싸우게 되어 큰 승리를 거두었습니다. 이것이 사람의 힘이 아니고 무엇이겠습니까? 한 사람의 기개가 다른 사람에게 옮겨지고, 다시 옆 사람에게 옮겨지면 큰일을 해낼 수 있지 않겠습니까?"

"아! 참으로 소중한 말씀입니다."

"저도 춘추 공께 궁금한 점이 있습니다. 공께서는 우리 신라가 나아갈 방향이 무엇이라고 보시는지요?"

"서라벌 안에 갇혀 있는 제가 뭘 알겠습니까만, 공께서도 마음을 열어주셨으니 저도 말씀을 드려보지요. 고구려는 우리 신라와 사이가 좋지 못한 상황입니다. 백제는 우리를 원수처럼 여기고 있고요. 군사의 수나 땅의 크기로 이들을 이길 수는 없습니다. 하루아침에 군사를 늘릴 수도 없고 땅을 넓힐 수도 없는 일이니까요. 이런 상황을 타개하려면 바다 건너 왜(倭)와 힘을 합치거나 대륙의 큰 나라와 동맹을 통해 내일을 도모하는 것이 중요할 것입니다."

"옳으신 말씀입니다. 그런데 백제 또한 왜나 중국과 사신을 주고받습니다. 과연 우리 뜻대로 될 수 있을는지요?"

"당나라는 우리 신라와 백제, 고구려가 하나가 되기를 원치 않을 것입니다."

"그건 또 어째서입니까?"

"세 나라가 하나가 되면 힘이 커지는 법 아니겠습니까. 고구려는 수나라의 이백만 대군도 물리쳤습니다. 삼국이 통일된다면 그 힘은 더욱 커질 것이고 당나라가 감당하기 어려워지겠지요. 그러니 당나라는 어떻게든 우리 세 나라가 서로 견제하고 싸우고 분열되기를 바라고 있을 것입니다."

"과연 그렇군요. 공의 말씀을 들으니 각 나라의 입장이 눈에 보이는 듯합니다."

"백제 또한 이것을 알고 있을 것입니다. 그래서 수나라와 함께 고구려를 공격하겠다고 약조를 해놓고도 팔짱만 끼고 지켜보았던 게지요. 내 세작細作을 넣어 알아보니 백제에 성충이라는 장군이 있는데 그 지혜와 영민함이 촉한蜀漢의 제갈량諸葛亮 못지않다고 합니다. 아마도 그 성충이라는 자가 무왕의 곁에서 백제를 움직이고 있을 것입니다."

"성충이라…. 그 이름 잊지 않고 기억해둬야겠습니다. 그나저나 공은 참 대단하십니다. 어찌 서라벌에 앉아만 계시는데도 세상 이치에 이토록 밝으십니까? 이것이야말로 일이관지一以貫之가 아닐는지요?"

"과찬이십니다. 하하하."

"하하하."

두 사람의 웃음소리가 문밖까지 흘러나왔다. 이야기는 두 식경이나 더 계속되었고 춘추는 저녁이 가까워서야 일어섰다. 헤어짐이 아쉬웠던지 춘추가 두 번이나 뒤를 돌아보며 돌아갔다.

"무슨 말씀을 그리 깊이 나누셨는지요?"

춘추가 떠나자 기다렸다는 듯이 나타난 보희宝姬가 물었다. 유신에게는 보희와 문희文姬라는 두 여동생과 남동생 하나가 있었다.

142

"왜? 궁금하더냐? 내일은 문을 살짝 열어둘 터이니 엿들어 보려무나."

유신이 장난기 가득한 얼굴로 웃으며 말했다.

"오라버니도 참, 두 분의 모습이 너무 보기 좋아서 드린 말씀입니다. 그럼 내일 또 오시겠군요."

부끄러운 듯 고개를 돌리는 동생을 바라보던 유신이 멈칫했다.

'저 눈은…!'

몇 년이 지났건만 여전히 잊을 수 없는 눈, 사랑하는 이를 바라볼 때면 어쩔 수 없이 가지게 되는 치명적인 눈동자. 그랬다. 분명히 천관의 그것이었다.

'이런…'

유신의 낯빛이 당황스러움으로 변했다.

"두 사람 여기서 뭐 하세요? 나 빼놓고 무슨 비밀 이야기를 하는 거예요?"

문희였다.

"아니야, 비밀이라니 우리 사이에 그런 게 어디 있겠니?"

보희가 정색을 하며 말했다.

"참, 춘추 오라버니는요?"

"얘! 오라버니가 뭐니? 그분은 네가 그렇게 부를 수 있는 분이 아니야."

문희는 밝았다. 보희가 정숙하고 조신하다면 문희는 경쾌하고 명랑했다. 만명 부인은 가끔 어떻게 한배에서 이렇게 다른 아이가 나올 수 있느냐며 두 딸을 번갈아 보며 웃곤 했다.

"벌써 가셨단다."

"치, 나한테 말도 없이 가버리고. 만나기만 해봐!"

"만나면 어쩔 건데?"

"어쩌긴, 따져야지. 어떻게 나같이 예쁜 동생한테 인사도 안하고 갈 수 있느냐고!"

"아니, 얘가 정말!"

보희가 문희를 정말로 혼낼 기세여서 유신이 둘 사이를 가로막으며 말했다.

"내일 또 온다고 했으니 그때 따져보렴."

"그래? 정말이야?"

문희의 큰 눈이 동그래졌다.

순간 유신의 입에서 작은 탄식이 흘러나왔다. 문희의 눈에서 또다시 천관을 보았던 것이다.

'어떻게 해야 할까?'

그날 밤 유신은 잠을 설쳤다. 보희는 물론이고 문희도 혼기가 지나 있었다. 아버지는 전장을 누비느라 딸아이에게 신경을 쓸 여유가 없었고 어머니는 혼처를 고르느라 좋은 시기를 놓치고 말았다. 새벽까지 잠을 설친 유신은 결론을 내렸다. 동생들에게 천관의 삶을 물려줄 수는 없었다.

"문희야."

아침을 먹은 후 보희가 문희를 찾아왔다.

"언니, 어쩐 일이야?"

"어제 희한한 꿈을 꿔서 너한테 이야기를 해주려고."

"무슨 꿈이길래 그래?"

"하도 망측해서…"

"뭔데 그래? 그러니까 더 궁금하네."

"글쎄 그게…. 어젯밤 꿈에 내가 서악에 올라가 오줌을 누었는데 그 오줌이 서라벌에 가득 차서 넘쳐흘렀지 뭐야?"

말을 마친 보희의 볼이 빨개졌다.

"와, 대단한 꿈인걸!"

"얘는 대단하기는 뭐가. 난 창피하기만 한데."

"그래? 언니는 그 꿈이 별로인가 보네. 그럼 나한테 그 꿈을 파는 게 어때?"

"꿈을 팔아? 글쎄. 뭘 주고 살 건데?"

"음…. 내 비단 치마저고리 한 벌을 주면 어때?"

"그 귀한 걸? 좋아, 내 꿈을 팔게. 그런데 어떻게 꿈을 팔지?"

"내가 누구한테 들었는데 꿈을 사고팔 때는 서로 옷고름을 풀고 안은 채 '내 꿈을 받으세요', '내 비단 치마와 저고리를 받으세요'라고 말하면 된대."

둘은 문희 말대로 옷고름을 풀고 서로 껴안아 꿈을 사고팔았다.

김춘추는 점심나절에 왔다. 유신은 춘추를 보자마자 축국을 하러 가자며 팔을 잡아끌었다. 춘추는 이 나이에 무슨 축국이냐며 발을 뺐지만, 유신의 성화에 못 이겨 끌려가다시피 해서 축국을 하게 되었다.

"우리가 처음 만났던 날이 생각납니다."

"그러고 보니 그때도 축국을 하고 있었습니다그려. 세도가의 아이가 저를 쳤지요. 덕분에 형님을 만나게 되었고."

"그때 춘추 공께서 저에게 했던 말을 기억하십니까?"

"힘은 용력이 아니라 세력에 달려 있다고 하셨지요."

"제가 그랬나요? 어린 녀석이 세상 물정을 너무 빨리 알았

146

군요."

춘추가 웃으며 공을 찼다.

"그때 저의 기분이 어땠는지 아십니까? 슬펐습니다."

유신이 춘추의 공을 가로막으며 말했다.

"슬펐다니요?"

춘추가 유신의 발 사이로 공을 밀어 넣고 빠져나갔다.

"춘추 공의 집안 정도면 남부러울 것이 없다고 생각하고 있
었습니다."

유신이 춘추를 가로막았다.

"유신 공 입장에서야 그럴 수도 있었겠습니다."

춘추가 공을 빼내려다 유신의 발에 걸렸다.

"누구나 문제는 있는 법이니까요."

유신이 넘어진 춘추를 부축하는 척하며 옷고름을 살짝 밟
았다.

찌직.

춘추가 일어나는 순간 옷고름이 찢어졌다.

"이런, 오늘은 옷고름이 문제인 듯합니다."

유신의 말에 춘추가 웃었다.

"늘 문제는 있기 마련이지요."

"저희 집으로 가서 옷을 꿰매야 할 듯합니다."

춘추가 유신을 따랐다.

집에 돌아온 두 사람이 보희의 방 앞에 이르렀다.

"보희, 있느냐?"

"네, 오라버니."

보희가 달려 나와 유신을 맞이하려다 춘추를 보고 얼굴을
붉혔다.

"일단 들자."

방에 든 유신이 보희에게 말했다.

"춘추 공의 옷고름이 찢어졌구나. 네가 도움을 줄 수 있겠느
냐?"

보희가 고개를 숙이고 말했다.

"과년한 처녀가 어찌 공자님을 방에 들일 수 있겠습니까?"

물러 나온 유신이 이번에는 문희의 방으로 가서 물었다.

"춘추 공의 옷고름이 찢어졌구나. 네가 도움을 줄 수 있겠느
냐?"

문희가 고개를 숙이며 말했다.

"위급한 상황에 어찌 체면을 차리겠습니까?"

유신이 기뻐하며 춘추를 불렀다.

"동생 문희가 도움을 주겠다고 하니 드시지요."

춘추를 밀어 넣다시피 한 유신이 뒤도 돌아보지 않고 물러나오며 중얼거렸다.

"때로는 명랑함이 힘이 되는 법이지…."

그날 이후 춘추가 유신의 집을 찾는 일이 잦아졌다. 유신은 춘추가 올 시간에 일부러 자리를 비우곤 했다.

몇 달 후 유신의 집.

만명 부인이 문희를 꿇어앉히고 목소리를 높이고 있었다.

"바른 대로 일러라. 누구냐! 배 속 아이의 아비가 누구냔 말이다."

문희는 말이 없었다.

"어머니, 저에게 맡겨주십시오."

유신이 급히 달려와 어머니를 만류했다.

"저런 딸년은 필요 없다. 죽이든 살리든 맘대로 해라."

유신은 문희를 데리고 물러났다.

며칠 후 춘추는 덕만 공주를 모시고 서라벌 남산에 행차를 떠나게 되었다. 수레에 오르려던 덕만 공주가 멀리서 연기가 솟아오르는 것을 보고 물었다.

"저 연기는 무엇이냐?"

호위하던 군사 하나가 연기가 피어오르는 곳으로 달려갔다 돌아온 후 아뢰었다.

"유신 공이 누이가 혼례를 올리지도 않고 외간남자의 아이를 가졌다 하여 마당에 장작불을 피워 불태워 죽이려 하고 있사옵니다."

"뭐라? 아무리 그렇기로 산 사람을 불에 태워 죽이다니."

공주보다 더 놀란 사람은 곁에 있던 춘추였다.

"도대체 그 아비가 누구인데 이토록 무책임할 수 있단 말인가?"

춘추가 울며 엎드려 말했다.

"공주마마, 소신이 바로 그 아비이옵니다."

공주 덕만이 어이가 없다는 표정으로 춘추를 쳐다보았다.

"어서 가서 유신의 누이를 구하라."

공주의 명이 떨어지자마자 춘추가 유신의 집으로 달려갔다. 집에 도착하니 유신이 막 장작더미에 불을 붙이려 하고 있었다.

"어찌 이러시오! 제가 잘못했습니다. 어서 그 불을 치우십시오."

춘추가 유신이 들고 있던 횃불을 빼앗아 멀리 던진 후 엎드리며 말했다. 유신이 능청스럽게 춘추의 말을 받았다.

"아니, 공이 어쩐 일이십니까?"

춘추가 유신을 올려다보며 크게 한숨을 쉬었다.

김춘추는 이미 혼인을 하여 딸까지 있었다. 아내의 믿음을 저버릴 수 없어 문희가 임신한 사실을 알면서도 이러지도 저리지도 못하고 시간만 보냈다. 그러던 차에 일이 터져버린 것이다. 그날 공주의 행차는 남산이 아니라 유신의 집이었다. 유신과 문희, 춘추를 나란히 세운 공주가 말했다.

"남자가 두 여인을 아내로 얻는 것은 큰 허물이 아닐 것이오. 부처님께서도 생명을 소중하게 여기라고 하셨으니 그대는 지아비로서의 도리를 다해야 할 것이오."

김춘추가 공주의 명을 받들어 문희를 두 번째 아내로 맞아들였다. 이로써 유신과 춘추의 집안은 떼려야 뗄 수 없는 관계가 되었다. 얼마 후 보희 역시 춘추의 아내가 됨으로써 두 집안의 관계는 더욱 두터워졌다.

왕자 의자

백제 무왕은 귀족들에 의해 옹립된 군주였다. 왕권은 미약했고 귀족들의 힘은 강해 뜻대로 할 수 있는 것이 없었다. 이런 경우 꼭두각시 왕이 되거나 주색에 빠지기 쉬웠겠지만 무왕은 그렇지 않았다. 조금씩 자기 세력을 키워나갔고 귀족들을 압박해 들어갔다. 성충과 같은 새로운 인재를 발굴하여 요직에 활용했고, 정략혼을 통해 지방의 유력인사들과 관계를 맺음으로써 지지기반을 넓혀나갔다. 하지만 이런 일들은 귀족들의 반발을 불렀고, 여러 명의 왕비와 그 세력들이 힘을 얻게 되면서 새로운 문제들이 속속 드러나기 시작했다. 그중 하나가 태자 책봉 문제였다.

"대왕마마, 문안드리옵니다."

"그래, 어서 오너라."

스물을 넘겼을까? 짙은 눈썹에 어울리는 큰 눈을 가진 서글서글한 인상의 젊은이가 무왕에게 절을 올렸다. 무왕이 애지중지하는 아들 의자義慈였다.

"오늘 새벽에도 경전을 읽었느냐?"

"예, 오늘은 《춘추春秋》를 읽었사옵니다."

"그래 잘했다. 너의 학문에 대한 열정이 이와 같으니 내 맘이 한결 가볍구나. 너도 알다시피 나는 어린 시절 학문을 익히지 못했다. 산을 누비며 약초를 캐거나 마를 키워 살았지. 먹고살기 위해 애쓰느라 경전공부는 생각도 하지 못했단다."

"하지만 대왕마마께서는 담대하고 호방하시어 우리 백제에서는 물론 삼한에서도 찾기 힘든, 저에게 둘도 없는 영웅이시옵니다."

"하하하, 그렇더냐. 고맙구나. 허나 너는 이 아비보다 나았으면 싶구나. 지금도 경전공부는 나보다 낫지만 더 노력하여야 할 것이다. 어제 오경박사五經博士들을 만나보니 너를 해동海東의 증자曾子라 칭할 만하다며 너의 학문을 높이 평하더구나. 칭찬에 자만하지 말고 더 열심히 하여 나를 기쁘게 해다오."

"명심하겠사옵니다."

"너는 중국의 혼란스러운 시대를 통일했던 한고조漢高祖와 육가陸賈의 이야기를 들어본 적이 있느냐?"

"지혜를 나누어주시옵소서."

"너도 알다시피 한고조는 혼란스러운 세상을 군사의 힘으로 통일한 사람이었다. 덕분에 힘에 대해서는 자신이 있었지. 어느 날 육가라는 대신이 찾아와서 나라를 잘 다스리려면《시경》과《역경》같은 경전을 공부하고 가르쳐야 한다고 주장하더란다. 그러자 한고조는 자신은 말馬 위에서 나라를 세웠고《시경》과《역경》은 아무런 도움도 주지 않았는데 왜 경전을 공부해야 하느냐고 되물었단다. 그러자 육가는 '말 위에서 나라를 세울 수는 있어도 지킬 수는 없다'는 말로 한고조를 깨닫게 했단다."

"말 위에서 나라를 세울 수는 있어도 지킬 수는 없다. 참으로 명문장이옵니다."

왕자가 왕의 말을 되새기며 고개를 끄덕였다.

"이 말의 뜻을 알겠느냐?"

"부족한 저의 소견으로는 나라를 세우는 것은 군사력으로 가능하지만 나라를 지키고 튼튼하게 하는 데는 학문이 필요하다는 뜻으로 사료되옵니다."

"역시 해동증자로다. 나라를 지키는 데는 왕과 신하와 백성이 한마음이 되어야 한다. 그러자면 생각을 함께할 수 있어야겠지. 학문이 바로 그 역할을 하는 것일 게야. 이 점을 잊지 말도록 해라."

"명심하겠사옵니다, 대왕마마."

의자 왕자를 바라보던 무왕이 자못 진지한 표정으로 고쳐 앉으며 목소리를 낮추어서 말했다.

"너도 알다시피 태자 책봉이 미루어지고 있다. 중신들 중에는 너의 동생들 중에서 태자를 간택해야 한다고 생각하는 이들이 있어. 그러니 너는 몸가짐을 각별히 조심해서 책잡히는 일이 없도록 해라. 나는 너를 이미 태자로 생각하고 있으니 그것으로 된 것이다."

의자는 문안을 마치고 물러 나왔다. 무왕의 말은 사실이었다. 장자라고는 하나 배다른 형제들보다 나은 상황이 아니었다. 중신들은 의자 왕자의 태자 책봉을 사사건건 방해하며 차일피일 미루기만 했다. 이유는 선화 왕후가 신라 출신이라는 것이었다. 적국 신라 왕실의 소생을 태자로 받아들일 수 없다는 것이 귀족들의 한결같은 목소리였다. 물론 의자를 지지하는 세력도 만만찮았지만, 반대 세력을 압도할 정도는 아니었다.

의자가 공부에 전념하게 된 것은 무왕이 공부를 강조했기 때문이기도 했지만 귀족들에게 보여주려는 목적 또한 있었다. 학문적 성취를 통해 나라를 다스릴 능력을 갖추고 있음을 보여주려 한 것이다. 의자 왕자를 가르치는 오경박사들도 하나가 되어 의자를 도왔고 '해동증자'라 부르며 인품의 고고함을 칭송했다. 의자 또한 그에 부응하여 아침저녁으로 부왕에게 문안 인사를 올리는 한편, 학문을 게을리하지 않았다.

의자가 물러난 후 무왕이 성충을 불렀다.

"오늘 경을 부른 뜻은 태자 책봉 문제를 의논하기 위해서요."

"아직은 때가 아니옵니다."

"무슨 말을 하는 것이오. 왕자가 이미 스물이 넘었거늘! 태자 책봉은 한시라도 미룰 수 없는 문제요."

"그렇긴 하옵니다만 귀족들의 반발도 생각을 하셔야…."

"그놈의 귀족들 눈치를 언제까지 봐야 한단 말이오. 태자 책봉을 반대하는 자들은 단칼에 목을 베어버리면 될 것을."

무왕이 칼을 만지며 의지를 보였다.

"대왕마마의 마음이 그러시다면 먼저 귀족들의 힘을 빼도록 하십시오."

"어떻게 말이오?"

"수도를 옮기시는 것이옵니다."

"수도를 어디로 옮긴단 말이오?"

"금마저[14]가 어떠신지요?"

"금마저라?"

"금마저는 대왕마마께서 서동 시절에 자리를 잡으셨던 곳이옵니다. 그곳에는 아직 대왕마마를 기억하는 분들이 많이 계실 것이고 또한 외가의 인척들이 건재하시니 그 힘을 얻으실 수 있을 것이옵니다. 게다가 이곳 사비에 근거한 귀족 세력들은 금마저에 근거가 없을 것이니 자연히 힘이 약해질 것이옵니다."

"오호라, 외가의 힘을 빌리고 사비에 근거한 귀족들 힘을 뺀다! 좋은 생각이오. 즉시 천도를 시행하도록 하겠소. 그러자면 금마저에 궁궐부터 지어야 할 터. 오늘 당장 궁궐터부터 잡아야겠소."

무왕은 즉시 명을 내려 금마저에 궁궐터를 닦게 했다. 궁궐뿐만 아니라 미륵사라는 큰 절을 지어 불교의 힘도 얻고자 했다.

---

14 金馬渚. 현재의 전라북도 익산시

무왕이 금마저에 궁궐과 사찰을 수축한다는 이야기가 널리 퍼졌다. 천도 계획이 알려지자 귀족들이 가만히 있을 리 없었다. 며칠 후 귀족들이 작당한 듯 왕 앞으로 몰려왔다. 상좌평 국후의 지시를 받았음이 틀림없었다.

"대왕마마, 이곳 사비의 궁전을 놔두시고 금마저에 새로운 궁전을 짓는다는 것은 부당한 일이옵니다."

"어찌하여 그러하오?"

"이곳 사비는 우리 백제의 정기가 깃든 곳이고 적을 막기에도 좋은 천혜의 요지이옵니다. 어찌 중심을 버리고 가를 취하려 하시옵니까?"

"사비가 언제부터 그런 곳이었소? 웅진에서 사비로 도읍을 옮길 때도 비슷한 이유로 반대했던 중신들이 많았다 들었소. 웅진은 그런 곳이 아니었소?"

"그것은 신라가 한강을 점령하고 압박을 해오는 탓에…."

"듣기 싫소. 세상 흐름은 변하는 것이고 그 흐름에 따라 필요한 곳으로 도읍을 옮기는 것은 자연스러운 이치요. 당장 물러가시오."

웅진에서 사비로 도읍을 옮긴 것은 성왕이었다. 당시 성왕은 사비 천도를 통해 수도의 방어를 강화함과 동시에 병력에 대한 통제권을 장악했다. 사비를 상부, 하부, 중부, 전부, 후부의 다섯 부로 나누고 각 부에는 달솔을 임명하여 각기 군사를 거느리고 방비하도록 했다. 이 과정에서 달솔에 대한 통제를 통해 수도와 군사의 권한을 왕에게 집중시키려 했다. 귀족들도 가만히 있지 않았다. 각 부의 달솔이 자신의 입장을 대변하는 자로 임명될 수 있도록 힘을 쓰는 한편, 각 부에 거주하는 관리들에 대한 실질적인 지배권을 가지기 위해 성性을 중심으로 거주지를 나누어 가졌다. 그 결과, 왕권이 강화되는 듯했지만 귀족들은 각자의 성을 중심으로 오 부를 나누어 가지는 형식이 되어 지배권을 어느 정도 유지할 수 있었다.

이런 경험이 있는 귀족들인지라 무왕의 천도 명령은 큰 저항감을 불러일으켰다. 금마저로 도읍을 옮기면 그곳에 새로운 궁궐과 도심이 들어설 것이고, 그 배치 과정에서 귀족들 간의 이합집산과 다툼을 피할 수 없을 것이 분명했다. 눈앞에 뻔히 보이는 상황이었기에 귀족들이 쌍수를 들고 반대하는 것은 어찌 보면 당연한 일이었다.

무왕의 호통에 밀려 어쩔 수 없이 물러 나온 귀족들이 다시금 한데 모여 앉았다.

"이건 필시 그 사악한 자의 짓이오."

"사악한 자라니요?"

"누구겠소. 성충 그자가 아니겠소. 근본 없이 굴러온 새파란 애송이가 왕의 곁에 붙어 온갖 아양을 떨며 눈을 멀게 하고 있지 않소. 이대로 내버려둬서는 안 될 것입니다. 천도라니, 이게 말이 되는 소리요? 이건 간도 쓸개도 다 내놓으라는 것과 다를 것이 없지 않소."

"그렇습니다. 왕의 혼을 빼놓고 있는 저 성충이라는 놈부터 없애야 합니다."

"그야 당연한 일이지요. 문제는 방법입니다."

"누가 좋은 계책이 있으시면 말씀해보시오."

"그 문제라면 내게 생각이 있소."

상좌평 국후였다. 국후는 대성팔족으로 대표되는 백제 보수 귀족의 수장 격인 인물이었다. 각자의 이익에 따라 움직이는 귀족들이었지만, 그 중심에 국후가 있어서 각 성씨와 집단들의 이익을 통제하고 조정하였기에 힘이 흩어지지 않을 수 있었다. 명목상의 군주는 왕이었으나 관리들을 뒤에서 움직이는 것은 국후였다.

"상좌평께서 나서주신다면 성충 한 놈쯤은 쥐도 새도 모르게 처리할 수 있을 것입니다. 어서 말씀해주십시오."

"연판장連判狀!"

"뭣이라! 연판장이라고 하셨습니까?"

"대왕을 시해한다는 연판장을 만들어 그 이름이 올라 있는 놈들을 한 번에 제거하면 될 것을 뭘 그리 호들갑을 떠는가?"

"연판장에 서명한 놈들을 엮어 한꺼번에 제거한다… 하지만 대왕이 그것을 믿어줄지…"

"믿지 않는다면 믿게 해야지."

"계책이라도…?"

"내 사람 중에 금마저성주 밑에서 부장 노릇을 하고 있는 기참氣僣이라는 자가 있네. 쓸모가 있을 것 같아 거두어둔 놈인데 그자를 이용하면 반드시 성충이라는 자의 목을 벨 수 있을 게야."

"상좌평께서 그리 말씀하시니 저희는 그저 믿고 따르겠습니다."

얼마 후 국후가 기참이라는 자를 집으로 은밀히 불러들였다.

"나리, 부르셨사옵니까?"

"그래. 내자內子와 아들은 잘 지내느냐?"

"그러하옵니다. 모든 것이 나리께서 저를 거두어주신 덕분입지요."

기참이 허리를 굽실거리며 대답했다.

"내 긴히 너를 부른 이유가 있으니 가까이 앉으라."

국후는 기참을 당겨 앉게 한 후 작은 소리로 뭔가 지시를 내렸다. 이야기를 듣는 기참의 눈이 휘둥그레졌다. 잠시 후, 기참이 손을 떨며 말했다.

"나리께서 시키시는 일이라면 뭐든 하겠습니다요."

"필시 문초를 당할 수도 있을 것이다. 끝까지 입을 다물어야 할 것이야."

"여부가 있겠습니까요? 소인이 어릴 때부터 매 맞는 일이라면 수도 없이 당한 터라 얼마든지 견딜 수 있사옵니다."

"이 이야기는 절대 발설해서는 안 된다! 일이 끝나면 큰 상을 내림은 물론이고 자색 공복紫色公服을 입게 될 것이야."

자색 공복이라는 말에 기참의 입이 쩍 벌어졌다. 자색 공복은 6품 이상의 관리들만 입을 수 있었기에 자색을 입는다는 것 자체만으로도 집안의 자랑거리가 되었다.

"자, 여기."

국후가 보자기로 싼 상자 하나를 내밀었고 기참이 소중한 듯 가슴에 안고 물러났다.

늦은 시각에 집으로 돌아온 기참을 아내가 놀란 기색으로 맞았다.

"어쩐 일이우? 이런 밤에 집엘 다 들어오구?"

"그럴 일이 있었구면. 내일 새벽에 일찍 금마저로 떠나야 하니 아침상은 일찍 보게."

"다녀오셨어요, 아버지?"

예닐곱 살쯤 되는 아이가 허리를 굽혀 인사를 했다.

"아니, 이놈 보게. 인사를 하는 폼이 꼭 명문가 도련님 같지 않은가?"

기참이 기특한 듯 웃으며 물었다.

"그야 당연하지요. 요즘 이 녀석이 공부를 하고 있다오. 강예박사講禮博士인가 뭔가 하는 사람한테 경전 같은 걸 배운대요."

"그게 모두 국후 어르신께서 힘을 써주신 덕분 아닌가. 귀족 자제들만 갈 수 있는 학당에 우리 아들놈을 보내다니. 게다가 곧 자색 공복도 입게 될 것이고…"

"자색 공복이라니요? 무슨 말이에요? 내가 모르는 새 좋은 일이라도 생긴 거유?"

"어허, 입조심하게."

기참의 은밀한 미소를 느끼며 아내가 말했다.

"제발 그런 일 좀 생겼으면 좋겠네. 서방 덕에 이웃 여편네들

코를 납작하게 만들어주게."

아내의 말이 끝나기도 전에 기참은 아이를 안아 올려 빙그르르 한 바퀴를 돌았다. 자색 공복을 입고 아이와 거리를 활보하는 자신의 모습을 떠올리자 웃음이 절로 나왔다.

잠자리에 들었지만 좀처럼 잠이 오지 않았다. 뒤척이는 것을 느낀 아내가 침묵을 깼다.

"자요? 아까 그 이야기가 궁금해서 통 잠을 못 자겠네."

"어허! 여자들이 알면 안 되는 일이야."

"세상에 여자들이 알면 안 되는 일이 어딨수. 그리고 조강지처한테 못할 말이 뭐란 말이오?"

"아 글쎄, 여자들이 관여할 게 아니라니까."

기참은 한참 말이 없었다. 여자가 관여할 일이 아니라고 말은 했지만 자신이 먼저 떠벌리고 싶어 안달이었다. 참지 못한 기참이 결국 입을 열었다.

"사실은 말이야…. 국후 나리께서 중요한 일을 하나 주셨다네. 나리께서 말씀하시길 '이번 일만 끝나면 자네는 자색 공복을 입을 수 있을 게야'라고 하셨지 뭔가."

아내가 반색을 하며 받았다.

"국후 나리께서 시키신 일이면 무조건 해야지요. 근데 그 중요한 일이라는 게 도대체 뭐유? 나도 좀 같이 압시다."

"그건 말 못 해."

"사람이 쪼잔하게 또 왜 이래요?"

"거 참, 귀찮게 하네. 사실은 말이지…"

기참은 아내에게 자초지종을 털어놓고 말았다. 이야기를 듣던 여자의 눈과 입이 점점 크게 벌어졌다. 이불 속에 웅크린 아이의 눈과 입도 함께 커졌다.

며칠 후 성충이 신라의 국경으로 군사작전을 위한 지형조사를 하러 떠난 사이 조정이 발칵 뒤집히는 일이 벌어졌다. 금마저의 성주가 모반을 꾀한다는 고발장이 접수된 것이다. 주인공은 기참이었다. 보고를 받은 무왕은 어이가 없었다. 기참을 옥에 가두고 뒤이어 금마저성주 주평珠枰을 붙잡아오도록 했다. 추국推鞫을 해보면 답이 나올 터였다.

무왕이 주평과 기참을 끌어내게 하여 직접 추국에 나섰다. 천도를 준비하고 있는 상황에서 금마저성주가 관련된 만큼 사안이 중요했다. 무왕이 기참에게 물었다.

"금마저성주가 모반을 꾀했다는 것이 사실이렷다?"

"대왕마마, 어느 안전이라고 거짓을 아뢰겠사옵니까. 모두 사실이옵니다."

기참의 이야기를 듣고 있던 금마저성주 주평이 어이없다는 듯이 꾸짖었다.

"네 이놈! 아무런 근거도 없는 이야기를 꾸며내 대왕마마의 심기를 어지럽히려는 이유가 무엇이냐?"

주평이 기참을 꾸짖은 후 무왕을 올려다보며 억울함을 호소했다.

"대왕마마, 결단코 소신은 역모를 꾸민 사실이 없사옵니다. 제가 무슨 원한이 있어 역모를 꾸미겠사옵니까?"

무왕이 다시 기참에게 물었다.

"이놈, 무고로 밝혀질 경우 사지를 찢기는 고통을 당하게 될 것이다. 네놈이 그렇게 말을 하는 것은 분명히 근거가 있을 터. 무슨 근거로 그런 말을 하는지 대렷다."

"대왕마마, 역모의 증거가 있사옵니다. 지금 당장 금마저성 주의 집을 뒤지도록 하시옵소서. 성주의 내실 바닥에 손가락 하나가 들어갈 만한 틈이 있을 것이옵니다. 그 틈을 비집고 열면 작은 상자 하나가 있는데 그 속에 역모의 증거가 있사옵니다. 성주가 그곳에 문서를 넣는 것을 소인이 두 눈으로 직접 보았사옵니다."

"틀림이 없으렷다?"

"그러하옵니다, 대왕마마."

"전하, 즉시 성주의 집무실로 군사들을 보내시옵소서. 저놈의 말이 참인지 거짓인지 확인하실 수 있을 것이옵니다. 뭣들 하느냐! 군사들은 당장 금마저성주의 집무실로 향하라. 그리고 기참이 말하는 곳을 샅샅이 뒤져 상자가 있거든 속히 가져오라."

추국을 지켜보던 상좌평 국후가 끼어들어 군사들에게 명했다. 무왕이 고개를 끄덕여 군사를 보내는 데 동의했다.

얼마 후 성주의 내실을 이 잡듯 뒤진 군사들이 상자 하나를 가져왔다. 길이가 두 뼘 남짓 되는 옻칠이 된 상자가 붉은 천으로 감싸져 있었다. 무왕이 천을 풀고 상자를 열어보게 했다. 상자 안에서 두루마리 문서가 나왔다. 무왕이 황급히 가져오게 하여 직접 읽어내렸다.

작금의 왕은 신라 정벌에 눈이 멀고 백성의 안위는 안중에도 없는 폭군이니 금마저로 옮긴 후 주살한다. 이 계획에 함께하는 뜻으로 피로써 서명한다.

167

두루마리를 읽는 무왕의 얼굴이 점차 상기되더니 아래쪽을 읽다가는 갑자기 눈이 휘둥그레졌다. 문서에 서명한 이름 때문이다.

달솔 연기후燕器吼, 좌평 협금劦金,

금마저성주 주평珠閇, 좌평 성충成忠

무왕의 눈은 오랫동안 '좌평 성충'에 머물러 있었다. 국후가 무왕의 흔들리는 눈동자를 보며 짐짓 모르는 척 물었다.

"대왕마마, 왜 그리 놀라시옵니까?"

무왕이 그 소리에 정신이 드는지 자리에서 벌떡 일어났다. 그러고는 두루마리 문서를 집어 던지며 외쳤다.

"이 문서에 서명한 놈들을 잡아다 당장 대령하라!"

그리하여 연기후를 비롯해 세 사람이 먼저 붙잡혀왔다. 남쪽 국경으로 지리를 파악하러 떠났던 성충에게도 어명을 받은 군사들이 보내졌음은 물론이다. 본격적인 국문이 시작되었다. 먼저 붙잡혀온 세 사람은 영문도 모른 채 혹독한 국문을 당했고 인두고문에 못 이긴 좌평 협금이 없는 사실을 실토하고 말았다. 연기후와 협금은 백제를 오랫동안 좌우해온 대성팔족의 하나였으나 사비 천도 이후 국씨國氏와 사씨沙氏 등의 세력에 밀려 힘을 잃어가고 있었다. 국후는 이 일을 기회로 협씨劦氏와 연씨燕氏 세력을 완전히 제거하고 금마저성주까지 엮어 눈엣가시 같은 존재들을 없애려 하고 있었다.

며칠 후 성충이 영문도 모른 채 포박을 받고 끌려와 꿇어앉았다. 무왕이 직접 국문에 나섰다.

"그대는 이 두루마리를 기억하는가?"

무왕이 손에 들려진 두루마리를 펴 보이며 물었다.

"신은 어떤 영문으로 이곳에 끌려왔는지 알지 못하나이다."

"알지 못한다? 이 연판장에 성충 그대의 이름이 피로 새겨져 있는데도 거짓말인가!"

"연판장이라니요?"

당황스러운 듯 성충이 묻자 무왕이 두루마리를 펼쳐 성충의 눈앞으로 집어 던졌다.

"이래도 모른다 할 텐가?"

두루마리에 쓰인 글을 읽어 내려가던 성충의 눈이 놀란 토끼의 그것으로 변했다.

'아뿔싸!'

짧은 순간 성충의 머리가 복잡해졌다. 모함이었다. 누굴까?

몇몇 떠오르는 인물이 있었다. 그리고 이 사태를 어떻게 돌파할 것인지 방법을 떠올렸다. 뾰족한 수가 떠오르지 않았다. 영원 같은 잠깐이 흘렀다.

"왜 대답이 없는가?"

무왕이 다그쳐 왔다.

"내 그대를 총애하여 마음을 열고 국사를 논했건만, 어찌 이리 배은망덕한 일을 저질렀단 말이냐?"

"무고誣告이옵니다."

"무고라? 연판장에 그대의 이름이 이토록 선명한데도 무고라?"

"그러하옵니다. 무고이옵니다."

성충이 고개를 들어 무왕과 눈을 마주친 후 다시 눈을 지그시 감으며 고개를 떨구었다.

"네 이놈! 증거가 이렇게 버젓이 있는데도 무고라고 하느냐! 대왕마마, 당장 저놈의 목을 베고 구족九族을 멸하시옵소서."

상좌평 국후가 끼어들었다. 눈을 감은 채 하늘을 향해 고개를 들고 있던 무왕이 잠시 후 말했다.

"옥에 가두어라."

무왕이 보고 싶지 않다는 듯 고개를 돌리며 소리쳤다.

군사들이 성충을 끌고 사라졌다.

다음 날 국후가 입궐하여 무왕과 대면했다.

"대왕마마, 역모 사건이옵니다. 역모는 대역죄로 구족을 멸하는 것이…"

"알고 있소."

무왕의 침묵이 길어졌다.

"즉시 처결하지 않으면 또다시 이런 일이…"

"알았다고 하지 않소! 물러가시오."

어전을 물러 나오며 국후의 얼굴에 미소가 스쳤다.

무왕은 망설이고 있었다. 무고일 것이라는 믿음과 사실일지도 모른다는 불안감이 공존했다. 설사 무고라고 해도 엄연히 증거가 있는데 어찌한단 말인가? 사건을 빨리 마무리 짓지 않으면 조정의 기강이 흔들릴 것이고 귀족들에게 명분을 만들어줄 수도 있었다. 군사들의 사기가 떨어질 것 또한 불을 보듯 뻔한 일이었다. 연관자들을 처벌하라는 귀족들의 목소리는 날로 높아지고 있었다.

어떻게 할 것인가? 무왕의 시름이 깊어졌다.

강예박사
홍수

"자왈子曰 인무원려人無遠慮하면 필유근우必有近憂니라."

십여 명의 아이가 학당에 모여 세상이 떠나갈 듯 큰 목소리로 책을 읽고 있었다.

"이 말이 무슨 뜻인지 아느냐?"

스무 살이 갓 넘어 보이는 윤건輪巾을 쓴 청년이 아이들을 향해서 물었다. 묻는 모양이 아이들을 가르치는 스승인 듯했다.

"예, 사람이 멀리 보고 생각하지 않으면 반드시 가까운 데 근심이 있다는 뜻입니다."

한 아이가 또렷한 목소리로 대답했다.

"그래, 잘했다. 사람은 무릇 멀리 보고 생각하며 살아야 한다. 그 뜻을 자세히 말해보거라."

"멀리 본다는 것은 앞으로 세상이 어떻게 될지를 짐작해보라는 뜻입니다."

"그래 잘했구나. 사람은 눈앞에 보이는 것만 생각하기 쉽고, 멀리 있는 것은 눈에 보이지 않기 때문에 생각하기가 어렵다. 하지만 눈앞의 것만 생각해서 욕심을 낸다면 그 욕심 때문에 장차 큰 화를 당할 수도 있을 것이다. 명심하도록 해라."

"예, 스승님."

아이들이 한목소리로 대답했다.

"오늘은 여기서 마치자."

아이들을 돌려보낸 후 스승은 홀로 앉아 생각에 잠겼다. 그의 이름은 흥수興首, 강예박사로 관리의 아이들에게 경전을 가르치는 선생이었다. 젊은 나이에 강예박사가 되었다는 것은 그만큼 그의 학문이 출중하다는 뜻이었다. 뛰어난 실력을 가졌으나 보수적인 조정의 분위기 탓에 아이들이나 가르치는 학당의 스승 노릇에 머물러 있었다. 부패할 대로 부패한 조정의 관리들에 대해 냉소적이었던 그에게 최근의 역모 사건 역시 너무도 빤한 짓임이 들여다보였다. 보수 귀족들이 정적을 제거하기 위해 벌인, 눈에 훤히 보이는 무고였던 것이다. 하지만 말단 관직에 불과한 그가 할 수 있는 일은 아무것도 없었다.

'세상이 어찌 되려고 이러나.'

홍수는 한숨을 쉬며 일어났다. 갑갑한 마음에 바깥바람이라도 쐬어야 마음이 좀 가라앉을 듯했다.

"야! 너 우리 아버지 관직이 뭔지 알지! 장덕將德이야. 장덕이면 7품 벼슬이라고!"

학당 입구에서 서너 명의 아이가 모여 있었다. 옥신각신하는 것이 아이들 간에 다툼이 벌어진 모양이었다.

"너희 아버지는 좌군佐軍이니까 14품 벼슬이고. 그러니까 너도 14품이 되는 거야. 우리 아버지가 장덕이면 나도 장덕이야. 그러니까 너도 나한테 나리라고 불러야 해!"

아이들이 나누는 이야기지만 틀린 말은 아니었다. 아버지가 달솔이면 아들도 달솔이 되는 것은 당연한 일이었다. 아버지의 관직을 물려받는 것은 대대로 이어져온 전통이었고, 이것은 사회질서를 유지하기 위해 꼭 필요한 일이라 여겨졌다.

"흥! 7품이면 뭐해. 비색緋色 옷이잖아. 우리 아버지가 그러셨어. 곧 자색 옷을 입게 될 거라고."

"뭐야? 하하하. 어떻게 14품이 자색 옷을 입냐!"

"아니야, 분명히 그러셨어. 이번 일만 끝나면 자색 옷을 입게 될 거라고. 그러면 그때는 너희가 나를 나리라고 불러야 해."

"웃기지 마. 어떻게 그런 일이 있을 수가 있어?"

"아버지가 분명히 그러셨다니까? 이번 연판장 일만 끝나면 그렇게 된다고!"

한쪽에서 듣고 있던 홍수의 귀에 연판장이라는 말이 날아와 꽂혔다.

"이놈들! 공부하는 학당에서 동문끼리 웬 다툼이냐!"

스승의 목소리에 놀라 아이들이 두 손을 모으며 고개를 숙였다. 홍수가 아이들 곁으로 다가왔다. 그러고는 연판장이라는 말을 꺼낸 아이에게 나직이 물었다.

"그래 너희 아버님의 함자가 어떻게 되시느냐?"

"기氣 자, 참曆 자를 쓰시옵니다."

순간 홍수의 두 눈 사이에 잔주름이 잡혔다. 기참이라는 자는 역모 사건을 고발한 인물이었고 연판장은 그 증거물이었다. 심증이 확증이 되는 순간이었다.

홍수는 곧장 입궐했다. 기참이라는 자를 만나기 위해서였다. 역모와 관련된 인물이었기에 접근하기가 쉽지 않았다. 결국 두둑한 뇌물을 뿌린 후에야 겨우 한 시진[15]의 면회가 허락

---

15 時辰. 하루를 열둘로 나누었을 때 각각의 시간으로 대략 두 시간을 가리킴

되었다.

"뉘시오?"

"나는 강예박사 홍수라고 하오. 댁의 사정이 하도 딱한 듯해서 측은지심惻隱之心으로 찾아왔소이다."

"나는 할 말이 없으니 다른 데 가서 알아보시오."

"생명을 구해주려고 찾아왔더니 다른 데 가서 알아보라? 굴러온 복을 차도 유분수지…."

생명을 구해준다는 말에 기참의 눈이 흔들렸지만 곧 외면했다. 자신에게는 국후가 있지 않은가.

"글쎄 일없다니까…."

기참이 말을 마치기도 전에 홍수가 말을 시작했다.

"역모를 고발한 사람이 어찌 되는지 그대는 알고 있소?"

"흥. 그런 것에는 관심 없소."

"역모는 대역죄요. 역모의 주범자들은 구족을 멸하는 것은 물론이고 그 역모를 고발한 자도 목숨을 부지하기 어렵소. 게다가 당신은 당신이 모시는 상관인 금마저성주를 고발하지 않았소? 상관을 고발하고도 어찌 살아남길 바란단 말이오?"

기참은 상관을 고발한 자도 목숨을 잃는다는 말에 정신이 번쩍 들었다.

"뭐요? 그럼 고발자도 참수를 당한단 말이오?"

"당연하지요. 상관을 고발한 불손한 자를 누가 살려두겠소. 당신의 목은 곧 저잣거리에 효수될 것이오."

"그럴 리가 없소. 그럴 리가. 나리께서 분명히…"

"그 나리가 누군지는 모르겠지만 대왕마마보다 높으신 분이오? 그게 아니라면 당신은 이미 틀렸소."

기참의 태도가 돌변했다. 무릎을 세우고 달려와 옥의 창살을 붙잡고 홍수에게 매달렸다.

"이보시오, 이보시오. 나 좀 도와주시오. 당신이 측은한 마음으로 여기 왔다고 했으니 분명 방도가 있을 게 아니오? 그것이 무엇이오? 내 뭐든 다 할 터이니 나를 구해주시오."

"이제야 내 진심을 알아주시는구료."

"내 그대의 진심을 이제 알겠소. 그대는 훌륭하신 분이오. 그러니 여기서 살아나갈 복안을 알려주시오. 제발."

"너무 걱정하지 마시오. 크게 어렵지는 않을 것이오. 먼저 당신에게 연판장을 꾸며서 숨기라고 했던 그 나리라는 사람이 누군지 말해보시오."

얼마 후 밤을 뒤척인 무왕이 백관을 소집했다. 마음을 정한

177

것이다.

"이번 역모 사건에 대한 경들의 의견을 듣고 싶소."

결심이 선 무왕이 마지막으로 중신들의 의견을 듣고자 했다.

"역모 사건이오니 국법에 따라 관련된 자를 모두 효수하시고 구족을 멸하시옵소서."

"멸하시옵소서."

상좌평 국후의 요청에 모든 벼슬아치가 동의했다. 미리 입을 맞춘 듯 한목소리였다.

"진정 그래야 한단 말이오?"

"국법이옵니다, 대왕마마."

무왕은 잠시 생각을 가다듬는 듯하더니 드디어 명을 내리기 위해 크게 호흡을 했다. 그 순간, 긴장감을 담은 목소리 하나가 대왕전을 흔들었다.

"대왕마마, 소신의 생각을 말씀드려도 되겠사옵니까?"

"그대는 누구인가?"

"강예박사 홍수라 하옵니다."

"어느 안전이라고 강예박사 따위가 중신들의 일에 끼어드는가!"

국후가 눈에 힘을 주며 홍수를 노려보았다.

"아니오. 나라의 큰일에 여러 사람의 이야기를 듣는 것은 합당한 이치일 것이오. 강예박사 홍수는 말해보라."

"황공하옵니다, 대왕마마. 대저 역모의 죄란 대역죄이옵니다. 대역죄를 처결할 때는 반드시 면밀한 조사를 한 연후에 판결하여 사후 논란의 여지를 없애야 할 것이옵니다."

"면밀한 조사? 그럼 이번 사건에 면밀한 조사가 이루어지지 않았다는 말이더냐?"

"그러하옵니다, 대왕마마. 모반 사건에는 그 수괴가 있을 터이니 대질심문을 거쳐 그 수괴를 밝혀야 할 것이옵니다."

"이놈! 이미 조사가 끝난 사건을 어찌하여 다시 들추어 대왕마마의 심기를 어지럽히느냐? 네놈이 분명 역모꾼들과 한패렷다?"

국후가 다시 홍수를 쏘아보며 엄포를 놓았다.

"상좌평은 목소리를 낮추시오. 듣자 하니 강예박사의 말에 일리가 있소. 모반의 수괴를 가려내어 전모를 밝히고 일벌백계−罰百戒로 다스릴 것이오. 여봐라! 죄인들을 대질케 하여 모반의 수괴를 가려내도록 하라."

무왕이 명을 내린 후 홍수를 바라보며 다시 말했다.

"원래 일이란 그 말을 꺼낸 사람이 맡아 하는 것이 순리인즉,

홍수 그대가 죄인들의 심문을 맡으라."

"하오나 대왕마마, 소신은 한낱 강예박사에 불과하여 중책을 맡는다 하더라도 중신들이 따라주지 않을까 염려되옵니다."

결단력 있는 무왕이 홍수의 뜻을 알아차렸다.

"홍수는 앞으로 나오라."

홍수가 앞으로 나오자 무왕이 용상에서 일어나 패도佩刀를 뽑아들고 건네며 말했다.

"이 칼은 짐의 상징이다. 죄인들을 조사하는 데 간섭하는 이가 있거나 그대의 명에 따르지 않는 자가 있거든 언제든 이 칼로 그자의 목을 쳐도 좋다."

"황공하옵니다, 대왕마마. 그리고 수괴를 가려내는 일은 중대한 일이오니 국문장에 중신들도 배석하도록 윤허하여주시옵소서."

"그 말도 옳다. 중신은 한 사람도 빠짐없이 국문장에 배석하여 역모의 주범을 찾아내는 현장을 똑똑히 지켜보도록 하라."

홍수가 엎드려 칼을 받들고 뒤로 물러났다. 무왕은 지푸라기라도 잡는 심정으로 홍수를 바라보았다.

다시 국문이 시작되었다. 이번에는 연판장에 이름이 오른

네 명의 죄수와 기참이 함께 끌려 나왔다. 고문이 얼마나 모질었는지 몸에 성한 곳을 찾기가 어려웠다. 몸이 그러하니 마음 또한 다를 바 없었다. 모든 것을 체념한 듯 무표정한 얼굴들이었다.

홍수가 먼저 기참에게 부드러운 소리로 물었다.

"저 네 사람이 모여 역모를 꾸미고 연판장을 만들어 서명했다는데, 그게 사실인가?"

"그렇습니다. 사실입니다."

"그곳이 어디인가?"

"금마저성주의 내실이라고 들었습니다."

"그럼, 네 사람이 모여 자신의 피로 서명하는 장면도 보았는가?"

"그렇게 들었사옵니다."

"그렇게 들었다? 그럼 직접 보지는 못했다는 말이 아닌가?"

"제가 직접 보지는 못했사옵니다."

좌중이 웅성거리기 시작했다.

"그렇다면 연판장이 성주의 내실에 숨겨져 있다는 것은 어떻게 알았는가?"

"어떤 사람이 그곳에 있다는 것을 알려주었사옵니다."

"그래? 그게 누구인가?"

잠시 머뭇거리던 기참이 진실을 토했다.

"상좌평 국후 나리이옵니다."

"네 이놈! 네놈이 무슨 억하심정이 있길래 나를 모욕하려 드는 게냐!"

국후가 얼굴이 시뻘게지면서 기참을 향해 소리를 질렀다.

챙!

홍수가 무왕으로부터 받은 칼을 빼 들고 국후를 가리키며 소리쳤다.

"조용히 하시오. 이 칼은 대왕마마의 보검이오. 감히 어느 안전이라고 나서시오."

"아니, 이런 경우 없는…! 음!"

어쩔 도리가 없는지라 국후가 헛기침을 하며 고개를 돌렸다. 홍수가 다시 기참에게 물었다.

"그럼 모든 것이 상좌평 국후가 시켰다는 말인데 그게 사실인가?"

"그렇습니다. 시키는 대로 하면 자색 공복을 입게 해주겠다고 하면서 연판장이 담겨 있는 상자를 내게 주었습니다. 그 상자를 금마저성주의 내실에 갖다 놓고 역모 사건을 고발하라고 하면서…"

"군졸들은 당장 상좌평 국후를 포박하라!"

홍수가 명을 내렸지만 군졸들이 머뭇거렸다. 그러자 홍수가 다시 한 번 칼을 들어 보이며 군졸들을 향해 외쳤다.

"감히 대왕마마의 명을 거역하는가! 상좌평 국후를 당장 포박하여 옥에 가두라!"

군졸들이 달려들어 국후를 포박하여 끌고 갔다.

"네 이놈! 네놈이 나를 이렇게 대하고도 무사할 줄 알았더냐!"

끌려가는 국후의 목소리가 국문장에 울려 퍼졌다. 그 광경을 지켜보던 모든 이들이 사색이 되었다.

"저 네 사람을 속히 방면하고 어의御醫를 불러 치료하라."

역모 사건은 이렇게 종결되었다. 성충은 물론이고 누명을 쓴 네 사람이 모두 풀려났다.

무왕과 성충, 홍수 세 사람이 마주 앉았다.

"강예박사 홍수, 그대가 아니었으면 내 큰 잘못을 저지를 뻔했네그려. 그래, 연판장이 조작되었다는 것을 어떻게 알게 되었나?"

"제가 가르치는 학동들이 이야기를 나누는 것을 들었는데 연판장이라는 말이 나왔사옵니다. 자세히 알아보니 그 아이가 바로 기참의 아들이었고 이번 사건이 조작되었다는 것을 알게 되었사옵니다. 그리하여 옥에 갇힌 기참을 찾아가 배후 인물을 알아냈던 것이옵니다."

"그대의 재주가 비상하고 용기가 담대하니 긴히 쓰일 일이 있을 듯하이. 내 그대에게 달솔 벼슬을 내릴 터이니 내 곁에 머물면서 정사를 보좌하도록 하라."

"황공하옵니다, 대왕마마."

듣고 있던 성충이 홍수를 바라보며 말했다.

"그대에게 명命을 빚졌네. 언젠가 오늘 진 빚을 갚을 날이 일을 걸세."

"평소 존경하는 분의 위급함을 보고 한 행동일 뿐이옵니다."

무왕이 두 사람을 지켜보며 말했다.

"그대들 두 사람을 보니 짐은 천군만마를 얻은 듯허이. 한 명은 군사를 다스리는 전략에 능하고, 또 한 사람은 경서와 사물의 이치에 밝으니 그대들이 힘을 합쳐준다면 못해낼 일이 뭐 있겠는가. 우리 함께 나라의 중흥과 백성의 안녕을 위해 하나의 마음으로 일해보세."

"성은이 망극하옵니다."

무왕의 칭송을 들으며 성충은 마음이 한결 가벼워짐을 느꼈다. 이제는 짐을 함께 나누어 질 사람이 생긴 것이었다. 그러면서도 마음 한편으로는 알 수 없는 묘한 감정도 느꼈다. 열 살이나 어려 보이는 흥수라는 이 젊은이에게 떨칠 수 없는 사내로서의 경쟁심이 작용한 것이다.

연판장 사건이 무고로 밝혀지면서 국후는 목이 잘려 저잣거리에 효수되었고 기참은 섬으로 유배를 떠났다. 국후의 목이 떨어진 날 무왕은 아버지 법왕의 무덤을 찾아 제를 올렸다.

국후의 죽음으로 수장을 잃은 귀족들은 분열되어 힘이 약화되었음은 물론이다. 하지만 무왕은 여전히 남아 있는 귀족 세력의 반발을 의식하여 금마저로의 완전 천도가 아닌 일부 천도로 생각을 굽혔다. 무더운 여름철에만 금마저에서 국사를 보도록 한 것이다.

가야의 옛 땅을
수복하라

"장군 백기는 들어라. 이만의 군사를 이끌고 즉시 서쪽 국경 지대를 공격해 옛 가야의 땅을 회복하라."

"명 받들겠사옵니다."

역모 사건이 마무리되자마자 무왕의 대대적인 신라 정벌이 시작되었다. 장군 백기를 사령관으로, 성충을 군사軍師로 임명하여 신라와 접한 동쪽 국경 지역을 공격하게 한 것이다. 그 첫 번째 관문이 속함성이었다. 속함성은 옆으로는 앵잠과 기잠, 아래로는 봉잠과 기현, 혈책[16]으로 이어지는 중요한 군사적 거점이었기에 신라에서도 절대 빼앗겨서는 안 되는 성이었다.

---

16 지금의 경상남도 서쪽 인근에 있던 성들

속함성을 지키고 있던 성주 동소東所는 인접한 여섯 개의 성을 동시에 방어할 수 없다는 사실을 알고 앵잠성의 군사를 모두 빼 속함성으로 불러들였다. 두 성의 군사를 합쳐야 승산이 있다고 본 것이다.

백제의 대군이 속함성 백 리 앞에 이르니 신라군의 선봉이 이미 진을 치고 기다리고 있었다. 곧장 격전이 시작되었고 신라군이 패퇴하기 시작했다. 하지만 이는 작전상 후퇴였다. 성주 동소는 이미 두 부대를 이천 명씩으로 나누어 산 중턱에 매복시켜두고 있었다. 성충은 추격하려는 백기를 만류하여 진군을 멈추도록 했다. 적의 매복이 있을 것으로 짐작하고 척후병을 보내 하나씩 확인한 후 앞으로 나아갔다. 그리하여 사흘 만에 속함성을 포위하고 진을 쳤다. 모반 사건에 연루되기 전 성충이 미리 지형을 관찰하고 지도를 작성하여 적군이 매복하기 좋은 장소들을 잘 파악했기에 가능한 일이었다. 거짓 패배로 적군을 유인하려 했던 신라군의 작전은 성충이 이미 지형을 파악하고 있었기에 수포로 돌아갔다. 그 후 신라군은 성을 지키는 데 주력하고 좀처럼 성 밖으로 나오지 않았다.

그러던 어느 날 신라 측에서 사신을 보내왔다.

"저는 속함성 성주님이 보낸 사신이옵니다. 성주님께서 백기, 성충 두 장군의 인품과 능력을 존경하는 마음으로 선물을 보내셨사옵니다. 비록 지금은 적이 되어 칼끝을 겨누고 있지만, 마음으로는 두 분을 깊이 사모하고 있다는 말씀도 전하라 하셨습니다. 여기 성주님의 선물을 가져왔사오니 여러 장군이 계시는 곳에서 함께 열어보시기 바랍니다."

그러고는 제법 큰 상자 하나를 내려놓고 돌아갔다. 백기가 군사들을 시켜 상자를 열려 하는데 성충이 말렸다.

"지금은 전쟁 중입니다. 필시 적군의 계략이 숨어 있을 것입니다. 열지 말고 불에 태워버리십시오."

백기가 그 말을 옳게 여겨 상자를 불에 태웠다. 상자에 불이 붙자 '웅~' 하는 소리가 사방을 울렸다. 잿더미를 자세히 살펴보니 벌과 지네 같은 온갖 독충이 연기에 질식되고 불에 타 죽어 있었다.

"고얀 놈들!"

놀란 백기가 분노했다.

"선물을 받았으니 고맙다는 인사를 해야지요."

성충이 웃으며 서찰 한 통을 써서 신라에 보냈다.

"보내주신 선물은 잘 받았소. 밤 날씨가 싸늘하여 장작으로 썼더니 따뜻하고 좋았소."

서찰은 받은 동소는 자신의 작전이 실패했음을 알았다.

이튿날 신라의 사신이 찾아와 또 다른 상자 하나를 내려놓고 갔다.

"이번에도 불태워버리는 것이 어떻겠소?"

백기가 성충을 바라보며 물었다.

"이번에는 다른 물건일 것입니다. 군졸들을 시켜 상자를 열어보게 하시지요."

백기가 군졸들을 시켜 상자를 열어보게 했더니 그 안에서 염초[17]가 무더기로 나왔다.

"불에 던졌으면 큰일 날 뻔했습니다."

성충의 지혜에 백기가 감탄했다.

"다시 서찰을 써야겠습니다."

성충이 서찰을 써서 속함성주에게 보냈다.

"보내주신 선물 잘 받았습니다. 잘 간직하고 있다가 속함성을 불태울 때 요긴하게 사용하겠습니다."

속함성주 동소는 당황했다. 자신의 생각을 훤히 들여다보는 것 같은 느낌이었다. 선물을 주는 척하며 능력을 떠본 것인데,

---

17 焰硝. 충격이나 열 등의 자극을 받으면 폭발하는 일종의 화약

모든 것을 꿰뚫고 있는 듯한 성충의 능력에 두려운 생각마저 들었다.

"성충이라는 인물이 예사롭지 않은 자라 하더니, 과연 사실이로구나!"

이대로 물러설 수는 없었다. 백제군에게 조롱당했다는 사실이 군사들에게 알려지면 사기가 떨어질 수밖에 없을 것이다. 동소는 용맹한 군사 한 명을 뽑았다. 그리고 새로운 선물을 준비했다.

다음 날 신라의 사신이 세 번째 선물을 백제 군영에 내려놓고 갔다.

"이번에는 어떻게 하면 좋겠소?"

백기가 성충을 보며 물었다.

"글쎄요? 대장군의 칼을 잠시 빌렸으면 싶습니다."

"제 칼을요? 여기 있습니다."

성충이 백기에게 받은 칼을 뽑더니 상자 안으로 깊숙이 찔러 넣었다.

"으악!"

외마디 비명와 함께 상자 밖으로 피가 뚝뚝 떨어졌다. 상자를 열어보니 칼을 품은 병사 한 명이 죽어 있었다.

190

"아니, 도대체 이 안에 사람이 숨어 있다는 것을 어떻게 아셨소?"

"우리에게 두 번이나 조롱을 당했으니 어떻게든 보복하려 할 것은 뻔하지요. 상자의 크기를 보니 사람 하나가 웅크릴 만하며 그 무게 또한 장정 한 사람의 몸무게와 비슷하니 그렇게 짐작할 수밖에요."

"하!"

장군 백기가 입을 쩍 벌리고 고개를 흔들며 감탄을 연발했다. 성충은 죽은 군졸의 머리를 베고 몸뚱어리만 상자에 담아 서찰과 함께 신라 측에 보냈다.

"장군은 자신의 군졸을 아끼고 사랑해야 하는 법이거늘 어찌하여 생목숨 하나를 버리셨습니까? 신라가 그랬듯이 머리는 돌려드리지 못합니다."

진흥왕이 성왕을 죽이고 머리를 베어 몸만 돌려보낸 지난 일을 되새겨주려는 의도였다. 군졸의 시신이 담긴 상자를 받은 동소는 잔꾀를 부릴 생각을 더는 하지 못했다. 그리고 속히 지원군이 오기를 기다리며 버티는 것이 최선의 전략임을 확신하게 되었다.

다음 날 백제군의 거센 공격이 시작되었다. 석포를 날리고 활을 쏘며 충차로 성문을 공략해 들어갔다. 그러나 속함성은 산등성이를 등지고 만들어진 성으로 견고하기 이를 데 없었다. 지형 자체가 평지라고는 하나 땅이 고르지 않아서 공격하는 병사들이 마음대로 움직이기가 어려웠다. 돌부리에 걸리거나 움푹한 곳에 빠져 자빠지는 경우가 허다했고 많은 군사가 공격할 만한 공간도 부족했다. 대규모 공격을 하기 어려운 지형이었다. 결국 첫 번째 공격은 실패로 돌아갔다.

"이래서는 성을 점령하기 어렵습니다."

"동감입니다."

백기와 성충은 머리를 맞대고 작전을 구상해보았지만 딱히 이렇다 할 방법이 떠오르지 않았다. 그 순간 바람이 크게 불더니 장군기를 비롯한 여러 개의 깃발이 바람에 넘어져 바닥에 나뒹굴었다. 그 모양을 보던 성충이 좋은 생각이 났다는 듯이 백기를 쳐다봤다.

"이러면 어떻겠습니까?"

"무슨 좋은 생각이라도…."

"적들은 지금 한 번의 승리로 기가 살았을 것입니다. 우리가 대장기가 넘어졌다는 핑계로 철군하는 척하며 유인하면, 적군은 반드시 성문을 열고 우리 후방을 공격해올 것입니다. 그때 숨겨두었던 군사들로 포위 공격을 하면 반드시 승리할 수 있을 것입니다."

"하지만 과연 신라군이 속아줄까요?"

"속을 수밖에 없도록 만들어야지요. 속함성주 동소는 성을 지키는 작전으로 나오고 있습니다. 이런 자를 속이려면 확실한 미끼가 필요합니다."

"미끼라면?"

"바로 대왕마마입니다."

"아니, 대왕마마를 어떻게 모셔온단 말이오?"

"대왕마마가 꼭 여기 계실 필요는 없습니다. 그와 비슷한 인물로 변장을 시키면 됩니다. 분명히 우리 군영에 신라군의 첩자가 있을 터, 대왕마마께서 이곳에 친히 오셨다가 갑자기 병이 나서 군사를 물려야 하는 상황이라고 거짓 소문을 내는 것입니다. 그러면 동소는 공에 눈이 멀어 반드시 추격해올 것입니다."

"그렇군요. 좋습니다."

"문제는 기밀 유지입니다. 거짓 철군이라는 것이 알려지면 모든 것이 수포로 돌아갑니다. 그러니 적을 속이기 전에 아군부터 속여야 합니다. 이번 작전은 장군과 저만 아는 것으로 해야겠지요."

"예, 무슨 말씀인지 잘 알겠습니다. 저는 대왕마마로 위장할 군사부터 물색하겠습니다."

작전은 당장 시행되었다. 곧 무왕의 역할을 할 만한 군사를 찾아냈고, 믿을 만한 부장들에게만 세부 계획을 설명했다. 무엇보다 군사들의 눈을 속이기 위해 군영에서 이십 리나 떨어진 폐가를 이용해 어가御駕를 꾸미고 백여 명의 기병으로 호위군도 편성했다.

얼마 후 가짜 무왕의 화려한 행렬이 백제 군영에 도착했다는 소식이 백제군은 물론이고 신라 쪽에도 알려졌다. 가짜 무왕을 태운 어가를 잘 볼 수 있도록 일부러 속함성 가까운 곳에 왕이 머물 군막을 쳤다. 속함성주 동소는 바짝 긴장했다. 백제의 왕이 친히 왔다는 것은 속함성을 반드시 빼앗으려는 의도로 읽혔기 때문이다. 전군에 철통경계령을 내리는 한편, 세작들을 풀어 백제군의 동태를 면밀히 살피도록 지시했다.

얼마 후 세작들로부터 백제군의 상황에 대한 보고들이 날아들었다. 보고는 놀라운 것이었다. 백제 무왕이 도착했으나 오는 도중 큰 병이 들어 곧 돌아간다는 소식이었다. 왕을 호위해야 하기에 속함성을 공격하러 왔던 군사들도 함께 철군한다는 첩보들이 속속 도착했다. 희소식이었다. 동소는 부장들을 모아 작전회의에 들어갔다. 동소의 신임을 받고 있는 부장하나가 말했다.

"장군, 이번이 좋은 기회가 될 것입니다."

"좋은 기회라니? 무슨 말인가?"

"그 옛날 고도라는 사마노가 백제의 성왕을 사로잡아 목을벤 후에 대왕마마로부터 큰 상을 받은 적이 있었지 않습니까. 지금도 백제가 강성하여 우리 신라를 괴롭히고 있는 터이니 백제 무왕을 사로잡는다면 그보다 더 큰 상이 기다리고 있을 것입니다. 하찮은 사마노에게 내린 상보다야 훨씬 대단하지 않겠습니까?"

큰 상이라는 말과 무왕의 목을 벤다는 생각에 동호의 눈이 휘둥그레졌다.

"네 말이 옳다. 백제군이 철군하는 틈을 타서 후방을 공격하면 반드시 대열이 흩어질 것이다. 이때 전군을 휘몰아쳐서 무왕을 사로잡는다."

"하오나 장군, 적의 계략일 수도 있지 않겠습니까?"

"그렇지 않다. 우리가 직접 무왕의 행차를 눈으로 보지 않았느냐. 세작들의 보고도 그렇고. 무왕이 병에 걸려 철군하는 것이라면 이번이야말로 중요한 기회가 될 것이다. 이런 천금 같은 기회를 놓칠 수는 없다. 부장들은 군졸들을 준비시켜라. 백제군의 뒤를 친다."

신라군이 움직일 준비를 하는 동안 백제 군영에서도 철군 준비가 한창이었다. 성충은 부대를 넷으로 나누었다. 중군은 장군 백기의 지휘 아래 가짜 무왕의 어가를 호위하며 철군하다가 반격하도록 했고, 좌군과 우군을 각기 군사 이천으로 나누어 산 중턱에 숨어서 적의 후방을 공격하도록 했다. 마지막 후군은 성충의 지휘 아래 철군하는 척하며 샛길로 빠졌다가 속함성에서 군사가 빠져나간 후 성을 공략한다는 작전이었다.

드디어 무왕의 어가를 중심으로 철군이 시작되었다. 철군할 때까지도 백제의 군사들은 정말로 철군하는 것으로 여기고 있었다. 적을 속이려면 먼저 아군부터 속여야 하는 법, 그만큼 성충의 작전은 치밀했다.

백제군이 철수를 시작하자 신라군이 기다렸다는 듯이 성문을 열고 몰려나왔다. 동소가 직접 선봉에 서서 백제군을 후려치니 후방이 흩어지면서 좌우로 갈라지는 모습이 마치 바다가 갈라지는 듯했다. 군졸들이 쓰러지고 흩어지는 모습에 신이 난 동소가 무왕을 사로잡으라고 외치며 백제군의 본진으로 깊숙이 치고 들어왔다. 화려하게 치장한 무왕의 어가를 보자 눈에 보이는 것이 없었다. 함께 말을 달리던 부장이 동소에게 소리쳤다.

"장군, 적진으로 너무 깊이 들어왔습니다. 기다렸다가 군사들과 합세하여 공격하십시오."

"무슨 소리냐, 무왕의 어가가 눈앞이다. 어서 사로잡아라!"

부장의 만류는 이미 들리지도 않았다. 그 순간, "와!" 하는 백제군의 함성이 들판에 가득 울렸다. 동시에 산 중턱에서 수천 명의 백제군이 창칼을 휘두르며 달려 내려왔다. 그 순간, 동소는 등골이 오싹해졌다.

"속았구나!"

때는 이미 늦었다. 달아나던 백제군 보병들 사이를 뚫고 기마병들이 창을 들고 나타나 파죽지세로 달려들었다. 측면 언덕에서는 백제군이 소리치며 달려 내려오고 정면에서는 달아나던 백제군이 갑자기 방향을 바꾸어 공격하니, 내달리던 속도를 못 이긴 신라군은 세 방향으로 갇혀 꼼짝없이 당하는 꼴이 되었다.

"안 되겠다. 후퇴하라!"

동소가 후퇴 명령을 내렸지만 너무 깊이 들어온 나머지 달아날 길조차 찾기 어려웠다. 신라군은 달아나면서 자기편끼리 서로 짓밟기 시작했고, 백제군의 포위망 속에서 낙엽처럼 쓰러져갔다. 다행히 동소는 여러 부장이 창칼로 길을 열어 포위망을 뚫고 탈출할 수 있었다. 후방으로 빠져나온 동소는 황급히 속함성 쪽으로 말을 몰았다. 뒤를 돌아보니 자신을 따르는 군사는 몇백에 불과했다. 어떻게든 성으로 돌아가 재정비를 해야 한다는 생각에 죽을힘을 다해 말을 달렸다.

겨우겨우 속함성에 도착하니 어이없는 광경이 벌어지고 있었다. 성에 백제군의 깃발이 펄럭이고 있었던 것이다. 성벽 위에서는 성충이 큰 의자에 앉아 동소를 내려다보며 웃고 있었다.

"이제 오시었소? 좀 서두르시지 그랬소. 지난번에는 여러 개의 상자를 선물로 주시더니 오늘은 내친김에 성까지 선물로 주시는구료. 고맙게 잘 받겠소, 하하하."

동소는 기가 찼다. 어찌하여 이 지경이 되었단 말인가?

"장군, 일단 피하십시오. 뒤에 백제의 본진이 추격해오고 있습니다."

"어디로 간단 말이냐?"

"기잠성으로 가셔야 합니다. 그곳에는 장군님의 동생이 계시지 않사옵니까?"

198

"그렇다. 어서 가자!"

결국 동소는 몇백의 군졸만을 이끌고 쓸쓸히 기잠성으로 향했다. 백제군의 대승이었고, 한 번의 싸움으로 속함성과 앵잠성 두 개의 성을 손에 넣었다. 대승大勝의 소식을 전해 들은 무왕은 기뻐하며 백기와 성충에게 금덩어리를 하사하고 일가족에게도 마필과 곡식을 내렸다.

이간계

한편, 기잠성으로 달아난 동소는 그곳을 지키는 장군 이소
理所와 대면했다. 이소는 동소의 이복동생이었다.

"형님, 이제 어떻게 하면 좋겠습니까?"

이소가 물었다.

"백제군은 만만한 상대가 아니다. 성문을 굳게 닫고 지키는
것이 최선의 방책이다. 어떤 일이 있어도 나가 싸워서는 안 된
다. 특히 성충이라는 자의 전략은 기묘해서 쉽게 속아 넘어갈
수 있으니 각별해 조심해야 한다."

두 성을 한꺼번에 빼앗긴 동소는 의기소침해졌다. 또다시 성
을 빼앗기는 날에는 얼굴을 들고 다닐 수도 없을 터였다. 이소
가 형의 의견을 옳게 여겨 성을 굳게 지키기로 하고 성 앞에

구덩이를 깊게 파고 백제군을 맞이할 채비를 했다.

백기와 성충도 쉴 틈을 주지 않고 뒤쫓아왔다. 군사를 정비한 후 다시 기잠성을 포위했는데 그 조치가 너무도 신속했다. 하루라도 빨리 성을 포위하지 않으면 자칫 신라의 지원병이 도착할 수도 있다는 계산 때문이었다.

기잠성 앞에 진을 치고 백기와 성충이 작전회의에 들어갔다.

"이번에는 어떤 작전이 주효하겠습니까? 명령만 내리시면 소장이 달려가 동소의 목을 가져오겠습니다."

큰 승리로 용기백배한 백기였다.

"기잠성에 있는 두 장수 동소와 이소는 이복형제입니다. 제가 알아본 바에 따르면 두 사람은 사이가 좋은 편이 못 됩니다. 이복형제끼리 사이가 좋을 리 없지요. 사람은 위기에 처하면 뭉치게 되는 법이니 두 사람이 지금은 마음을 맞대고 있을 테지요. 하지만 언제든 사이는 벌어지기 마련입니다."

"그럼 어찌하면 되겠습니까?"

"병법에 이르기를 친이리지親而離之라 하였습니다."

"친이리지라…"

"적군이 화목하면 이간시킨다는 뜻입니다. 기잠성을 점령하려면 두 사람을 갈라놓아야 합니다."

"무슨 뾰쪽한 수라도 있으십니까?"

백기가 궁금하다는 듯 몸을 앞으로 내밀며 물었다.

"혹시 수하 중에 몸이 작고 날랜 자가 있습니까?"

"그런 자라면 찾을 수 있습니다만, 어쩐 이유로…?"

"기잠성에는 사람 하나가 겨우 드나들 수 있는 구멍이 있습니다. 백성들이 밀무역을 할 때 사용하는 곳인데 평소에는 거적으로 덮여 있어 잘 보이지 않지요. 그곳으로 들어갈 수 있을 만큼 체구가 작아야 합니다."

"마침 생각나는 수하가 있습니다. 작고 날렵해서 마치 한 마리 족제비 같지요."

"잘되었습니다. 시킬 일이 있으니 은밀히 불러주십시오. 그리고 대왕마마께서 하사하신 금덩어리도 필요합니다. 저에게 주십시오."

"아니 그 귀한 것을 어디에 쓰시게요? 대왕마마의 하사품이 온데…."

"걱정 마십시오. 곧 두 배로 돌려드리겠습니다."

"두 배로요? 그렇다면 얼마든지 내어드리리다."

그날 밤 성충은 날랜 군졸을 불러 금덩어리가 든 상자 하나를 주며 기밀 명령을 하달했다. 그리고 군졸이 들키지 않고 기잠성으로 숨어들어 가도록 반대편 성벽 쪽에 수백 명의 군사를 보내서 소리를 지르고 공격을 하는 척 소란을 떨게 했다. 신라군의 시선이 반대편으로 쏠리자 날랜 군졸 하나가 성안으로 숨어들었다.

다음 날 성충은 백기를 불러서 조용한 목소리로 말했다.

"이제부터 소문을 내야 합니다. 우리 영내에 분명히 신라군의 첩자가 있을 것입니다. 첩자에게 이야기가 들리도록 군사들에게 은밀히 소문을 내십시오."

"어떻게 말입니까?"

"신라의 기잠성주 이소가 우리 백제군과 내통하고 있어 조만간 성에 불을 지를 것이고, 그것을 신호로 우리 군이 총공격을 감행할 것이라고 하시면 됩니다."

"아, 그러면 동소는 이소가 배신한 것으로 오해를 하겠군요. 역시 군사의 지략은 따를 자가 없습니다. 다시 한 번 탄복합니다그려."

그날로 백제군 진영에는 소문이 돌기 시작했고, 그것이 신라군 첩자의 귀에 들어가는 것은 당연지사였다. 첩자들이 감히 이소에게는 보고를 하지 못하고 동소에게 먼저 사실을 알렸다. 이소의 배반 소식을 듣게 된 동소는 첩자들의 보고를 믿으려 하지 않았다. 하지만 같은 보고가 반복되자 점점 의심이 들기 시작했다. 결정적으로, 백제 장군 백기가 이소에게 무왕에게 받은 금덩어리까지 뇌물로 주었다는 보고까지 들어왔다. 그러자 가만히 있을 수 없다는 생각이 들었다. 방법은 하나뿐이었다. 증거물을 찾는 것.

　이소가 성벽을 순찰하고 군졸들을 독려하러 간 틈을 노려 동소는 성주의 집무실을 샅샅이 뒤지기 시작했다. 그리고 어렵지 않게 커다란 금덩어리가 든 상자 하나를 발견했다. 상자 안에 든 것은 금덩어리만이 아니었다. 백기가 보낸 은밀한 서찰까지 함께 있었다. 동소는 분노로 치를 떨었다. 곧장 상자와 서찰을 갈무리해서 집무실을 나왔다.

　얼마 후 순찰을 마치고 돌아온 이소를 동소가 불렀다.

　"형님, 부르셨습니까?"

　동소가 대답 대신 칼을 뽑아들었다.

　"네 이놈! 네놈이 어찌 나라와 형제를 배신한단 말이냐!"

　"아니, 형님. 왜 이러십니까? 제가 무슨 잘못이라도…."

　"네놈이 백제군과 내통을 하고도 살아남길 바랐더냐?"

　"무슨 말씀이십니까? 내통이라니요? 뭔가 오해를 하신 듯

한데…"

"오해? 이렇게 명백한 증거가 있는데도 오해라고 발뺌을 하려느냐?"

동소가 보자기에 싼 금덩어리와 서찰을 바닥에 내던졌다. 커다란 금덩어리가 바닥에 떨어지면서 '쿵' 하는 소리가 났다. 동소의 고함을 들은 부장들과 군사들이 놀라서 황급히 달려왔다.

"무슨 일이십니까?"

이소의 부장 하나가 물었다. 군사들과 함께 달려온 그는 칼을 빼 들고 이소를 겨누고 있는 동소를 경계하는 눈으로 바라보았다.

"아니다. 잠깐 오해가 있는 듯하다."

이소가 부하들을 안정시켰지만 동소의 모습은 전혀 그렇지 못했다.

"오해는 무슨 오해냐! 그럼 이 금덩어리는 무엇이고 백제 장군 백기가 보낸 서찰은 다 가짜란 말이냐?"

동소가 소리를 지르며 칼로 이소를 내리치려 하는데 이소가 몸을 빼 뒤로 물러났다. 그 사이 이소의 부장들과 군사들이 몰려와 이소를 호위했고, 동소의 부하들도 달려와 서로가 대치하는 상황이 되었다.

"저 역적놈을 죽여라!"

동소가 소리를 지르자 군사들이 서로를 공격하기 시작했다. 삽시간에 일어난 일이었다. 칼과 칼이 부딪히고 창과 창이 맞부딪히며 벽과 집기들에 꽂혔다. 동소는 용맹한 장수였다. 단번에 군졸 세 명을 제압하더니 급기야 이소의 가슴에 칼날을 들이댔다. 곁에 있던 부장이 자신의 칼로 동소의 칼날을 막아 죽음은 면했지만 한쪽 팔에 자상刺傷을 입었다. 이소는 숨 돌릴 틈도 없이 등을 돌려 달아나기 시작했다. 몸이 빠른 것이 천만다행이었다.

급히 말을 잡아타고 성문 쪽을 향해 달렸다. 성문을 지키던 군졸들이 문을 열라고 소리치는 이소의 명령에 놀라 반사적으로 문을 열었다. 성문이 다 열리기도 전에 이소의 말이 성문 사이 틈을 비집고 달려나갔다. 백제군이 성을 포위해버린 상황에서 갈 곳이라고는 한 곳뿐이었다.

기잠성에서 이런 소동이 일어나는 동안 백제 군영에서는 백기와 성충이 바둑을 두며 이야기를 나누고 있었다.

"혹시 동소나 이소 중 한 명이 투항해오거든 반드시 후하게 대접해야 합니다."

"항복한 적장을 굳이 후하게 대할 이유가 있습니까?"

"그들은 지휘관이니 기잠성의 약점을 잘 알고 있을 것입니다. 후히 대접해서 그 약점을 알아내야 합니다."

"아, 그렇군요. 그런 문제라면 걱정하지 마십시오. 제가 평생 칼만 쓴 사람이긴 하지만, 사람 대하는 일도 좀 한답니다."

백기가 재미있다는 투로 대답하며 바둑돌을 놓으려는데 긴급한 보고가 들어왔다. 신라 장군 이소가 혼자 말을 타고 항복하러 왔다는 것이다. 두 사람이 눈을 마주치고 미소를 교환한 후, 이소를 맞이했다. 이소는 군졸들에게 포박을 당한 채 무릎을 꿇고 있었다.

"어서 오시오, 이소 장군. 아니, 이 귀한 분을 어찌 이리 무례하게 대하느냐! 속히 포승을 풀어라!"

백기가 막사에서 뛰어 나와 직접 포승줄을 풀고 팔을 잡아 일으켰다.

"아니, 백기 장군. 지금 적의 장수를 사로잡았는데 포승을 풀면 어쩌자는 게요!"

성충이 백기를 노려보며 노한 얼굴을 했다.

"이보시오, 군사. 항복을 청하는 적군의 장수를 너무 홀대하면 못쓰는 법이오. 자, 일어서시오. 이런 팔을 다치셨군요. 어서 막사로 듭시다."

자신의 포승을 풀고 팔을 잡아주는 백기의 모습에 이소가 감사의 눈물을 흘렸다. 잡혀 죽임을 당할지도 모르는 상황에서 호의적인 대우를 받으니 감격이 앞설 수밖에 없었다. 백기는 너스레를 떨며 이소의 손을 잡아끌고 군막으로 안내했다. 그러고는 군졸에게 팔을 치료하게 하며 모른 척 물었다.

"그래, 이게 어찌 된 일입니까?"

"아 글쎄, 동소라는 자가 성주 자리가 탐이 났는지 내게 누명을 씌우지 뭡니까. 그래서 그놈과 한판 싸움을 했는데 그놈의 군사가 너무 많아 밀리고 말았습니다. 급히 말을 타고 성을 나오는데 백기 장군과 성충 군사의 얼굴이 떠오르지 않겠습니까? 인격이 고매한 분들이니 박대하지는 않을 듯하여 한걸음에 달려왔습니다."

이소가 적당한 거짓말을 덧붙여가며 상황을 설명했다.

"잘 오셨습니다. 제가 그리 옹졸한 사람은 아닙니다. 기잠성주 이소 같은 분을 박대한다면 남자라고 할 수도 없지요. 하하하."

듣고 있던 성충이 못마땅하다는 듯 다시 끼어들었다.

"이보시오, 장군. 이소는 적군의 장수요. 어찌 아군의 군막에 적군의 장수를 들일 수 있단 말이오!"

성충이 백기에게 따지듯 묻고는 날카로운 눈으로 이소를 쏘아보았다. 성충과 이소의 눈빛이 마주쳤다. 이소가 흠칫하며 고개를 숙였다가 급히 백기의 눈을 찾았다. 간절한 눈빛이었다.

백기가 성충과 이소를 번갈아 보며 대범한 말투로 건넸다.

"오늘의 적이 내일의 아군이 될 수 있는 것 아니겠소. 군사는 너무 속 좁게 그러지 마시오."

그러자 이소가 백기의 너그러움에 감격하며 덧붙였다.

"장군의 인격은 참으로 고매하십니다. 내 장군을 위해 기잠성을 빼앗을 수 있는 방도를 알려드리겠소."

"역시 이소 장군은 통이 큰 분이오. 그런 분이 내게 왔으니 우리가 승리하는 것은 누워서 떡 먹기가 아니겠소. 하하하."

백기가 여전히 이소를 추켜세우는 동안 성충은 반신반의한다는 듯 경계의 눈빛을 풀지 않았다.

"그래, 그 방도라는 것이 무엇이오?"

궁금하다는 듯 백기가 이소 쪽으로 몸을 숙였고, 성충은 여전히 못마땅하다는 눈초리로 백기와 이소를 노려보았다.

"성의 오른쪽에 큰 산이 있습니다. 그 산을 이용하십시오."

"그곳은 너무 가파르고 험한 데다 나무들이 많아서 오르기도 쉽지 않은 곳이 아니오?"

"겉으로 보기에는 그렇습니다. 동남쪽에 그곳으로 올라가는 작은 길이 있습니다. 산 중턱에 오르면 성 전체를 내려다볼 수 있는 제법 넓은 터가 있습지요. 대략 백여 명의 군졸이 활을 쏠 수 있는 곳입니다. 산 위에서 활을 쏘아 성을 공격하면 필시 기잠성을 지키는 군사들이 우왕좌왕할 것이고 그때 전군을 휘몰아 공격하면 반드시 빼앗을 수 있을 것입니다."

"아, 그런 곳이 있었군요."

백기는 맞장구를 치며 감탄했지만 성충은 의심이 간다는 듯 되물었다.

"내가 지형을 살펴보았지만 그런 곳도 없었고, 올라가는 길도 찾을 수가 없었소!"

"그거야 숨겨놓았기 때문이지요. 그곳은 성을 한눈에 볼 수 있는 곳이라 흙과 나뭇가지로 입구를 찾지 못하도록 평소에는 위장을 해둡니다. 성주나 귀한 손님이 왔을 때만 입구를 열고 들어가 성을 내려다보며 손님을 접대합니다. 정 의심이 드시면 오늘 밤 제가 직접 그곳으로 안내하겠습니다."

이소의 말은 거짓이 아니었다. 곧장 십여 명의 군사를 이소가 말한 곳으로 보내 입구를 열게 했더니 백여 명이 서서 활을 쏠 수 있는 곳이 나왔다. 백제군의 진영이 바빠졌다.

신라의 기잠성에서는 동소가 펄펄 뛰고 있었다.

"그 사악한 놈을 놓쳐버리다니!"

"장군, 이러고 계실 때가 아닙니다. 이소를 따르던 군졸들이 동요하고 있습니다. 빨리 조치를 취하셔야 합니다."

부장의 말에 정신을 차린 동소가 군사들을 성벽 아래에 모두 모이게 한 후 금덩어리와 서찰이 든 보자기를 들고 나갔다. 보자기를 풀어 서찰을 펼쳐 보이며 동소가 외쳤다.

"군졸들은 들어라. 성주 이소는 백제군과 내통하고 있었다. 이 서찰이 그 증거다. 이소는 백제의 장군 백기로부터 이렇게 큰 금덩어리까지 뇌물로 받았다."

동소의 무장들이 보자기에 싸인 금덩어리를 들어 보이자 군졸들이 술렁이기 시작했다. 이소를 따르던 부장들에게는 증거가 된 서찰을 돌려 회람하게 했는데, 놀라움과 의구심이 교차하는지 고개를 갸웃거렸다. 동소의 일장연설이 계속되었다.

"이소는 분명히 백제의 진영으로 달아났을 것이다. 이소를 사로잡거나 그 목을 베어오는 자에게는 이 금덩어리를 상으로 내리겠다. 우리는 지금 백제와 대치하고 있는 상황이다. 이소를 대신하여 내가 이 성을 지켜낼 것이니 다들 나를 따르겠는가?"

낯선 상황에 얼떨떨해진 군졸들은 당황했는지 동소를 따르겠다는 답이 선뜻 나오지 않았다. 동소의 부장들과 군사들이 먼저 두 손을 들어 만세를 부르며 함성을 지르자 이소의 군졸들도 마지못해 따라 했다. 이로써 기잠성은 동소의 지휘 아래 들어갔다. 급한 불은 꺼졌지만 병졸들의 동요는 완전히 가라앉지 않았다. 언제 백제군이 밀어닥칠지 모르는 상황에서 성주마저 사라졌으니 오죽하겠는가.

다음 날 백제의 군영, 일찍부터 총공격을 위한 작전회의에 여념이 없었다.

"먼저 이소 장군이 선봉이 되어 중앙의 성벽을 공격하시오. 그러면 적군이 성벽을 방어하는 데 집중할 것입니다. 이때 산중턱에 매복한 궁수들이 활을 쏘아 적군을 혼란에 빠뜨립니다. 이때를 놓치지 않고 백기 장군은 중군을 이끌고 충차를 이용해 성문을 공략합니다."

성충이 작전을 설명하자 백기가 물었다.

"이소 장군, 선봉은 막중한 역할입니다. 할 수 있겠소?"

"물론입니다. 장군께서 거두어주신 은혜에 보답하기 위해서라도 제가 선봉에 서겠습니다."

어차피 백제에 투항한 몸이라 이소는 이것저것 가릴 처지가 아니었다. 특히나 성충이 자신을 여전히 못마땅하게 여기는 눈치였기에 선봉이 아니라 더 큰 일이라도 해야 했다. 성충은 그토록 치밀한 전략가였다.

드디어 공격이 시작되었다.

"공격하라!"

백기의 명령에 따라 이소가 백제군을 이끌고 성벽을 향해 돌진해 들어갔다. 궁수들의 활을 신호로 보병들이 물밀듯이 그 뒤를 따랐다. 끝에 갈고리가 달린 수십 개의 사다리와 운제를 동원해서 성벽을 기어오르기 시작했다. 이소도 화살을 피해 가며 성벽에 이르러 사다리를 타고 올랐다. 이때 신라 진영에서 이소를 알아본 병사들이 웅성거리며 혼란스러운 상황이 연출되었다. 활을 쏘고 긴 창으로 기어오르는 병사들을 찌르고 밀어내야 할 병사들이 머뭇거렸던 것이다.

"붉은 기를 올려라!"

신라군이 머뭇머뭇하는 사이, 성충의 명에 따라 백제 진영에서 붉은 깃발이 펄럭였다. 그러자 이소가 알려준 산 중턱에 숨어 있던 백제의 군사들이 위장물들을 걷어내고 활을 쏘아 대기 시작했다. 성안으로 화살이 쏟아지자 신라군은 대혼란에 빠지고 말았다. 화살에 맞아 쓰러지는 이들과 화살이 날아오는 방향을 찾느라 허둥대는 사람들로 정신을 차리기 어려웠다.

"궁수들은 뭘 하는가? 산 중턱에서 화살이 날아오고 있다. 그쪽으로 활을 쏴라!"

동소가 명령하자 궁수들이 산 중턱으로 화살을 날리기 시작했다. 성벽을 기어오르는 병사들에게 향해야 할 화살이 엉뚱한 곳으로 향하니 성을 공략하기가 한결 수월해졌다. 이 틈을 타서 백기가 방패를 든 병사들을 앞세우고 충차를 밀고 전진하여 성문을 두드렸다. 거대한 충차가 십여 번 두드리니 드디어 문이 부서졌다.

"성문이 부서졌다! 목책을 세워라!"

동소가 병졸들을 독려해 목책을 세우라고 외쳤지만 도저히 그럴 수 있는 상황이 아니었다. 날아오는 화살로 목책을 세우려던 병사들이 하나둘 쓰러졌다. 그러는 사이 백제의 군사들이 성안으로 밀어닥쳐 신라 군영을 무참히 짓밟았다.

"아! 또다시 패배란 말인가!"

동소가 탄식하며 달아나는 군사들을 모아 진영을 구축하려 했다.

"동쪽에 산으로 향하는 샛길이 있습니다. 그 길로 피하십시오."

"분하구나, 진정 분하구나!"

동소는 부하들의 호위를 받으며 산을 넘어 달아나기 시작했다. 우선 살고 봐야 한다는 생각뿐이었다. 혼란한 틈을 이용해 산을 타고 넘는데, 동소를 따르는 병사는 불과 십여 기뿐이었다. 그렇게 동소는 또다시 큰 패배를 당하고 산을 넘고 물을 건나 왕재성으로 달아났다.

기잠성을 얻은 백제는 옛 가야 땅의 상당한 부분을 회복하는 전과를 올리게 되었다.

"군사! 우리가 또 이겼습니다. 하하하"

성충이 백기의 말에 웃으며 화답했다.

"장군의 용맹 덕분입니다."

"무슨 말씀이십니까? 군사의 지략 덕분이지요. 어서 대왕마마께 이 기쁜 소식을 전하도록 합시다."

속함성에 이어 기잠성마저 빼앗았다는 소식을 접한 무왕은 크게 기뻐했다. 아울러 자신이 내린 금덩어리가 적군을 이간

215

하는 데 사용되었다는 사실을 알고 금덩어리 두 개를 하사하며 이렇게 일렀다.

"그대들이 승리할 수만 있다면 금덩어리 열 개도 아깝지 않소."

무왕의 하사품과 조서를 받은 백기는 이를 성충에게 보이며 과연 금덩어리가 두 개가 되었다고 너스레를 떨었다. 싸움이 계속되면서 백기와 성충의 호흡이 맞아 들어가고 있었다.

한편 왕재성으로 달아난 동소는 서라벌 진평왕에게 성을 빼앗긴 것은 이소의 배신 때문이며 자신의 잘못이 아니라는 변명 섞인 급보를 올렸다. 서쪽 변방에서 여러 개의 성을 빼앗기고 다른 성 또한 공격을 받고 있다는 보고에 서라벌이 발칵 뒤집혔음은 물론이다.

진평왕은 즉시 대책회의를 열었다.

"적군은 이 기세를 몰아 봉잠성과 기현성은 물론이고 왕재성까지 빼앗으려 할 것입니다. 왕재성은 서쪽의 중요한 방어기지입니다. 그곳이 무너지면 서곡성은 물론이고 대야성도 위험해집니다. 즉시 지원군을 보내야 합니다."

장군 김알천이 목소리를 높였다.

"들자 하니 백제에 성충이라는 자가 있어 신출귀몰한 전략을 사용한다 합니다. 지원병을 보내는 것과 함께 그자를 상대할 수 있는 사람을 물색해야 할 것입니다."

김용춘이 김알천의 파병의견에 덧붙였다.

"성충이라…, 그자가 그리 대단한 인물이오?"

"경전은 물론이고 병서에도 능하다고 들었사옵니다. 지난번 가잠성을 빼앗긴 것도 성충의 계략이었다고 하옵니다."

"그렇다면, 그자와 대적할 수 있는 자가 누구란 말이오?"

"김서현 장군의 아들 유신이 어떨까 하옵니다."

김용춘이 유신의 이름을 꺼냈다.

"그건 아니 될 말이오. 김유신 그자는 옛 가야 출신이 아니오. 가야 출신이 옛 가야 땅으로 갔다가 백제에 투항이라도 해버리면 어찌 되겠소? 옛 가야가 백제와 우호적이었다는 사실을 잊어서는 아니 될 것이오."

김알천이 끼어들었다. 유신을 견제하려는 것이 분명했다.

"그럼 어쩌자는 말이오?"

진평왕이 걱정스러운 듯 김알천을 바라보았다.

"소장이 직접 지원병을 이끌고 가겠사옵니다."

"오, 일당백의 용장인 김알천 장군이 직접 가준다면 분명 성충이라는 자의 목을 가져올 수 있을 것이오."

들고 있던 김용춘이 다시 끼어들었다.

"대왕마마, 예부터 공격이 최선의 방어라고 하였사옵니다. 봉잠성과 왕재성을 지키기 위해서 지원병을 파병하는 한편, 한강 지역의 신주로부터 군사를 내어 백제의 성들을 공격하게 하시옵소서. 그러면 필시 백제에서는 북쪽 전선에 집중하느라 우리의 왕재성에 신경을 쓸 겨를이 없을 것이옵니다."

"그대의 말이 옳도다. 장군 김서현에게 조서를 보내 즉시 신주의 군사들로 백제의 성들을 치게 하라. 그리고 장군 김알천은 군사 오천을 차출하여 서쪽의 성들을 구원하고 빼앗긴 성을 되찾도록 하라."

"반드시 승리하고 돌아오겠사옵니다, 대왕마마!"

진평왕은 김알천과 김용춘을 모두 활용하면서 서로 경쟁하도록 유도하고 있었다. 김알천은 이미 귀족들 사이에서 가문과 실력으로 인정을 받고 있는 터였다. 진골 귀족들의 지지를 등에 업은 김알천은 다른 한편으로는 진평왕에게 부담이 되기도 했다. 이에 진평왕은 김용춘과 김서현을 친위 세력으로 활용하기 위해 자기 사람으로 끌어들이고 있었다.

김알천은 가봉성과 서곡성, 대야성에서 일만의 군사를 뽑아

기잠성으로 향했고, 김서현은 신주의 군사들을 모아 백제군을 북쪽에서 타격해 들어갔다.

한편 신라 조정에서 지원군 파병을 놓고 옥신각신하는 동안, 봉잠성의 성주 눌최訥催는 기잠성이 무너졌다는 소식을 듣고 기현과 혈책 두 성의 군사들을 봉잠성으로 불러들였다. 역시 병력의 열세를 극복하기 위한 전략이었다. 세 성의 군사들이 한데 모였으나 병력은 초라하기 이를 데 없었다. 최전방의 성이 아닌 데다가 옛 가야 출신의 군졸들이 백제와의 전쟁을 피하기 위해 소집에 응하지 않고 달아나버렸기 때문이다.

이런 상황에서 성충과 백기가 이끄는 백제의 군사들이 봉잠성을 몇 겹으로 포위해버렸다. 유일한 희망이라고는 지원군이 도착하는 것뿐이었다. 몇 날 며칠 백제군의 포위 공격이 계속되었다. 성안으로 큰 돌과 불화살이 날아들었고 군사들과 백성들은 성벽을 보수하고 불을 끄기에도 정신이 없었다.

밤낮으로 고군분투하며 성을 지키기를 닷새, 세작들로부터 좋은 소식이 날아들었다.

"장군, 지원군이 도착하여 지금 왕재성에 주둔하고 있다 합니다."

"그래? 좋은 소식이구나. 죽기로 버틴 희망이 있구나. 조금만 더 버텨보자. 지원군이 오면 살아날 길이 있을 것이다."

하지만 왕재성에 도착한 지원군은 한 발자국도 움직이지 못했다. 왕재성에 있던 동소가 김알천에게 성을 나가 함부로 맞서 싸우는 것은 위험천만한 일이라며 매달렸기 때문이다. 게다가 예전에 가잠성이 포위당했을 때 성을 구원하러 갔던 지원병들이 기습을 당해 큰 피해를 본 적이 있었기에 배포가 큰 김알천도 쉽게 봉잠성을 구원하겠다는 마음을 먹지 못했다. 대신 왕재성 근처의 노진성에 군사를 보내 성을 쌓는 일을 마무리하게 했다.

이 소식을 들은 눌최는 의기에 북받쳐 말했다.

"뭐라? 구원을 온 군사들이 위급한 이들을 구할 생각은 않고 무너진 성이나 수리하고 있단 말이냐? 아, 원통하고 분하구나."

잠시 고개를 숙이고 눈물을 흘리던 눌최가 고개를 들어 사졸들을 모두 불러모았다.

"봄이 오면 초목이 모두 꽃을 피우지만 겨울이 되면 소나무와 잣나무만이 푸르다. 지금 우리의 성은 고립무원에 빠져 있다. 원군마저 없으니 그야말로 풍전등화나 다름없다. 지금이야말로 진정으로 뜻이 있는 자와 절개가 있는 대장부가 누구인지를 가려낼 수 있을 터이다. 그대들은 나를 따르겠는가?"

성주 눌최의 이야기에 장졸들도 함께 눈물을 흘렸다. 이들은 죽음을 애석하게 여기지 않겠다며 싸울 것을 맹세했다.

곧 백제의 공격이 시작되었고 성벽은 무너지고 부서졌으며 성안의 집들에 불이 붙었다. 군사들은 칼과 활에 맞아 죽고 쓰러지고 붙잡혀 그 수가 차츰 줄더니 급기야 네다섯 명만이 눌최의 곁을 지키게 되었다. 그중에 활을 잘 쏘는 노복 하나가 목숨을 걸고 끝까지 눌최를 지켜주었다. 그러나 대군을 어찌 막을 수 있으랴. 백제의 군사 하나가 도끼를 들고 뒤에서 눌최를 덮치니 머리가 깨져 죽었다.

이로써 백제는 봉잠성을 무너뜨림으로써 기현, 혈책의 두 성마저도 무혈입성에 성공하였다. 그야말로 파죽지세였다. 성충과 백기는 호기好期를 놓치지 않기 위해 준비를 서둘렀다. 목표는 왕재성이었다.

그런데 바로 이때, 무왕으로부터 성충에게 급한 파발이 도착했다. 북쪽 국경이 위험하니 당장 돌아오라는 명이었다. 급보를 받은 성충은 백기에게 왕재성을 공격하지 말고 봉잠성을 굳게 지키기만 하라는 당부를 한 후 북쪽 전선으로 떠났다. 하지만 성충이 북쪽 국경에 도착했을 때는 이미 신라군이 철군한 후였다. 공격하는 시늉만 하고 물러났던 것이다.

의자 왕자의
활약

"남을 아는 것을 지혜롭다고 하고, 자기를 아는 것을 밝다고 한다."

낭랑한 목소리 하나가 책을 읽고 있었다.

"왕자마마, 무슨 뜻인지 아시겠사옵니까?"

"다른 사람의 마음을 잘 알면 지혜롭게 될 수 있고 자기를 잘 알면 세상을 현명하게 살 수 있다는 뜻이 아닐는지요?"

"그러하옵니다, 왕자마마. 작은 일은 혼자서 할 수 있으나 큰일일수록 혼자서 이루기가 어려운 법, 사람을 알아야 큰일을 도모할 수 있사옵니다. 이때 자기를 잘 알면 자신의 잘못과 허물을 발견하여 일이 잘되도록 고칠 수 있습니다. 이 점을 깊이 새기시옵소서. 신하와 백성들의 마음을 알고 나의 허물을 살필 때 성군이 되실 수 있사옵니다."

"잘 알겠습니다. 저도 꼭 좋은 군주가 되고 싶습니다. 스승께서 많이 도와주십시오."

"신의 모든 것을 바쳐 왕자님을 따를 것이옵니다. 다음 글을 읽으시옵소서."

"남을 이기는 것을 힘이라고 하고, 자기를 이기는 것을 강함이라고 한다."

글을 읽고 있는 왕자는 의자였고, 의자가 스승이라고 부르는 사람은 흥수였다. 무고 사건을 해결하여 일약 달솔의 지위에 오른 흥수는 무왕으로부터 의자를 가르치라는 명을 받고 경전을 강론하고 있었다.

강론을 마치고 흥수가 밖으로 나오자, 무왕의 부름이 기다리고 있었다. 성충이 전장으로 나간 후에는 흥수를 찾는 일이 더욱 잦아졌다.

"대왕마마, 찾아 계시옵니까."

"그래, 오늘 왕자에게 강론을 했다고 들었소. 왕자의 학문은 어떠하오?"

"왕자마마께서는 배움의 의지가 크고 깨우침이 빠르셔서 많은 성취가 기대되옵니다."

무왕이 흐뭇한 감정을 숨길 수 없다는 듯 홍수를 바라보며 고개를 끄덕였다.

"의자는 조석 문안을 십 년 동안 한 번도 빠뜨린 적이 없소. 게다가 배다른 형제들과도 잘 지내고 늘 그들을 걱정해주니 기특하기가 한량없다오. 이 모두가 의자 왕자의 타고난 품성이니 내 어찌 그 아이를 아끼지 않을 수 있겠소. 단 하나 아쉬움이 있다면…."

무왕이 말끝을 흐렸지만 홍수는 듣지 않고도 무왕의 심정을 짐작할 수 있었다. 의자 왕자가 장성했음에도 아직 태자로 책봉되지 못했기 때문이다. 권력 기반이 약했던 무왕은 여러 세력가의 힘을 얻기 위해 지방 호족들의 딸들과 혼인을 맺었다. 당연히 왕자가 여럿 있었고 두세 명은 의자 왕자를 위협하는 세력으로 성장했다. 그 와중에 의자의 어머니였던 선화 왕후가 세상을 떠나자, 이제 대신들은 대놓고 어느 왕자를 지지하느냐로 갈라지고 있었다. 더욱이 새로운 왕후의 입김으로 의자 왕자의 입지는 더욱 좁아졌다.

"경의 의견을 듣고 싶소. 누가 태자로 책봉되어야 하오?"

무왕이 홍수의 의견을 떠보았다. 홍수는 무왕의 의중을 알고 있었다. 마음은 숨길 수 없는 법이다.

"당연히 의자 왕자님이셔야 합니다. 엄연히 대왕마마의 장자長子가 아니십니까!"

무왕이 무릎을 치며 찬성했다.

"그렇소, 당연하지요. 그런데 문제가 있소. 의자 왕자를 지지하는 이들도 있지만 그렇지 않은 자들도 많다는 거요. 그 때문에 책봉 이야기만 나오면 의견이 갈려서 결말을 짓지 못하는 실정이오. 뭔가 방법이 없겠소?"

흥수는 잠시 생각에 잠겼다. 그리고 말문을 열었다. 무왕의 눈동자가 간절했다.

"의자 왕자의 책봉을 반대하는 자들은 태후마마께서 신라의 공주였다는 사실을 빌미로 잡고 있습니다. 하지만 이미 태후께서 승하하셨으니 그것은 이유가 될 수 없을 것이옵니다. 그렇다고 무작정 밀어붙일 수도 없는 일이니…"

"그래, 어쩌면 좋겠소?"

"왕자님께 공을 세울 기회를 주시면 어떨지요?"

"공을 세울 기회라면?"

"곧 좌평께서 이곳 사비로 돌아오신다고 들었습니다. 다시 남쪽 전선으로 떠나시겠지요. 그때 의자 왕자님을 함께 보내시어 전쟁에서 공을 세울 기회를 주시면 어떨까 하옵니다."

225

좌평이란 성충을 이르는 말이었다.

"옳거니! 의자 왕자에게 신라와의 전쟁에서 공을 세우게 한다. 그러면 의자 왕자가 신라 출신 어머니를 두었다는 것을 무색하게 만들 수 있다. 이런 이야기가 아니오?"

"그러하옵니다."

"공의 지혜에 탄복할 수밖에 없구료. 좌평이 돌아오는 즉시 의자 왕자를 함께 보내도록 하겠소. 여봐라, 의자 왕자를 불러오라."

무왕이 의자 왕자를 불러 신라와의 전쟁에 나가 공을 세울 기회를 권하자 왕자가 흔쾌히 받아들였다. 의자 왕자에게는 실전 경험을 쌓는 동시에 신라와의 전쟁을 통해 어머니가 신라 출신임을 불식시킬 기회가 될 터였다.

이틀 후 도착한 성충은 무왕을 배알한 후 의자 왕자를 데리고 다시 봉잠성을 향해 떠났다.

한편 봉잠성에 있던 백기는 몸이 근질거려서 견딜 수가 없었다. 이번 전쟁에서 큰 승리를 거둘 수 있었던 것은 뭐니뭐니해도 성충의 활약 덕분이었다. 자신의 역할이 미미하다고 느꼈기에 혼자서 공을 세울 필요성을 느꼈다. 성충이 돌아오기 전에 보란 듯 성을 점령해서 자랑하고 싶기도 했다.

"여봐라! 군사들을 소집하라. 왕재성을 칠 것이다."

부장들이 만류했으나 백기는 출병을 재촉했다. 왕재성에는 동소와 함께 지원병으로 나선 김알천이 진을 치고 기다리고 있었다. 동소는 두 번이나 이겨본 적이 있는 인물이었고 김알천은 백제에까지 이름이 알려진 인물이었으니 그를 이긴다면 명성이 드높아질 것이 분명했다.

"잘되었다. 신라군이 성을 나왔으니 상대하기가 수월해졌다. 전군 공격하라!"

전쟁터에서 잔뼈가 굵은 백기는 어떤 싸움이든 자신이 있었다. 그 자신감으로 기병을 앞세우고 전군을 몰아 신라군을 향해 진격해 들어갔다. 백제의 기병들이 긴 창을 앞세우고 신라군의 진영에 도달하기 직전, 갑자기 신라의 창병들 옆으로 커다란 거울을 든 병사들이 나타났다. 그들은 햇빛을 반사시켜 백제 기병들에게 빛을 쏘기 시작했다. 말이 놀라 주춤거렸고 기병들도 눈이 부셔 고개를 돌렸다. 앞서 달리던 말들이 머뭇거리자 뒤따르던 말들이 속도를 이기지 못하고 앞선 말들과 군사들을 덮치고 말았다. 순식간에 말과 사람과 창이 서로 얽히면서 아수라장으로 변했다. 기병들의 뒤를 따르던 보병들도 더는 전진하지 못하고 급히 멈춰선 채 눈앞의 상황을 어리둥절하게 바라보았다.

"발사하라!"

그때, 신라군 진영에서 수백 발의 화살이 날아들었다. 화살은 말과 사람을 가리지 않고 날아가 꽂혔고, 이내 사람들의 비명과 말들의 울음소리로 천지가 어지러웠다. 어안이 벙벙해진 백기가 사태 파악을 하는 사이 퇴군 명령을 내리지도 않았는데 군사들이 등을 돌리고 달아나기 시작했다.

"진용을 갖추어라. 방패를 든 병사들은 화살을 막아라!"

백기가 소리를 질렀지만 한번 무너진 진영은 썰물처럼 흩어지고 말았다. 그 뒤를 신라의 기마병들이 들이닥쳤다. 백제군은 쫓기고 쫓겨 이십여 리를 도망치듯 물러났다. 인마人馬가 반이나 상했고 남은 병사들도 부상자가 태반이었다. 백기는 땅을 쳤다. 군사를 정비하여 성을 다시 공격해봤지만, 이제 신라군은 성문을 걸어 잠그고 아무런 반응도 보이지 않았다.

의자와 성충이 봉잠성에 도착한 것은 나흘이 지나서였다.

"어서 오십시오, 왕자마마."

백기가 의자를 맞았다.

"그래, 이곳의 전황은 어떠하오?"

228

"…"

"왜 말이 없소?"

성충이 백기를 다그쳤다. 성을 들어서면서 살펴본 군사들의 표정만으로 대충 짐작할 수 있는 일이었다.

"군사를 몰고 신라군을 공격했다가 역습을 당해서 그만…"

"어찌 그리 성급하시오! 공격하지 말고 지키기만 하라고 신신당부를 하지 않았소!"

성충이 과하게 백기를 윽박질렀다.

"그만하십시오. 싸움에 지는 것은 흔히 있는 일이 아닙니까."

의자가 성충을 달랬다.

"병서에 이르길 장수가 필승의 확신이 있을 때에는 군주가 싸우지 말라는 명령을 내렸다 하더라도 싸워야 하며, 확신이 서지 않을 때에는 군주가 명령을 내려도 싸워서는 안 된다고 했습니다. 백기 장군이 싸움에 나선 것은 필승의 확신이 있었기 때문이 아니겠습니까?"

"아니, 언제 병서까지 익히셨습니까?"

성충이 놀라운 듯 묻자 의자가 대답했다.

"틈틈이 조금 읽었을 뿐입니다. 그래, 지금 신라군의 상황은 어떠하며 그들을 지휘하는 장수는 누구요?"

"왕재성의 신라군은 성을 굳게 지키고만 있습니다. 성을 공략하려 했으나 우리 군사의 수가 적어 공성전은 무리인 듯하여 아무리 싸움을 걸어도 응하지를 않고 있사옵니다. 그리고 지금 왕재성의 신라군을 지휘하는 장수는 김알천이라 하옵고 우리에게 두 번이나 패한 동소라는 자가 그를 돕고 있을 것이옵니다."

"김알천이라… 내 그 이름은 익히 들어서 알고 있소. 용력이 뛰어난 장수로 진평왕이 총애한다지요."

"신라 귀족 중에서도 대를 이어 상대등上大等을 배출해온 가문 출신으로 그 위세가 따를 자가 없다고 합니다. 용력 또한 장사여서 맨손으로 호랑이를 때려잡았다 합니다."

성충의 말에 의자가 두 사람을 올려다보며 웃었다.

"남을 아는 것을 지혜롭다고 하고, 자기를 아는 것을 밝다 한다고 했으니 지혜롭고 밝게 대처해야 합니다. 그런 자들이 가장 중요시 여기는 것이 무엇일까요?"

"그야 명예나 자존심 같은 것이 아니겠습니까?"

"김알천은 첫 싸움에서 이겼으니 자만심으로 어깨에 힘을 주고 있을 것입니다."

의자의 말을 듣던 성충이 손뼉을 치며 말했다.

"노이요지努而撓之!"

의자가 웃으며 성충의 말을 받았다.

"어떻습니까? 제 생각이 괜찮은지요?"

"탁월하시옵니다, 왕자마마."

성충이 의자의 지혜에 감탄했다는 듯 따라 웃었다.

"노이요지가 도대체 무슨 말이오?"

백기가 성충을 바라보며 물었다.

"화가 나면 경솔해지기 쉽습니다. 자존심이 강한 상대를 격노하게 하면 이성을 잃게 되지요."

성충의 말에 백기가 아는 듯 모르는 듯 고개만 끄덕였다.

"백기 장군, 왕재성으로 서찰 하나를 보내시오."

"서찰이라 하심은?"

얼마 후 왕재성의 장군 김알천에게 백제에서 보낸 서찰이 도착했다.

장군 김알천은 들으라.

네가 신라 최고의 용장이라 들었다.

나 또한 백제 최고의 용장이다.

우리 둘이서 승부를 가려보자.

계집아이처럼 집안에 웅크리고 앉아

소꿉놀이나 하려면 사타구니의 물건은 떼어버려라.

– 백제의 남자, 백기

서찰을 읽던 김알천의 얼굴에 분노가 일었다. 창과 칼을 쥐고 나서려는데 동소가 말렸다.

"장군, 이것은 적들이 장군을 밖으로 유인하기 위한 전략입니다. 성충이라는 자는 잔꾀가 능한 자입니다. 분명히 그자의 농간일 것입니다."

그 말에 김알천이 창으로 바닥을 치며 말했다.

"답답하구나. 언제까지 이렇게 뱀에 놀란 아이처럼 성에 웅크리고 있어야 한단 말인가!"

신라에서 아무런 대응이 없자 의자는 다시 백기에게 서찰을 보내게 했다. 이번에도 비슷한 내용이었다. 서찰을 받아든 김알천이 다시 칼을 잡으려는 것을 동소가 겨우 말려 붙들어 놓았다.

백제에서 세 번째로 보낸 물건은 서찰이 아니었다. 백제의 군사 하나가 말을 달려 왕재성 앞에 이르더니 흰 보자기로 싼 물건 하나를 내려놓고 사라졌다. 신라군이 그것을 가져가 김알천에게 바쳤다. 보자기를 열자 작은 상자 하나가 나왔는데 그 상자를 열어본 후 김알천의 분노는 극에 달했다. 상자 안의 물건은 가위였다.

"이런…! 나를 어찌 이토록 능멸할 수 있단 말이냐! 성문을 열어라. 당장 백제군을 토벌하고 백기라는 놈의 씨를 말려버릴 것이다."

"장군, 아니 됩니다. 이것은 분명히 백제군이 우리를 끌어내려는 계략입니다."

"계략이라도 상관없다. 힘으로 밀어붙이면 그만이다. 군졸들은 나를 따르라!"

김알천이 천둥 같은 소리를 지르며 성문을 열고 군졸들을 휘몰아 나갔다. 기병들이 앞장서고 보병들이 뒤를 따르니 기세가 자못 대단했다. 그 모습을 본 백제의 군사들이 백기의 신호에 따라 말을 달렸고 이내 창칼이 부딪히고 사람과 말의 비명이 난무하는 살벌한 풍경이 펼쳐졌다. 하지만 반 식경도 지나기 전에 백제의 군사들이 밀리기 시작했다. 선두가 허물어지더니 이 열과 삼 열, 사 열이 잇따라 붕괴되었다.

"후퇴하라!"

백기가 후퇴의 북을 울리게 하여 군사들을 퇴각시켰다. 백제군의 선봉이 괴멸되어 달아나자 김알천이 이를 뒤쫓았다. 기병들을 독려하여 달아나는 백제군을 후미에서 덮치려 했다. 이때 신라군의 좌측에서 천여 명의 백제군이 함성을 지르며 쏟아져 나와 신라군의 옆구리를 쳤다. 급히 달리다가 옆쪽에서 기습을 당하고 보니 신라군은 혼란에 빠졌다. 게다가 우측의 산 중턱에서는 매복하고 있던 백제의 궁수들이 활을 쏘아대 화살이 비 오듯 쏟아졌다. 순식간에 좌우의 날개를 잃고 선두와 후미가 갈라진 꼴이 되었으니 신라군은 독 안에 든 쥐와 같았다.

"이런 경우가!"

이제야 겨우 사태 파악을 한 김알천이 소리를 쳤다.

"장군, 어서 말을 돌려 성으로 돌아가셔야 합니다."

"분하구나. 길을 열어라. 퇴각한다."

역시 김알천은 시대의 용장이었다. 말 위에서 칼을 휘두르고 군사들을 베며 길을 여니 순식간에 십여 명의 백제군이 쓰러졌고 두려움에 감히 앞을 막는 자가 없었다. 때를 놓치지 않고 김알천이 수십 명의 기병과 함께 말을 달리니 이내 퇴로가 열렸다. 이 모양을 산 위에서 지켜보고 있던 의자가 탄식하듯 말했다.

"저토록 용감한 자가 있다니 과연 호랑이를 때려잡았다는 것이 소문만은 아니구나!"

곁에 있던 성충도 입을 다물지 못하며 의자의 말을 거들었다.

"저런 자를 살려두면 후일에 화근이 될 것입니다. 오늘이 아니더라도 언젠가 제거해야 할 인물입니다."

김알천이 말을 달려 퇴로를 열고 왕재성 쪽으로 달아나는데 한 떼의 군마가 먼지를 일으키며 달려오고 있었다. 동소였다. 김알천이 포위되었다는 사실을 알고는 구하기 위해 지원병을 이끌고 나온 것이다. 동소의 지원 덕분에 뒤를 쫓던 백제군들을 막아낼 수 있었다. 신라군은 잠시 숨을 돌리면서 창을 세우고 화살을 재며 진열을 정비하여 백제군의 공격에 대비하였다. 그러다가 김알천이 동소에게 소리쳤다.

"성은 어찌 되었소?"

"급한 나머지 군사들을 모두 이끌고 달려왔습니다만."

"아차! 어서 성으로 돌아갑시다. 지금 뒤쫓아오는 백제군이 문제가 아니오."

급히 군졸들을 수습하여 성으로 향하니 성에는 백제군이 까마득히 몰려들어 이미 포위된 상태였고 성문마저 활짝 열려 있어 빼앗긴 것이나 다름없었다. 문제는 성이 아니었다. 앞에 있는 백제군과 뒤를 덮치는 백제군이었다. 살아남는 것이 더 큰 문제였다.

"장군! 군사를 나누어 좌우로 달려 적군의 시선을 분산시키시지요. 그러면 분명히 우리 둘 중 한 명은 살아남을 수 있을 것입니다. 장군께서는 우측으로 가십시오. 저는 좌측을 뚫겠습니다."

동소의 의견을 따라 두 장수는 군졸을 둘로 나누어 좌우 양편으로 진격하며 포위망을 뚫어나갔다. 김알천이 선택한 오른쪽 길은 언덕을 넘어 작은 산들을 연달아 올라야 하는 험난한 길이었다. 하지만 언덕 하나를 넘자 나무들이 울창하여 몸을 숨길 수 있는 곳이 많았다. 동소가 굳이 왼쪽으로 가겠다고 한 것은 그쪽으로 오솔길이 나 있어 달아나기 수월해 보였기 때문이다. 그 짧은 순간에도 동소의 머리는 생존을 위해 돌아가고 있었다.

동소가 군사들을 앞세워 퇴로를 뚫고 말을 달려 오 리 정도를 달아났을 때, 길 양편에서 갑자기 백제군의 함성이 들려왔다. 화살이 쏟아졌고 또다시 격전이 벌어졌다. 화살 하나가 동소의 말에 꽂히면서 동소가 말에서 굴러떨어졌다. 그 위를 수십 명의 백제군이 덮쳤다. 사로잡힌 동소는 백기에 의해 목이 날아났고, 김알천은 구사일생으로 산을 넘어 가봉성으로 달아났다. 왕재성, 또 하나의 중요한 거점이 백제의 수중으로 들어갔다.

당나라의
간섭

한때 백제는 신라의 사신을 데리고 중국이 각국과 외교관계를 맺을 수 있도록 안내하는 역할을 하기도 했다. 물론 이때는 백제와 신라가 사이가 좋았던 시절이었고, 신라에 뒤통수를 맞은 이후에는 상황이 완전히 달라졌다. 백제는 신라가 중국과 교통을 못 하도록 막으려 했고 그것은 고구려 또한 마찬가지였다.

당시의 수상교통로는 해안선을 따라가는 것이 통례였다. 서해를 가로질러 가는 것은 태풍이나 풍파를 만나 난파되기 일쑤였기에 너무도 위험했다. 해안선을 따라가려면 고구려의 영역들을 지나쳐야 했고 고구려 수군은 백제와 신라의 교역선들을 가만히 두지 않았다. 그러니 중국과의 교통은 백제나 신라 모두에게 목숨을 거는 일이었다. 고구려가 중국과의 서쪽 전선에 신경을 쓰느라 바닷길에 많은 군사를 배치할 수 없다는 점이 다행이라면 다행이었다. 백제와 신라는 상선으로 위장하기도 하고 밤길을 이용하기도 하여 어렵게 당나라에 사신을 보내 자신들의 입장을 전달하고 있었다.

당나라에 대한 삼국의 입장은 조금씩 달랐다. 백제는 신라를 공격할 때 당나라가 방해하지 않도록 애를 썼고, 신라는 당나라의 군사 지원을 얻어내 지금의 열세를 극복하려 했다. 반면 고구려는 당나라와 밀고 당기는 치열한 신경전을 벌였다. 신흥국인 당나라의 대내외 사정이 안정되면 곧 고구려와 전면전이 펼쳐질 것은 불을 보듯 뻔한 일이었다.

무왕 30년629년. 백제 무왕은 한 가지 커다란 결심을 한다. 그리고 그 결심을 행동으로 옮기기 위해 성충과 흥수, 장군 백기와 사걸沙乞을 불러들인다. 사걸은 대성팔족인 사씨沙氏 출신이었으나 무왕의 인품에 끌려 그의 품으로 들어온 인물이다. 이처럼 대성팔족 중에서도 무왕에게 마음이 넘어오는 이들이 점점 늘어났는데, 이는 그만큼 무왕의 힘이 강해졌다는 방증이기도 했다.

"경하드리옵니다, 대왕마마."

소매가 넓은 자색 도포에 푸른색 비단이 아름다운 청금고

靑錦袴를 입고 새하얀 가죽 띠를 허리에 두른 무왕이 나타나자

백기가 호들갑을 떨었다. 그도 그럴 것이 이날이 무왕이 즉위

한 지 삼십 년이 되는 날이었고 성대한 축하연이 열린 직후였

다. 지난날들이 떠오르는 듯 무왕이 잠시 눈을 감았다가 고개

를 들었다. 그 바람에 비단으로 만든 검은색 관에 수놓은 금

화金花들이 흔들리며 빛을 뿌렸다.

"고맙소. 이 모든 것이 경들의 덕이오."

"황공하옵니다. 대왕마마께서 즉위하신 이래 우리 백제는

백성들의 삶이 평안하였을 뿐만 아니라 신라의 성들을 이십

여 개나 빼앗아 이제는 옛 가야 지역의 땅을 절반이나 차지하

였사옵니다. 이것이 어찌 대왕마마의 공덕이 아니시겠습니까."

사걸이 지난날을 그리듯 무왕을 찬양했다.

"내 오늘 경들을 보자고 한 것은 과거의 영광을 부풀리고

자 함이 아니오. 오히려 앞으로 더 찬란한 날들을 꿈꾸고자

함이오."

"찬란한 날들이라 하시니 무척 궁금하옵니다. 어떤 날을 말

씀하시는지요?"

"신라를 완전히 무너뜨리는 날!"

240

무왕의 말투에서 의미심장함이 배어 나왔다. 그 기운에 네 사람도 자세가 진지해졌다. 혈기왕성한 백기가 무왕의 말을 받았다.

"지당하신 말씀이십니다. 소장 대왕마마의 큰 말씀을 이미 기다리고 있었사옵니다. 지금 당장 군사를 끌고 서라벌로 쳐 들어가서…."

"서라벌이 아니오!"

"서라벌이 아니시라면 어디를…."

"당항성!"

무왕의 말에 동의한다는 듯 모두 고개를 끄덕였다.

"당항성만 장악하면 신라는 끝이오. 당나라와의 연락도 끊 어질 것이고, 관계가 좋지 못한 고구려의 도움도 얻지 못할 것 이오. 이번에야말로 끝을 볼까 하오."

"전쟁에서 가장 중요한 것은 싸우는 사람의 의지입니다. 대 왕마마의 의지가 이와 같으시니 어찌 이기지 못하겠사옵니까. 우리 군사들 또한 연전연승하여 사기가 높으니 지금이야말로 지난날의 원한을 한꺼번에 갚을 절호의 기회일 것이옵니다."

성충이 무왕의 의지에 힘을 보탰다.

"당항성을 점령할 수만 있다면 신라를 고립시키고 항복을 받아내는 것은 어렵지 않을 것이오. 내 이번 당항성 공격에 친정親征을 할까 하오. 그대들의 의견은 어떻소?"

"직접 전쟁터에 참여하시는 것은 군사들의 사기를 위해서도 좋은 일일 것입니다. 하오나 전쟁터는 위험천만한 곳이 아닙니까. 불편한 잠자리 등으로 혹여 옥체에 문제라도 생기시면 오히려 군의 사기에 해로울 수도 있사옵니다."

"그럼 어쩌자는 말이오?"

좋은 생각이 떠오른 듯 듣고만 있던 흥수가 나섰다.

"이러시면 어떨지요? 이곳 사비에서 당항성은 거리가 머니 웅진으로 옮기시어 그곳을 전진기지로 활용하시옵소서. 그러면 군사들에게는 대왕마마께서 친정을 하시는 것과 진배없어 사기를 높일 수 있고 안전에도 문제가 없을 것이옵니다."

"좋은 생각이오. 당장 전군에 소집령을 내리고 웅진으로 옮겨 그곳을 기지로 삼고 당항성을 공략하기로 합시다."

계획은 일사천리로 실행되었다. 한 가지 바뀐 것이 있다면 장군 사걸이 신라의 서쪽 변경으로 가서 무력시위를 벌이기로 한 것이었다. 사걸은 기잠성과 왕재성의 일만 군사를 모아 신라의 성들을 공격했다. 물론 이 공격은 신라의 시선을 아래쪽으로 분산시키기 위한 고도의 전략이었다. 무왕은 십만이 넘는 군사를 거느리고 웅진으로 옮겨 교두보를 확보했다. 마침 풍년이 들어 충분한 군량을 확보한 덕에 이번에야말로 근초고왕近肖古王 시절의 명성을 되찾을 수 있으리라는 기대가 부풀었다.

장군 백기를 선봉장으로 성충이 군사를 맡아 출전한 곳은 다시 가잠성이었다. 가잠성은 무왕이 처음 친정을 했던 곳이고 무려 석 달 열흘이 넘는 오랜 시간을 포위한 끝에 빼앗은 적이 있다. 그 후 신라의 기습으로 빼앗겼다가 다시 찾기를 세 번이나 반복한 곳이기도 하다. 이곳을 이번에는 백제가 다시 포위하니 성을 지키던 신라군이 아연실색했다. 그도 그럴 것이 성을 포위한 백제의 군사가 무려 팔만이 넘었기 때문이다. 무왕을 호위하는 웅진의 본진에 이만여 명만을 남겨두고 모두 가잠성으로 출전한 것이다.

가잠성을 지키고 있던 성주 미추美秋는 끝이 보이지 않는 백제군의 규모에 혀를 내둘렀다. 진평왕이 조서를 내렸던 터라 백제의 공격이 있을 것임은 미리 알고 있었으나 이토록 많은 군사가 몰려올 줄은 몰랐다. 만 명도 되지 않는 군사로 여덟 배나 많은 수의 적을 상대하기는 어려울 것이 분명했다. 미추는 자신의 운명을 짐작이나 하듯 부장들을 불러놓고 말했다.

"가잠성은 백제에 절대 내어줄 수 없는 곳이다. 목숨을 걸고 지켜야 한다. 이곳이 우리 무덤이 되는 한이 있더라도 절대 항복은 없다."

미추는 충성심이 깊고 생각이 큰 장수였기에 자신의 역할을 알고 있었다. 가잠성은 당항성으로 가기 위해 거쳐야 할 길목이었다. 이곳을 내주면 당항성이 위험해진다. 설사 성을 지키지 못한다 할지라도 당항성이 항전 준비를 할 수 있도록 시간이라도 벌어줘야 했다.

백제군도 이를 알았는지 시간을 끌지 않았다. 수적 우세를 앞세워 파죽지세로 밀고 들어왔다. 돌과 화살이 한꺼번에 몰아치니 우박과 비가 함께 쏟아져 내리는 듯했다. 보병들도 목숨을 걸고 성벽에 사다리를 걸치고 기어올랐다. 양측의 치열한 공방전이 반나절이 넘도록 계속되었고 결국 외쪽 성벽이 석포에 의해 무너져 내렸다. 그 위를 백제 군사들이 물밀듯 밀어닥쳤다. 설상가상으로 충차의 공격으로 성문마저 뚫렸다. 한번 무너진 전선은 수습하기 어려운 법, 성은 삽시간에 백제군으로 가득 찼다.

가잠성을 점령한 백기와 성충은 무왕에게 성을 빼앗았다는 승전보를 올림과 동시에 군사들을 쉬게 하며 재정비에 들어갔다. 수일 내로 당항성을 공략할 작정이었다.

가잠성을 빼앗긴 신라는 발등에 불이 떨어졌다. 진평왕은 긴급히 지원군을 편성해 김서현으로 하여금 당항성을 구원하도록 했다. 당나라에 군사 지원을 요청하는 사신은 백제가 출병하기도 전에 이미 출발한 상태였다. 이렇게 발 빠르게 움직인 덕분에 백제가 가잠성을 점령하기 전에 신라의 사신은 당나라에 도착할 수 있었다.

당나라 태종太宗 이세민李世民을 만난 신라의 사신이 앓는 소리를 했다.

"폐하, 지금 백제와 고구려는 우리 신라를 업신여기고 괴롭히기를 멈추지 않고 있사옵니다. 이번에 다시 백제가 우리 가잠성을 공격하여 성의 운명이 풍전등화이옵니다. 백제는 우리 신라의 당항성을 빼앗아 폐하께 조공하는 길을 막으려 하고 있사옵니다. 또한 고구려는 조공 사절의 배를 나포拿捕하거나 조공물품을 빼앗기를 함부로 하니 이 어찌 불충하다 하지 않겠사옵니까?"

사신의 하소연을 듣던 당 태종이 물었다.

"어찌하여 그대들은 늘 아웅다웅 다투기만 하는가? 삼한의 땅이 하루도 화평할 날이 없으니 진정 천자인 내가 나서야만 한단 말인가?"

자신은 천자의 아들인데 이런 사소한 일까지 직접 나서야 하느냐는, 삼국을 무시하는 투였다. 집안의 어른이 어린아이들의 싸움을 말리는 듯하다는 느낌에 신라의 사신은 기분이 상했다. 하지만 지금 신라가 당나라의 비위를 건드릴 수 있는 상황은 아니었다. 기분은 상했지만 당나라의 도움이 간절했기에 엎드려 조아렸다.

"적은 군사라도 내어주시어 위급한 나라를 구원해주시옵소서."

"알겠노라. 내 고구려와 백제에 국서를 써줄 테니 너무 걱정하지 말고 돌아가도록 하라."

그날로 당나라는 고구려와 백제, 신라 세 나라에 사신을 보내 태종의 국서를 전했다. 고구려와 백제에 보낸 국서의 내용은 약소국인 신라를 공격하지 말고 화평할 것을 천자의 이름으로 명한다는 것이었다. 재미있는 것은 태종의 국서를 받아든 세 나라의 반응이었다. 신라의 진평왕은 군사 지원을 얻어내는 데는 실패했지만, 당나라가 중재에 나선 것을 다행으로 여겼다. 반면, 고구려의 막리지 연태조는 오만방자한 국서라며 그 자리에서 찢어버리려 했다. 신라와 고구려의 입장은 대당 외교에서도 이토록 큰 차이가 있었다.

한편, 백제 무왕은 태종의 국서를 받아들고는 수심에 잠겼다. 그도 그럴 것이 만약 계속 신라를 공격한다면 태종이 당나라의 수군을 보내 백제를 공격하겠다며 협박하고 있었기 때문이다. 무왕은 백기와 성충에게 당항성 공격을 미루도록 하는 한편, 홍수를 불러 태종의 국서에 대해 의논했다.

"대왕마마, 당 태종 이세민은 형제들을 죽이고 즉위한 지 얼마 되지 않아 국내의 혼란이 수습되지 않은 상황이옵니다. 단순한 협박일 뿐 실제로 군사를 보내 우리를 공격할 수는 없을 것이옵니다."

"그렇다고는 하지만, 만에 하나 당나라의 대군이 침범해온다면 그 일을 어찌한단 말인가? 신라와 당나라 두 나라로부터 협공을 당할 것이 아닌가!"

"그때는 나라의 운명을 걸고 한바탕 전쟁을 치르면 될 일이옵니다."

"그게 어디 쉬운 일이겠소. 육백여 년의 세월을 거슬러 흘러온 백제의 역사가 짐의 대代에서 끊어질지도 모르는 일이 아니오. 게다가 당나라와의 전쟁은 백제의 모든 백성이 나서는 일이 될 터인데 그 고충이 얼마나 클 것이오?"

홍수도 더는 말을 잇지 못했다. 실제로 당나라와의 전쟁이 신라나 고구려와의 싸움과는 다른 전쟁이 될 것은 분명했다. 게다가 국운을 걸고 싸우는 일은 신하가 결정할 수 있는 일이 아니었다. 무왕은 지금 자신의 어깨에 백제라는 한 나라를 짊어지고 있었고, 그 짐은 누구도 나누어 가질 수 없는 것이었다.

'당나라는 삼국 중 하나가 사라지는 것을 원치 않을 것이다. 저들이 바라는 것은 삼국이 서로 견제하면서 다투는 일이다. 저들이 신라를 편드는 이유가 이 때문이 아니던가.'

무왕은 심사숙고했다.

백기와 성충은 군사들을 정비하여 총공격 준비를 이미 마친 상태였다. 오랫동안 무왕의 공격 명령이 없자 갑갑해진 백기가 자신이 직접 무왕을 만나 허락을 얻어내겠다며 나서려 했다. 하지만 성충이 만류했다. 성충 또한 무왕의 고충을 이해하고 있었기 때문이다.

그러던 중 당나라의 동태를 감시하고 있던 백제의 세작들로부터 무왕의 고민을 더는 소식이 들려왔다. 당나라가 출병을 위해 수백 척의 전함을 건조하고 있다는 소식이었다. 전함들이 백제를 공격하기 위한 것인지 아닌지는 알 수 없지만, 무왕은 긴장할 수밖에 없었다.

"장군 백기에게 군사를 물려 돌아오게 하라."

무왕은 철군을 선택했다.

"복신福信을 불러오도록 하라. 당나라에 사신으로 보낼 것이다."

그날로 무왕의 명령을 받은 복신이 당나라로 건너가 당 태종을 만났다.

"백제는 어찌하여 신라와 화평하지 않고 짐의 뜻을 어겨가며 공격하기를 멈추지 않는가?"

태종의 물음에 복신이 답했다.

"신라는 우리 백제와의 약속을 깨고 땅을 차지한 후 내놓지 않고 있습니다. 우리 백제가 신라를 공격하는 것은 그 땅을 회복하고자 하는 것일 뿐 다른 뜻은 없사옵니다. 그리고 이번에 폐하의 국서를 받들어 신라를 공격하려던 군사를 물리고 화평을 제안하였사옵니다. 어찌 폐하의 뜻을 거스를 수 있겠사옵니까?"

"잘하였도다. 짐은 천하가 모두 화평하게 지내기를 바라고 있노라. 그대가 백제 왕의 조카라 했던가? 왕이 자신과 가까운 자를 보낸 것을 보니 진심이 담겨 있음을 알겠노라. 가서 백제 왕에게 전하라. 짐은 삼한이 화평하기를 바랄 뿐이니 그대의 나라에 군사를 보내 공격하는 일은 없을 것이라고."

태종에게 원하는 답변을 듣고 돌아온 복신은 무왕에게 이 사실을 고했다. 안도와 허탈, 분노의 감정들이 어우러졌다. 한 나라의 왕이라지만 자신이 마음대로 할 수 있는 것이라곤 아무것도 없어 보였다. 나약한 왕권을 강화하기 위해 귀족 세력들과 싸우는 한편, 선왕들의 복수를 위해 군사를 일으켜 끊임없이 신라를 공격해온 지 어언 삼십 년이었다. 그 숱한 시간을 목표를 위해 달려왔지만 크게 달라진 것이 없었다. 한 번의 좌절이 지나간 모든 것을 한꺼번에 불러왔다. 그렇게 무왕은 지쳐가고 있었다.

낭비성 전투

당나라의 간섭으로 백제가 당항성 공격을 포기하면서 신라는 숨을 돌리게 되었다. 위기의식은 단결력을 높이고 의지를 다지는 효과가 있는 법, 진평왕과 귀족들이 오래간만에 한뜻으로 백제의 공격에 신속하게 대응하는 모습을 보여주었다.

하지만 수면 아래에서는 여전히 세력을 넓히기 위한 온갖 각축전이 복잡하게 전개되고 있었다. 진평왕으로서는 자신의 친위 세력을 강화할 필요가 있었고 그러자면 화백회의和白會議를 구성하고 있는 귀족들의 힘을 견제해야 했다. 진평왕은 귀족들을 견제하는 데 김용춘과 김서현을 활용하려 하였고, 두 사람 역시 자신들의 정치적 입지를 확보하기 위해 진평왕의 정책에 동조하고 있었다. 진평왕과 김용춘은 장인과 사위 관계이기도 했다.

"대왕마마, 이제 우리 신라도 웅크리고 있기만 해서는 안 될 것이옵니다. 그동안 백제와 고구려의 공격에 시달리며 몸을 사리고 있었으나 이제는 우리 힘을 천하에 보여주어야 할 때이옵니다."

진평왕을 배알한 김용춘이 뜻밖의 이야기를 꺼냈다.

"어쩌자는 말이오?"

"우리가 먼저 고구려를 치는 것이옵니다. 고구려는 지금 북쪽의 거란 및 당나라와의 긴장 국면으로 모든 신경이 그쪽에 쏠려 있사옵니다. 따라서 남쪽에 많은 군사를 보낼 수 있는 처지가 아니옵니다. 이런 기회를 이용해서 고구려를 친다면 반드시 승리할 수 있을 것이옵니다."

"고구려를 친다? 자칫 전면전이 되면 그 전쟁을 우리가 감당하기 어려울 터인데…. 승리할 수 있겠소?"

진평왕이 복잡한 생각이 들었는지 김용춘의 결심을 다시 확인했다.

"승리하지 못한다면 돌아오지 않겠사옵니다."

김용춘의 비장한 각오를 들은 진평왕도 나름대로 계산을 했다. 진평왕은 최근 딸 덕만에게 왕위를 물려주는 문제로 고심하고 있었다. 그에게는 아들이 없었고, 남은 성골 중에서도 남자가 없었다. 고구려와 전쟁을 벌인다면 귀족들의 이목을 그쪽으로 유도할 수 있을 것이었다.

"그대의 청을 받아들이겠소. 대신 이찬伊飡 임말리任末里, 파진찬波珍飡 백룡白龍과 함께 가도록 하오."

순간 김용춘이 머뭇거렸다. 임말리와 백룡이 걸렸던 것이다. 김용춘이 다시 청을 올렸다.

"그렇다면 김서현과 그의 아들 유신도 함께 가도록 윤허하여주시옵소서."

"경이 원한다면 그렇게 하시오. 대신 반드시 승리하고 돌아오도록."

대왕전을 물러 나온 김용춘이 곧장 김서현의 집으로 향했다. 명이 떨어진 이상 지체할 이유가 없었다. 인사를 나눌 겨를도 없이 김용춘이 본론을 꺼냈다.

"대왕께서 낭비성을 공격하라는 명을 내리셨습니다."

"낭비성을요?"

"실은 제가 올린 주청이었습니다. 대왕께서 허락하시어 공과 아드님 유신이 함께 출전할 수 있게 되었습니다."

"잘되었습니다. 반드시 승리하여 공의 뜻에 보탬이 되도록 하겠습니다."

"그런데 문제가 생겼습니다. 대왕께서 이찬 임말리, 파진찬 백룡을 데려가라 하셨습니다."

"아니, 그 말씀은 우리가 임말리의 명을 따라야 한다는 말이 아닙니까? 승리를 해도 그의 공이 될 터인데 어찌 그런 결정에 동의를 하셨습니까?"

"범을 잡으려면 범굴로 들어가라고 하지 않았습니까? 전쟁에는 여러 가지 변수가 있을 터이고, 임말리의 뜻대로 되도록 두지는 않을 것입니다. 대왕마마께서도 임말리와 그 무리를 탐탁지 않게 여기고 계시니 분명 무슨 뜻이 있으실 것입니다."

"그렇다면 아드님 춘추 공자도 함께 가는 것이 좋지 않을까요?"

"그 아이는 서라벌에 있어야 합니다."

"아, 무슨 말씀이신지 알겠습니다. 아드님이 남아 서라벌의 상황을 살피는 것이 좋다는 말씀이시군요."

"무슨 일이 생길지 모르는 일이니까요."

"맞습니다. 늘 경계하고 또 경계해야지요. 우리 두 집안이 이렇게 함께하게 된 것도 모두 부처님의 뜻일 것입니다. 한 번 스치는 것만으로도 억겁의 인연이 있다 하지 않습니까?"

"공, 이제 우리 세대의 시간은 가고 있습니다. 서서히 자식들에게 세상을 넘겨줘야 하지 않겠습니까? 하지만 내가 살았던 그 세상을 그대로 물려주고 싶지는 않습니다. 뭔가 달라도 달라야 합니다."

"가능할 것입니다. 함께 마음을 모은다면 가능하고 말고요."

두 사람이 뜻을 함께한 지 이십여 년이 흘러갔다. 숱한 싸움터에서 승리와 패배를 함께 경험하면서 서로의 생각을 잘 알게 되었고 함께 미래를 꿈꿀 수 있다는 사실도 확인했다. 덕분에 귀족들의 견제 속에서도 각자 자리를 잡아나갔고 진평왕의 신임도 두터워졌다. 이제 필요한 것은 자신들이 쌓아놓은 정치적 토대를 자식들이 잘 이어받아 결실을 보여주는 것이었다. 진평왕에게 아들이 없다는 것, 성골의 대가 끊어질 것이라는 점이 기회가 될 것이 분명했다. 하지만 기회는 늘 혼란과 함께하는 것이고 위험도 뒤따를 것이었다. 그 위험의 시작이 이번 싸움이 될 것임을 두 사람은 알고 있었다. 무엇보다 승리가 필요했다. 두 사람은 밤늦도록 이야기를 나누었다.

닷새 후 이찬 임말리를 상장군으로, 파진찬 김용춘과 김서현을 대장군으로, 백룡과 김유신을 부장으로 한 일만 오천의 군사가 낭비성을 향해 출발했다.

제법 먼 여정이었다. 출발한 지 보름이 지나서야 북한산성에 이르렀다. 북한산성에서 군사들을 쉬게 하여 하룻밤을 지낸 후 일찍 국경을 넘어 낭비성 오십 리 앞까지 진군했다. 척후병들이 고구려군이 미리 나와 진을 치고 있다고 알려왔다.

임말리와 김용춘을 비롯한 장수들이 모여 작전회의를 했다.

"고구려군이 성을 나와 진을 치고 있다면 오히려 잘된 일일 것이오. 우리 군사들의 사기가 높으니 각개격파로 성을 점령합시다."

"그렇습니다. 장군, 저에게 오천 병사를 내주시면 선봉에서 적군을 격파하고 성을 점령해 보이겠습니다."

백룡이 자신 있다는 듯 힘을 주며 말했다.

"먼저 지형을 보셔야 할 듯합니다. 낭비성은 산 위에 쌓은 성입니다. 고구려군이 성에서 나와 맞이하는 데는 다 이유가 있을 것입니다. 먼저 적군의 의도를 파악한 후에…"

유신이 말을 마치기도 전에 백룡이 가로막았다.

"어허, 어디 부장이 장군님들의 작전에 끼어드는가!"

"적의 작전도 파악할 겸 먼저 공격을 해보는 것도 나쁘지는 않을 것이오. 백룡 장군은 군사 오천을 이끌고 싸움을 걸어 적군의 작전이 무엇인지 파악하도록 하시오."

임말리가 결정을 내렸다.

"예! 알겠습니다."

백룡이 군사를 끌고 낭비성을 향했고 후군이 된 일만의 군사도 오 리의 거리를 두고 뒤를 따랐다. 얼마 지나지 않아 고구려군과 대치했다.

"공격하라!"

고구려군을 보자마자 백룡이 군사들에게 공격 명령을 내렸다. 군사들이 앞다투어 달려나갔다. 낭비성으로 오르기 위해서는 제법 큰 언덕을 넘어야 했다. 고구려군은 그 언덕이 있는 산 중턱에서 창칼을 들고 진을 치고 기다리고 있었다. 언덕을 올라가던 신라군이 반도 오르기 전에 화살이 쏟아져 내렸다. 높은 곳에서 낮은 곳으로 활을 쏘니 화살에 속도가 붙었고 나무나 숲이 없어 몸을 숨기기가 어려웠다. 쏟아지는 수천 발의 화살에 신라 군사는 태풍에 벼 쓰러지듯 했다. 앞서 오르던 군사들이 화살을 맞고 쓰러져 뒹굴자 뒤를 따르던 군사들이 걸려 넘어지고, 넘어진 군사 때문에 다른 군사가 쓰러지는 아수라장이 연출되었다. 그 위를 화살들이 숨 쉴 틈도 없이 덮쳤다.

백룡은 절반이 넘는 군사를 잃고 물러서고 말았다.

"어찌 이리 성급하게 달려들었소!"

김서현이 백룡을 나무라듯 쳐다보며 말했다.

"그래도 적군의 작전이 무엇인지는 알 수 있었으니 그것으로 됐소."

상장군 임말리가 백룡을 두둔했다.

"이제 적군의 작전을 알았으니 그에 대비하면 될 것이오. 내일은 내가 직접 나서서 적군의 방어벽을 뚫고 낭비성을 점령할 터이니 지켜보시오."

"무슨 작전이신지요?"

"지켜보면 알 것이오."

김용춘이 임말리에게 작전을 물었으나 돌아온 것은 지켜보라는 말뿐이었다. 임말리가 아군에게도 작전을 알리지 않은 것은 김용춘과 김서현을 따돌리고 혼자 승리의 공을 독차지하겠다는 생각에서였다. 임말리와 백룡은 신라 진골을 대표하는 귀족이었고 김용춘과 김서현, 김유신은 새롭게 대두되는 진골이었으니 서로가 불편해하고 견제하는 것이 분명히 드러났다.

"장군, 이건 우리를 무시하는 처사가 아닙니까?"

유신이 김용춘과 김서현을 동시에 바라보며 뱉었다.

"나도 알고 있다."

"그냥 이대로 계실 것입니까?"

아버지 김서현의 대답에 유신이 다시 물었다.

"지금은 그냥 지켜보는 것도 방법이 될 듯합니다."

김용춘이 김서현의 눈을 보며 말했고 김서현이 고개를 끄덕였다.

그날 밤.

"불이야! 불이 났다!"

"어디야? 어디?"

"어서 불을 꺼라! 적군의 기습이다. 모두 무기를 들어라!"

신라군의 진영에 불화살이 쏟아졌다. 고구려군의 야습_{夜襲}이었다. 예상하지 못한 기습에 신라군은 혼비백산했다.

"진용을 정비하라. 군사들은 각자 정해진 곳으로 가서 자신의 역할을 수행하라!"

백전노장 김서현이 군사들을 독려하며 진열을 정비해나갔다.

"궁수들은 고구려의 기병들을 향해 활을 쏴라."

궁수들이 기병들에게 활을 쏘고, 보병들이 방패를 챙겨 날아오는 불화살을 막았다. 그러는 사이 물자를 수송하는 군졸들이 진영에 붙은 불을 껐다. 빠른 조치 덕분에 피해를 최소한으로 줄일 수 있었다. 하지만 아침이 밝고 나서 진영을 살펴보니 군사가 천여 명이나 상해 있었다.

예상하지 못한 고구려군의 야습에 당한 신라군은 사기가 한층 꺾이고 말았다. 군졸들 사이에서 고구려군이 이렇게 강한 줄 몰랐다는 이야기들이 떠돌고 있었다.

"장군, 군사들의 사기가 떨어지고 있습니다."

김용춘이 임말리에게 군사들의 상황을 설명했다.

"공격이 곧 방어라고 했다. 내 직접 군사들을 이끌고 오늘의 복수를 해야겠다. 전군은 진열을 정비하라. 곧 낭비성을 공격할 것이다."

너무 섣부르다며 김용춘과 김서현이 말렸지만 소용이 없었다. 제대로 싸워보지도 못하고 두 번이나 패했다는 생각이 임말리의 이성을 잃게 하고 있었다. 장수가 흥분하면 군졸이 우왕좌왕하게 되고 군사행동에 일사불란함이 없어지는 법, 고구려군을 공격하려던 신라군의 모습이 예전 같지 않았다.

"공격하라!"

임말리가 공격 명령을 내렸고 군사들이 어제의 그 언덕을 오르기 시작했다. 어제와는 달리 선두에 선 보병들이 방패를 들고 천천히 전진했다. 화살을 막기 위해서였다. 작전은 효과가 있었다. 고구려군의 화살이 방패에 막히면서 어렵지 않게 언덕을 올라 전진할 수 있었다.

선봉대가 언덕을 거의 다 올랐을 즈음 임말리가 전군에 돌격 명령을 내렸고, 군사들이 눈앞의 고구려군을 향해 달려나갔다.

순간, 엄청난 소리가 들려왔다.

쿠르릉, 쿠르릉.

바위들이 땅을 구르는 소리였다. 사람 무릎에서 허리 높이까지의 커다란 돌들이 언덕 위에서 굴러떨어지기 시작했다. 수십 개의 돌덩이가 굴러 내려오다 방패에 부딪히니 방패가 산산조각 나는 것은 물론이고 군사들이 돌에 깔리고 밀리면서 서로 부딪혀 나뒹굴었다. 돌에 깔리는 군사들과 뒹구는 군사들로 삽시간에 아수라장이 되었다. 아래에 있던 군사들은 주춤거리다 뒤로 물러나며 피하기 바빴다. 언덕의 이점을 활용한 고구려군의 계략이었다.

"이런 어이없는 일이…!"

임말리가 분통을 터뜨렸지만 이미 늦은 뒤였다.

"이제 어찌하시겠습니까? 성급하게 공격하다 또다시 대패를 당하고 말지 않았습니까!"

김서현이 주변 사람들 들으라는 듯 큰 소리로 임말리를 압박했다.

"공은 자신이 있는 모양이구료. 그렇다면 어디 직접 지휘해 보시오."

어떻게 하는지 지켜보겠다는 듯 임말리가 김서현에게 지휘권을 주며 말했다. 군사 지휘권을 넘겨받은 김서현은 김용춘과 김유신을 쳐다보았다. 자신도 낭비성을 점령할 마땅한 방법이 떠오르지 않았기 때문이다. 김서현의 간절한 시선 때문이었을까? 김유신이 나섰다.

"아버님, 소자에게는 이번 싸움에 자진해서 참가한 향도들이 있습니다. 저와 함께 목숨을 걸 수 있는 이들입니다. 저에게 기회를 주십시오. 그들과 함께 고구려군의 선봉을 무너뜨려 보이겠습니다."

"정녕 자신 있느냐?"

"옷깃을 흔들면 옷이 바르게 펴지고, 벼리를 들어 올리면 그물이 펼쳐진다고 들었습니다. 제가 그 옷깃과 벼리가 되어 군사들의 사기를 끌어올리겠습니다."

유신은 궁수들에게 방패를 든 군사들을 붙여 언덕 위로 활을 쏠 수 있는 위치까지 전진하도록 했다. 거리가 있었기에 적이 돌을 굴려도 궁수들이 충분히 피할 수 있을 것이었다. 아버지 김서현에게 궁수들의 지원을 부탁한 유신은 자신을 따르는 향도 백여 명을 모아놓고 외쳤다.

"지금 우리 군은 연거푸 패했기 때문에 사기가 땅에 떨어져 있다. 우리가 아니면 떨어진 사기를 어찌 되살릴 수 있겠는가! 나와 함께 적진으로 뛰어들 자들은 앞으로 나오라!"

유신의 말에 향도들이 한 명도 빠짐없이 앞으로 나왔다. 유신이 다시 말했다.

"이번 싸움은 목숨을 걸어야 한다. 하지만 나는 죽음이 두렵지 않다. 죽음이 두려운 것은 우리 마음에 어둠이 크기 때문이다. 마음에 어둠이 있는 자가 어찌 편히 눈을 감을 수 있겠는가! 어둠을 이겨내는 길은 당당해지는 것뿐이다. 우리가 싸우는 것은 집안을 위한 것이 아니다. 나라를 위한 것도 아니다. 바로 자신을 위해서다. 나를 따르겠는가?"

"와!"

유신의 말에 향도들이 천둥 같은 함성을 질렀다. 모두가 가슴 속에서 뜨거운 것이 불타오르는 것을 느꼈다. 유신이 그 모습에 감동하며 작전지시를 내렸다.

"우리의 목적은 적군의 선봉을 파괴하는 것이다. 언덕 위에 올라 선봉을 붕괴시킨 후 즉시 퇴각한다. 알겠는가?"

"예, 풍월주!"

유신의 작전은 적군의 화살을 피하고 굴러 내려오는 바위로부터 피해를 줄이기 위해 소규모 병력으로 적군을 교란하는 것이었다.

"돌격하라!"

유신의 명이 떨어지자 향도들이 언덕을 향해 달려가기 시작했다. 그와 동시에 전진해 있던 궁수들이 고구려군을 향해 화살을 날려댔다. 고구려군이 활을 쏠 틈을 주지 않기 위해서였다.

휘익!

유신이 휘파람을 불자 언덕을 오르던 향도들이 두 갈래로 갈라졌다. 그리고 언덕 좌우 끝을 향해서 달려갔다. 고구려군이 화살을 쏘자 향도들은 방패를 모아 화살을 막아냈다. 언덕의 좌측과 우측 끝에는 제법 굵은 나무 몇 그루와 큰 바위가 있어 군사들이 몸을 숨길 수 있었다. 유신이 적은 인원을 동원한 것은 이런 지형을 고려한 것이다.

유신이 다시 휘파람을 불자 향도들이 지형을 이용하며 언덕을 오르기 시작했다. 언덕을 반쯤 올랐을 때 고구려군의 화살이 쏟아졌지만, 같은 방법으로 화살을 피할 수 있었다. 그렇게 전진하기를 반복하던 유신과 향도들이 적군의 턱밑까지 도착했다 싶더니 선두에 선 대여섯 명의 향도가 노[18]를 쏘아 긴 창을 들고 길을 막던 군사들을 쓰러뜨렸다. 노는 동시에 여러 발의 짧은 화살을 쏠 수 있을 뿐 아니라 작고 가벼워 근접전에서 무척 유용한 무기였다.

노의 공격을 받은 십여 명의 병사가 동시에 쓰러지자 고구려군은 일순간 전열이 무너졌다. 이 틈을 타서 유신과 다른 향도들이 뛰어들어 칼을 휘두르니 순식간에 수십 명이 쓰러졌다. 유신은 그중에서 지휘관인 듯한 자를 눈여겨보았다가 목을 벤 후 그 목을 들어 언덕 아래 신라 군사들에게 보이도록 치켜들었다.

"와!"

그 모습을 본 군사들이 함성을 질렀다.

"김유신 공이 적장의 목을 베었다!"

---

18 弩. 돌이나 화살을 연달아 쏠 수 있는 개량식 활

"어찌 저리 날렵할 수 있단 말인가!"

신라군의 진영에서 탄성이 터져 나왔다. 그러는 사이 고구려군이 유신과 향도들이 있는 곳으로 다시 몰려들었다. 아무리 싸움에 능하다 해도 수십 명으로 수천 명을 당할 수는 없는 노릇이었다.

"퇴각하라!"

그 명령을 신호로 교전을 벌이던 향도들이 왔던 길로 되짚어 내려오기 시작했다. 적군의 화살을 피하기 위해 나무 사이로 몸을 숨기고 갈 지之 자 모양으로 달려 언덕을 내려왔다. 그 모습을 본 김서현이 궁수들에게 활을 쏘게 하여 고구려의 궁수들이 활을 쏘지 못하도록 엄호했다. 무사히 진영으로 되돌아온 유신이 적군 부장의 목을 들고 김서현과 임말리 앞에 바치며 경과를 보고했다.

김서현은 작은 미소만 지어 보였고 김춘추는 고개를 끄덕여 공을 치하했다. 이들에 비해 임말리와 백룡은 말이 없었다. 장군영을 나오자 수백 명의 군사가 유신과 향도들 앞으로 달려와 함성을 질렀다.

"유신 공! 유신 공! 유신 공!"

유신이 들고 있는 창에 힘을 주며 향도들을 돌아보았다.

266

"한 번 더!"

유신이 다시 향도들을 이끌고 언덕을 오르기 시작했다. 이전과 같은 방법이었다. 궁수들의 지원을 받으며 언덕을 올라가던 유신의 무리를 향해 이번에는 고구려군이 돌을 굴리기 시작했다. 여기서도 소규모의 장점이 발휘되었다. 돌을 피할 수 있는 충분한 여유가 있었고 나무와 바위를 이용했기에 어렵지 않게 언덕으로 접근할 수 있었다. 다시 언덕에 오른 향도들이 노를 쏘기 시작했고 금세 고구려의 진열이 흐트러졌다. 다시 교전이 펼쳐지니 이번에도 적장의 목 하나를 베어 돌아왔다. 신라군의 사기가 하늘을 찌를 듯했다.

두 번째 적장의 목으로 전과를 보고한 유신이 장군영을 나왔다. 지친 기색도 없이 아버지 김서현에게 말했다.

"한 번 더 가겠습니다. 이번이 기회가 될 것입니다."

"조심해라!"

대견해하는 아버지의 얼굴을 뒤로한 채 유신이 다시 향도들을 불렀다. 향도들이 노에 화살을 재는 것을 지켜보며 숨을 돌린 후 유신이 말했다.

"마지막이 될 것이다. 이번엔 돌아오지 않는다!"

유신의 얼굴에서 비장함이 느껴졌고 향도들의 얼굴에도 스스로 죽음을 선택한 자의 희열 같은 것이 보였다. 유신의 신호에 따라 다시 언덕을 오르기 시작했다. 이제 제법 익숙해졌는지 어디에서 쉬고 어디에 몸을 숨겨야 할지 아는 듯 자연스러운 움직임이었다. 고구려군도 예상을 한 듯 화살을 비 오듯 쏟아냈다. 향도들이 화살 때문에 움직이지 못하자 신라의 궁수들이 지원에 나섰다. 잠시 화살이 주춤하는 사이 유신과 향도들이 적진을 향해 돌진했다. 다시 쏟아지는 화살, 향도 여러 명이 화살을 맞고 쓰러졌다. 유신도 날아오는 화살을 피하느라 몸을 굴려야 했다. 그 장면을 지켜보던 신라군들이 탄성을 질렀다.

"우리가 이러고 있어야 되겠는가?"

"목숨을 걸고 적진으로 달려가는 아군을 보고만 있어야 하는가?"

"화살에 쓰러지는 병사들 모두 우리 형제가 아닌가!"

"그래선 안 되지. 내가 저들을 구하러 가겠네."

"장군님, 우리도 공격을 하게 해주십시오. 저들처럼 나아가 싸우게 해주십시오."

군사들이 스스로 싸우겠다고 소리치기 시작했다. 싸우게 해달라는 군사들의 목소리는 커져 갔고, 이를 지켜보기만 하던 김서현이 외쳤다.

"저들을 보았는가? 저들은 모두 피를 나눈 신라의 형제들이다. 지금부터 그 형제들을 구하러 간다. 나를 따르겠는가?"

"예, 장군!"

병사들이 하나같이 외치자 김서현이 명령을 내렸다.

"공격하라!"

신라의 군사들이 앞을 다투어 언덕을 오르기 시작했다. 동시에 궁수들이 화살을 날려 고구려군이 활을 쏘지 못하도록 지원했다. 아래쪽에서 신라군이 함성을 지르며 몰려오자 유신과 향도들은 가슴이 뭉클해지며 감정이 북받쳐 오르는 것을 느꼈다. 노를 쏘고 함성을 지르며 낭비성을 향해 달려나가니 이내 길이 열렸다. 치열한 교전이 시작되었고, 이 교전에 집중하느라 고구려군은 뒤이어 물밀 듯이 달려오는 신라군에 신경을 쓰지 못했다. 언덕 위로 올라선 신라군이 죽을 각오로 창과 칼을 휘두르자 그토록 단단했던 고구려의 진열이 흐트러지기 시작했다. 앞의 두 열이 무너지자 전체가 흔들렸고, 고구려군은 이내 등을 돌려 달아나기 시작했다.

이때를 놓치지 않고 신라의 군사들이 모두 진격하여 삽시간에 언덕을 장악했고, 성벽을 눈앞에 두게 되었다. 성에서 화살이 쏟아져 수십 명의 군사가 쓰러졌다. 전우의 죽음을 본 신라의 군사들은 더욱 격분했고 오히려 전투에 대한 의지로 불타올랐다.

"성벽을 넘어라!"

김서현의 명에 따라 군졸들이 성벽으로 내달리기 시작했다. 유신과 향도들이 오른쪽의 선두에서 가장 먼저 성벽에 도달했다. 낭비성의 성벽은 높이가 어른 키의 두 배 정도밖에 되지 않았다. 산성이었고 성벽이 길었기에 높이 쌓을 엄두를 내지 못했던 것이다. 향도 두 사람이 달려가 손을 맞잡고 뒤따르던 유신을 받쳐 올리니 손끝이 성벽에 닿았다. 유신이 성벽을 타고 넘어 순식간에 활을 쏘는 적병 여럿을 베었다. 유신의 뒤를 따라 향도와 군사들이 성벽을 넘었고, 성벽 위에선 삽시간에 전투가 벌어졌다. 이 틈에 사다리들이 걸쳐졌고 더 많은 신라군이 성벽을 넘었다. 싸움은 두 식경이나 계속되었고 신라군의 승리로 끝이 났다. 오천 명의 고구려군을 베고 천여 명을 사로잡았다.

힘겨운 승리였지만 낭비성은 신라의 것이 되었다. 이 싸움은 성 하나를 점령한 것으로 끝나지 않았다. 여기에 그치지 않고 철원의 남부 지역까지 진출하여 그 지역을 장악하는 계기가 되었기 때문이다. 낭비성에 의지할 수 있었기에 인근을 실질적으로 장악할 수 있었던 것이다.

고구려와 백제의 압박에 시달리던 신라에는 반전의 기회가 되었지만, 고구려의 입장은 달랐다. 당나라와의 관계에서 어정쩡한 태도를 보여 귀족들의 지지를 얻지 못하고 있던 영류왕은 신라에 낭비성과 그 주변 지역을 빼앗김으로써 그 입지가 더욱 좁아졌다. 오히려 당나라와 신라에 압박을 당하는 모양이 되어버렸다. 고구려도, 신라도, 백제도 작은 상황의 변화조차 그것이 가져올 파장이 컸기에 민감하게 대응할 수밖에 없는 국면이었다.

반란

　서라벌의 진평왕은 낭비성에서 보내온 승전보에 기쁜 마음을 감출 수 없었다. 임말리의 작전이 실패해서 김서현의 지휘 아래 김유신이 죽기로 싸워 군사들의 사기를 높여 승리했다는 이야기를 듣고는 감격스러워했다.

　"아주 잘된 일입니다. 이제 대왕마마께서 원하시는 일들을 추진하셔도 될 듯하옵니다."

　김춘추가 진평왕의 곁에서 기쁨을 함께하고 있었다. 어느덧 김춘추는 진평왕의 최측근이 되어 있었고, 크고 작은 국사는 물론이고 진평왕의 마음속 이야기까지 나눌 수 있게 되었다.

　"오늘 그대와 함께 사냥을 갈 터이니 준비하도록 하라."

　"예, 대왕마마."

최근 진평왕은 이틀이 멀다고 사냥을 나섰다. 토끼와 사슴, 꿩을 잡는 일이었지만 그것은 명목에 불과했고 사실은 측근들을 데리고 은밀한 이야기들을 나누기 위한 것이었다. 오늘도 진평왕이 사냥에 나선다는 소식이 알려졌는지 병부령兵部令 김후직金后稷이 달려와 아뢰었다.

"대왕마마, 또다시 사냥에 나서신다니 그것은 아니 될 일이옵니다. 옛날 임금 된 이는 하루에도 온갖 정사를 다루어야 하기에 깊이 생각하고 멀리 보기를 게을리하지 않았으며, 현자들과 충신들의 이야기를 골고루 들어 어진 정사를 펼침은 물론 안락에 빠지지 않도록 조심 또 조심했사옵니다. 대왕께옵서는 지금 광인狂人들과 함께 매를 날리시고 개를 풀어 꿩과 토끼를 쫓아 산과 들로 달리고 계시온데 이것은 나라를 망치는 지름길이오니 이 점을 돌보시어 행차를 거두어주시옵소서."

"그대는 어찌하여 짐이 사냥만 나서면 이토록 달려와 만류하는가? 국사야 사냥을 하면서도 틈틈이 볼 수 있는 일이 아닌가. 사냥이 나라를 망치는 일이라면 어찌 진흥 대왕께서도 즐겨 하셨겠는가!"

진평왕의 분노에도 김후직은 움츠러들지 않았다.

《서경》에 이르기를 안으로 여색에 빠지거나 밖으로 사냥에 탐닉하는 일 가운데 한 가지만 해도 망하지 않을 수 없다고 하였으니 이는 실로 옳은 말일 것이옵니다. 어찌 소신의 충심을 몰라주시옵니까!"

"듣기 싫다고 하지 않는가. 당장 물러가도록 하라."

진평왕의 호령에 김후직이 어쩔 수 없이 물러나고 말았다. 그러는 사이 준비를 마친 김춘추가 진평왕을 호위하여 사냥을 나섰다. 잠시 후 한적한 길로 접어들자 진평왕이 옆에서 호위하던 김춘추를 불렀다.

"그대는 어가에 오르라."

"아니, 소신이 어찌 어가에…."

"어허, 그대와 긴히 할 이야기가 있노라. 어서 오르라."

김춘추가 황망하다는 듯 머리를 조아리며 어가에 올랐다. 김춘추가 자리를 잡자 진평왕이 물었다.

"그래, 귀족들의 동태는 어떠하던가?"

"소신이 살펴본 바에 의하면 임말리가 낭비성에서 공을 세우지 못하고 돌아온 탓에 다소 의기소침해 있는 듯했사옵니다."

"그렇겠지. 그리고 왕위 계승에 대한 의견들은 어떠하든가?"

"아직 그 문제는 물 위로 떠오르지 않은 관계로 귀족들의 의견을 알아보기가 쉽지 않았사옵니다."

"시간이 별로 없네. 짐의 나이가 이미 예순을 훌쩍 넘어가고 있지 않나."

"마침 며칠 후 화백회의가 있으니 그때 넌지시 반응을 살펴보겠나이다."

진평왕과 김춘추는 사냥을 떠난 어가에서 비밀리에 이야기를 나누었다. 후계자 문제와 같은 민감한 문제를 이야기할 만큼 두 사람의 관계는 충분히 가까워져 있었다. 사냥은 다른 이들의 이목을 피해 진평왕이 측근의 신하들에게 은밀히 의견을 묻거나 일을 시키기 위해 만든 핑계일 뿐이었다. 귀족들 역시 이를 눈치채고 있었다. 그래서 진평왕을 견제하기 위해 사냥을 하는 것은 군주의 일이 아니라고 반대하며 들고일어났던 것이고, 김후직이 그 선두에 서 있었다.

며칠 후 화백회의에 진골을 대표하는 귀족들이 모여들었다. 이찬 임말리와 칠숙柒宿, 을제乙祭를 비롯하여 잡찬迊湌 김알천과 김춘추 등이었다. 김춘추는 또다시 전장으로 떠난 아버지 김용춘의 자리를 대신한 것이었다. 귀족들의 회의체인 화백회의, 힘이 약해졌다고는 하지만 태자를 책봉하거나 왕을 추대하는 일에 대해서만큼은 여전히 주도적인 역할을 하고 있었다. 말은 하지 않지만 이것마저 놓쳐서는 안 되겠다는 위기감이 귀족들 사이에 공감대를 얻고 있었다.

"대왕마마께서 미령하신 지 오래입니다. 언제 시급한 일이 생길지 모르니 태자 책봉을 서둘러야 하지 않겠습니까?"

김춘추가 진평왕의 나이를 들추어내며 후계자 문제를 꺼냈다.

"그렇지요. 우리 신라에 그만큼 시급한 문제도 없을 것입니다. 서둘러야 합니다."

점잖은 성격의 을제가 사안의 중요성을 안다는 듯 동의했다.

"그 문제는 진작 이야기가 나왔어야 합니다. 그런데 지금 대왕마마의 자손 중에는 성골이 없습니다. 그것이 문제지요."

김알천이 진평왕의 자식 중에 아들이 없음을 꼬집고 나왔다.

"성골이 없으면 진골 중에서 골라야지요. 당연한 일이 아닙니까?"

이찬 칠숙이 김알천을 거들었다.

"성골이 없다니요? 어찌 성골이 없다고만 하십니까? 대왕마마께는 두 분의 따님이 계시잖습니까?"

김춘추가 끼어들었다.

"두 분의 따님이 계시다는 것은 여기 있는 모두가 알고 있는 사실입니다. 하지만 아무리 성골이라고 해도 어찌 여자를 왕으로 추대할 수 있다는 말입니까? 그것은 아니 될 말입니다!"

칠숙이 강하게 반대하고 나섰다.

"그럼요. 여자가 왕이 된다면 세상에 비웃음거리가 될 것은 뻔한 일입니다."

임말리가 칠숙을 거들었다.

"그렇지 않습니다. 바다 건너 왜에서도 여자가 왕이 되었습니다. 여자라고 해서 임금이 될 수 없다는 것은 편견일 뿐입니다."

"어찌 왜 이야기를 하시오! 우리 신라에서는 한 번도 여자가 왕이 된 일이 없소. 고구려도, 백제도, 중국의 나라들도 그랬소. 나는 인정할 수가 없소."

칠숙이 김춘추의 말에 화가 난 듯 목소리를 높였다.

"진정들 하십시오. 사실 첫째 따님인 덕만 공주님은 유독 영특하신 분이라 다르게 볼 수도 있을 것 같습니다."

을제가 과열된 분위기를 정리하려는 듯 나섰다.

"다르게 볼 수 있다?"

"그렇습니다. 언젠가 당나라에서 꽃 그림이 그려진 병풍과 그 꽃씨를 보내온 적이 있었지요? 그때 덕만 공주께서 그 꽃 그림을 보시고는 '저 꽃에는 분명 향기가 없을 것입니다'라고 하셨습니다. 대왕마마께서 왜 그렇게 생각하느냐고 물었더니 '여자가 아름다우면 남자가 가까이 있고, 꽃에 향기가 있으면 벌과 나비가 몰려드는 법인데 저 그림에는 벌과 나비가 없으니 향기가 없지 않겠습니까'라고 대답하셨습니다. 실제로 꽃씨를 심어 꽃이 피기를 기다렸다가 향기를 맡아보니 정말로 향기가 없었습니다. 사물을 보는 눈이 이토록 총명하시니 여자라고 해서 안 된다고만은 볼 수 없지 않겠습니까?"

"총명함이야 그에 못지않은 진골들도 많습니다. 어찌 덕만 공주만 특별하다 하십니까?"

을제가 덕만의 총명함을 내세웠지만 칠숙에게는 먹히지 않았다.

"도대체 대왕마마의 뜻은 무엇입니까? 여자라 하더라도 반드시 성골이 후계자가 되어야 한다는 것입니까?"

김알천이 진평왕의 뜻이 궁금하다는 듯 물었다.

"그런 듯하옵니다. 내색은 하지 않으시는데 마음속으로는 덕만 공주를 후계자로…"

"있을 수 없는 일입니다. 나는 결코 인정할 수가 없어요!"

칠숙이 화를 내며 일어섰다. 임말리가 일어서는 칠숙을 잡으려다가 내버려두었다. 칠숙이 떠나자 잠시 정적이 흘렀다. 팽팽한 긴장감이 감돌았다. 결국 을제가 나섰다.

"대신들의 중론을 들어본 후에 다시 만나서 의논하도록 합시다."

그날의 화백회의는 아무런 결론도 없이 이렇게 끝이 났다.

"그래, 어떠하던가?"

진평왕이 화백회의를 마치고 나오는 김춘추를 기다렸다는 듯이 불러들였다.

"귀족의 반발이 심상치 않사옵니다. 특히 이찬 칠숙의 반발이 거세었고 임말리 또한 반대한다는 쪽이었사옵니다."

"그들의 반발이야 예상했던 바가 아닌가. 그 외의 다른 움직임은 없던가?"

"아무래도 귀족들이 대왕마마의 의중을 알고 싶어 하는 눈치였사옵니다."

"그렇겠지. 그렇다면 짐의 의중을 흘려 저들이 어떻게 움직이는지 살펴보는 것도 나쁘지 않겠군."

"하명하시옵소서."

"그대는 짐이 덕만 공주를 후계자로 선포할 것이라는 소문을 그들의 귀에 들어갈 수 있도록 흘려보도록 하라."

　며칠 후 궐내에 진평왕의 대를 이를 후계자로 덕만 공주가 될 것이라는 이야기가 파다하게 퍼졌다. 관리들 사이에서 이 문제로 옥신각신하는 일들이 생겨났고 급기야 반대하는 세력들이 모여 자신들의 목소리를 내기 시작했다. 그 중심에 이찬 칠숙이 있었다. 진골 귀족 중에서도 화백회의에 들어갈 수 있을 만큼 최상층의 자리에 있던 칠숙은 성골에서 왕이 나올 수 없게 된다면 자신이 왕위를 이어받을 후보 중 한 명이 될 수도 있다는 기대감을 가지고 있었다. 그 기대가 물거품이 되게 생겼기에 반발심이 커졌던 것이다.

　어느 날 이찬 칠숙이 자신을 그림자처럼 따르는 아찬 석품石品을 불러서 은밀한 이야기를 나누었다.

　"너는 지금 이 나라가 정상이라고 생각하느냐?"

　"그럴 리가 있겠습니까? 세상천지에 여자를 왕으로 삼는 나라가 어디에 있단 말입니까?"

　"내 생각이 바로 그렇다. 세상이 거꾸로 돌아가지 않고서야 이런 일이 있을 수는 없는 것이다. 게다가 지금은 전시가 아니냐? 아녀자가 전쟁을 어찌 알겠느냐? 칼이나 들 수 있겠느냐? 겨우 부엌칼이나 들 수 있는 손목으로 뭘 할 수 있단 말이냐!"

"나리의 생각이 저의 생각입니다요. 요 며칠 관리들이 수군대는 소리를 들었는데 여자가 왕이 되면 관리들도 여자가 차지하게 될 것 아니냐며 비꼬는 자들이 많았습니다."

"당연하겠지. 귀족들의 생각도 나와 같음이 아니더냐. 이찬 임말리만 하더라도 여자가 왕이 되면 관직을 내놓겠다며 공공연히 밝히고 있지 않느냐. 그런데 다들 겁쟁이들이라 나설 생각을 못 하고 있으니."

"누군가 나서기만 한다면 다들 일어설 분위기입니다."

"지금의 분위기로 봐서는 누가 먼저 나서느냐 하는 것인데…"

석품은 눈치가 빠른 자였다.

"대저 일이라는 것이 먼저 나서는 사람에게 더 큰 보상이 돌아가는 것 아니겠습니까. 소인이 무엇을 해야 하는지 알려주십시오."

"역시 네가 내 마음을 아는도다. 지금 네가 부릴 수 있는 군사가 얼마나 되느냐?"

"족히 삼백은 될 것입니다."

"잘되었구나, 내게도 그 정도의 군사는 있으니. 궁궐 내에 숙위를 서는 군사는 이백을 넘지 않는다. 오륙백이면 충분할 것이다."

"그렇다면 거사巨事를?"

"쉿!"

칠숙이 석품의 입을 막았다. 칠숙의 집에서 물러 나온 석품은 한편으로는 두렵기도 하고 다른 한편으로 신이 나기도 했다. 거사라고는 하지만 사실은 역모가 아닌가! 역모라는 생각을 하면 두렵기도 하였으나, 천성이 일을 벌이기 좋아하는 탓에 남몰래 큰일을 꾸민다는 것에 신이 나기도 했던 것이다. 성공할 수만 있다면 부귀영화가 뒤따를 것은 분명했다.

'인생은 한 번쯤 모험을 걸어야 하는 거야.'

석품은 서라벌 주변을 경계하는 숙위군의 부관이었다. 자신이 거느린 군사는 대부분 서라벌 동쪽을 경계하는 군사들이었고 실전 경험이 별로 없었다. 내일부터 군사 훈련이라도 시켜야겠다는 생각을 하며, 집무실에서 잠이 드는 둥 마는 둥 밤을 지냈다.

다음 날도 칠숙이 석품을 불렀다. 세밀한 계획을 논의하기 위해서였다.

"저희 군사들은 실전 경험이 별로 없어서 오늘부터 군사 훈련을 하고 있습니다."

"잘했다. 다만, 절대 남들의 이목을 끌어서는 안 된다. 이 점을 명심하도록."

"예, 나리. 그런데 거사일은 언제로…"

석품의 말을 가로막은 칠숙이 종이에 글을 써 보였다.

'사흘 후, 자정.'

석품이 글을 읽고 고개를 끄덕였다. 칠숙이 종이를 불에 태웠다.

"이목이 있으니 오늘부터는 날 찾지 말도록. 무슨 일이 있으면 내가 너를 찾겠다."

"예, 나리."

물러 나온 석품은 마음이 급해졌다. 거사를 치르려면 군사들을 조련하여 실전에서 써먹을 수 있게 만들어야 했다. 바빠진 발걸음이 훈련장으로 향했다. 유월의 무더운 날에도 부하들이 창과 칼을 들고 훈련을 하고 있었다. 땀을 흘리며 훈련을 하고 있기는 했지만 거사를 앞둔 군사라고 하기엔 싸움에 대한 의지가 전혀 없어 보였다. 전쟁터에서 칼을 쓰고 살아온 석품에게 군사들의 이런 모습은 못마땅하기 이를 데 없었다.

"이래서야 어디 토끼 한 마리라도 잡을 수 있겠는가!"

석품이 직접 나서서 군사들에게 시범을 보여주며 훈련을 했다. 혹독한 훈련이 반나절 넘게 계속되었다. 게으르거나 불평을 하는 군졸에게는 사정없이 매가 돌아갔다. 덕분에 군기는 제법 잡혔으나 곳곳에서 끙끙 앓는 소리가 나왔다. 번(番)이나 서던 군졸들이 갑자기 창칼을 들고 살벌한 훈련을 하니 괴롭기가 이를 데 없었던 것이다.

이튿날도 이런 훈련이 반복되니 이번엔 고참들이 들고일어났다.

"나리, 대체 무슨 일을 시키시려고 이토록 고된 훈련을 시키시는 것입니까?"

"이틀 뒤면 자연히 알게 될 것이다. 너희는 훈련이나 열심히 하도록 하라."

"군졸들의 불만이 이만저만이 아닙니다. 훈련을 하는 이유라도 알아야 저들을 설복할 수 있지 않겠습니까?"

고참병들의 말이 자못 그럴듯하여 석품의 마음이 흔들렸다. 외부에 발설하지 않겠다는 확답을 받은 후에 석품이 말했다.

"며칠 내로 궐내에 싸움이 일어날 것이다. 그때를 준비하는 것이다."

"궐내의 싸움이라 하심은?"

"자세히 알 것까지는 없다. 그렇게만 알고 있도록 해라."

내막을 궁금해하는 군사들을 겨우 돌려보낸 석품에게 손님이 찾아왔다. 풍월주 염장廉長 공이었다. 한때 유신이 풍월주로 있을 때 부제가 되었지만 유신보다 나이가 열 살이나 많은 탓에 시기하는 마음이 컸다. 다행히 마음을 다독이고 기회를 엿보아 풍월주에 올랐으나, 딱히 마음 둘 곳을 정하지 못해 이 무리 저 무리를 오가며 눈칫밥을 먹으며 다니고 있었다. 이런 사람이 석품을 찾았으니 이유가 없지 않았으리라.

"어서 오십시오. 어쩐 일이십니까?"

석품이 어리둥절해하며 찾아온 이유를 물었다. 그도 그럴 것이 염장 공과는 공적인 인사치레 외에는 친분이 거의 없었기 때문이다.

"자네가 요즘 군사 조련에 열심이라기에 격려차 찾아왔다네."

"군졸들의 군기가 빠져 있는 듯하여 급히 조련을 해보는 중입니다만."

"요즘 같이 시절이 수상한 때일수록 군기가 빠져서는 안 되는 법이지. 참, 자네도 그 소식 들었나?"

"소식이라니요?"

"김용춘, 김서현 장군이 낭비성에서 승리를 거두고 이틀 후에 돌아온다는 소식 말일세. 유신 공도 함께 돌아온다는데 이천의 군사와 함께 온다는군."

"이천이라구요?"

이천의 군사라는 말에 석품의 눈이 휘둥그레졌다. 그 순간 염장의 예리한 눈이 석품의 흔들리는 눈동자를 감지했다. 마음이 급해진 석품이 서두르는 기색으로 일어섰다.

"나리, 제가 급히 보아야 할 용무가 있어 지금 자리를 좀 떠나야 합니다. 용서하십시오."

"급한 용무라면 당연히 보아야지. 미안할 게 뭐 있나. 나도 곧 일어날 참이네. 먼저 일 보시게."

석품이 급히 자리를 뜨자 염장이 자신을 수행해온 군졸 하나를 불러 은밀히 지시를 내렸다. 명을 받은 군졸이 급히 자리를 떴다. 염장은 군사들의 훈련하는 모양을 지켜볼 요량으로 이리저리 기웃거리고 다녔다.

황급히 집을 나온 석품은 곧장 이찬 칠숙의 집으로 향했다. 뒤에 그림자가 붙었다는 생각을 할 틈도 없었다.

"내가 먼저 연락하기까지 기다리라고 했는데 어찌 이리 성급하게 찾아왔느냐?"

칠숙이 석품을 나무랐다.

"너무 시급한 일이라 그만."

"무엇이 그리 시급하단 말이냐?"

"김용춘과 김서현이 곧 대군을 이끌고 서라벌로 들어온다고
합니다. 그들이 돌아온다면 대군을 동원하더라도 거사를 성
공시키기는 힘들 것입니다."

"뭐라? 낭비성으로 갔던 군사들이 벌써 돌아온단 말이냐?"

"그렇습니다. 내일이면 도착한다 합니다."

"분명 내일이라고 했더냐? 돌아오는 날이?"

"분명 그렇게 들었습니다."

"틀림없는 말이렷다?"

"그렇습니다, 나리."

"그렇다면, 오늘 밤밖에는 시간이 없다!"

"속히 군사들을 모아야 하지 않겠습니까?"

"너는 당장 돌아가 군사를 모아라. 오늘 밤 거사를 치를 것
이다."

석품이 군사를 모으기 위해 집무실로 돌아왔을 때 염장은
자리에 없었다. 벌써 해가 지려 하고 있었다.

287

그날 저녁, 염장은 갈림길에 서 있었다. 왼쪽은 김춘추의 집으로 가는 길이었고 오른쪽은 칠숙의 집으로 가는 길이었다. 한참을 머뭇거리던 염장이 왼쪽으로 들어섰다.

"어인 일이신지요?"

불쑥 찾아온 염장에게 김춘추가 의아한 듯 물었다. 속내를 감추는 것이 두 사람의 공통점이라면 공통점이었다. 서로를 알기에 대하는 것이 편치 못했다.

"공주님께서는 강녕하신지요?"

염장이 불쑥 공주의 이야기를 꺼냈다. 공주란 덕만을 말하는 것이었다. 춘추가 덕만과 가깝다는 것을 잘 알고 있다는 투였다. 공주의 안위를 묻는다는 것은 주변에 일이 있을 수 있다는 것을 암시했다. 상대의 말투에서 뭔가를 감지한 춘추가 받았다.

"대저 일이라는 것이 어떤 사람들이 모여 있느냐에 따라서 결과가 달라지는 법이 아니겠습니까? 공과 같이 덕과 지혜를 함께 갖춘 분이 계시다면야 천하지대업도 가능할 것입니다."

춘추가 은근히 염장의 능력을 치켜세우며 대화의 분위기를 돋우었다. 상대방이 열쇠를 가지고 있을 때 중요한 것은 대화를 계속할 수 있느냐 하는 것이다. 여차하면 입을 닫아버릴

288

수도 있기에 상대방이 말하기 좋도록 분위기를 유도해야 한다. 춘추는 상대방이 누군지에 따라 대화의 분위기를 만들고 이끌어갈 줄 알았다. 힘은 용력이 아니라 세력에서 나온다며 염세적인 생각을 가졌던 꼬마가 탁월한 정치가로 성장해 있었다.

"저를 이끌어줄 수 있으시겠습니까?"

염장이 세게 나왔다. 이쯤 되면 다 된 밥이나 다름없었다. 춘추가 할 수 있는 말은 오직 하나였다.

"말씀하십시오. 준비가 되었습니다."

때로는 말보다 태도가 믿음을 주는 법, 춘추의 태도에 믿음이 갔는지 염장이 마음을 꺼냈다.

"낮에 아찬 석품을 만났습니다. 석품은 천성이 사람 만나고 놀기를 좋아하는 자입니다. 당연히 군사를 조련하는 일 따위에는 관심이 없지요. 그런 자가 군사를 조련하고 있었습니다. 사람이 다른 행동을 하는 것은 필시 이유가 있지 않겠습니까?"

"그렇습니다. 분명 이유가 있을 것입니다."

"어떻게 나오나 싶어 슬쩍 김용춘 공과 김서현 공이 많은 군사를 이끌고 되돌아온다는 이야기를 들려줬습니다. 놀라더군요. 그러고는 급히 일이 있다며 자리를 떴습니다."

이야기를 듣던 김춘추의 눈이 가늘게 빛났다.

"뒷이야기가 궁금합니다."

춘추는 짐짓 느리게 말했다. 담대하게 보이는 것이 믿음을 줄 수 있을 것이었다.

"군졸 하나를 뒤따르게 하였더니 석품이 이찬 칠숙의 집으로 들어가더랍니다."

이찬 칠숙이라는 말을 듣는 순간 김춘추의 머리가 바빠졌다.

"게다가 석품이 떠난 후 군졸들의 이야기나 들어볼 참으로 여기저기를 기웃거리다가 나이 많은 군졸들이 나누는 이야기를 엿듣게 되었습니다."

더 자세히 들으려는 듯 춘추가 염장 쪽으로 몸을 기울였다.

"석품이 말하기를, 며칠 내로 궐내에 큰 싸움이 일어날 것인데 그 싸움에 대비하기 위해 훈련을 한다고 했답니다. 그 싸움이 무엇을 의미하는지 아시겠습니까?"

여기까지 듣고 있던 김춘추가 갑자기 일어났다.

"가시지요. 이러고 있을 때가 아닌 듯합니다."

춘추가 염장의 팔을 잡고 달려간 곳은 대왕전이었다. 마침 진평왕이 하루의 집무를 마치고 덕만 공주를 불러 이야기를 나누고 있었다. 김춘추가 다짜고짜로 달려 들어왔다.

"대왕마마, 긴히 아뢸 말씀이 있사옵니다."

"야심한 시각에 어쩐 일인가?"

심상치 않은 분위기를 감지한 듯 진평왕이 물었다.

"군사의 움직임이 보이옵니다."

"뭐라? 군사의 움직임이! 상세히 말해보라."

춘추가 염장을 불러들였고 염장이 진평왕과 덕만 공주 앞에서 자신이 보고 들었던 이야기를 그대로 전했다.

"그렇다면 이찬 칠숙과 아찬 석품이 모반을 꾀한다는 말이 아니냐!"

"그렇사옵니다."

진평왕의 얼굴이 분노와 증오로 물들었다.

"염장은 들어라. 숙위군과 풍월도들을 모아 반란을 진압하라. 먼저 아찬 석품을 잡아들이고 이찬 칠숙도 잡아오라. 반항하면 목을 베어도 좋다."

"명을 받들겠사옵니다, 대왕마마."

염장이 황급히 물러가자 덕만 공주가 춘추에게 말했다.

"그대는 날랜 군사를 보내 서라벌로 돌아오고 있는 김용춘 장군과 김유신 일행에게 하루속히 돌아오도록 전하라."

"예, 공주마마."

덕만은 진평왕 앞에서도 신하들에게 명령하는 것에 어려움이 없었다. 수년 전부터 덕만은 아버지와 정사政事를 의논하고 왕을 대신하여 신하들에게 명을 내리는 일을 해오고 있었다. 그만큼 진평왕은 치밀하게 후계자 작업을 진행해왔다.

춘추가 덕만 공주의 명을 받고 대왕전을 나서려는 찰나 반가운 소식이 당도했다. 김용춘과 김유신이 도착했던 것이다. 김서현은 혹시나 있을지 모르는 고구려군의 공격에 대비해 낭비성에 남아 있었다.

황급히 달려간 김춘추가 김용춘과 김유신에게 반란 소식을 전하니 두 사람이 대왕전으로 황급히 달려왔다.

"유신, 그대가 이번 싸움에서 큰 공을 세웠다고 들었다. 다시 한 번 수고를 해줘야겠다. 지금 당장 이찬 칠숙의 집으로 달려가 역도들을 잡아들이도록 하라!"

진평왕의 명을 받은 유신이 쉴 틈도 없이 군사를 몰아 칠숙의 집으로 향했다. 그리고 삼중 사중으로 집을 포위해버렸다. 이천 명이나 되는 군사가 칠숙의 집을 포위하니 집안의 사람들이 눈치채지 못할 리가 없었다.

"이런, 일이 틀어졌구나!"

칠숙이 거사가 들통 났음을 알고 대기하고 있던 군졸들을 모아 대문을 열고 나왔다. 이내 김유신의 군사들과 싸움이 벌어졌다. 전쟁에 익숙한 정예병을 상대한다는 것은 버거운 일이었다. 대문을 나오자마자 살을 맞고 죽거나 살을 피한 자들도 칼에 쓰러졌다. 일부는 담을 넘어 달아나기도 했으나 멀리 가지 못하고 잡혀 죽임을 당했다. 칠숙 또한 칼을 들고 싸우다 어깨에 화살을 맞고는 사로잡히고 말았다.

한편, 대왕전을 물러난 염장은 기회를 잡아야 한다는 것을 알고 있었다. 어느 편에 서야 할지 고민이 없었던 것은 아니었지만 일단 선택을 한 상황에서는 주저할 필요가 없었다. 그가 덕만 쪽으로 기울었던 것은 김춘추와 김유신을 잘 알고 있었기 때문이다. 궁궐 내의 세력관계를 봐도 춘추와 유신은 떠오르는 해였고 그들과 손을 잡는 것은 절대 손해 보는 장사가 아니었다.

'이번 기회에 공을 세워 덕만 공주의 마음을 얻어야 한다. 서두르자.'

마음을 다잡은 염장은 숙위군 이백 명을 데리고 미리 불러 모은 자신의 풍월도들과 합류했다. 그리고 아찬 석품의 집을 급습했다. 하지만 집안에는 석품의 식솔들과 노비들뿐 정작 석품의 모습은 보이지 않았다. 미리 군사들을 이끌고 떠난 후였던 것이다.

"분명히 칠숙의 집으로 갔을 것이다. 그곳으로 가자."

염장이 군사들을 바삐 움직여 칠숙의 집으로 향하는 사이 칠숙의 집에서는 싸움이 한창이었다. 싸움이 일방적인 학살로 끝나고 칠숙마저 사로잡혀 말안장에 얹혀 끌려가려는 그때, 석품이 군사를 몰고 칠숙의 집 근처로 오고 있었다. 석품은 대낮처럼 환하게 불을 밝힌 채 횃불들이 이리저리 오가는 모습을 보며 칠숙의 군사들일 것이라고 믿었다. 하지만 가까이 갈수록 칼 쓰는 소리와 비명이 들려왔고 직감적으로 일이 잘못되었음을 알아챘다. 군사들을 머물러 있게 한 후 자신이 직접 칠숙의 집 가까이 다가가 상황을 살펴보고는 아연실색하고 말았다.

급히 말머리를 돌린 석품은 자신의 집으로 향했다. 다른 방법이 없었다. 가족들을 데리고 야음을 틈타 달아나는 것이 상책이었다. 석품이 서둘러 군사들을 몰아 집으로 되돌아가는 도중에 뒤를 쫓던 염장과 정면으로 마주쳤다. 공에 눈이 먼 염장이 인정사정없이 군사를 몰아 석품을 공격해왔다. 뒤에는 김유신의 부대가 있고 앞에는 염장의 부대가 있으니 죽기 살기로 맞붙어볼 수밖에 없었다. 칼이 부딪히는 소리와 군졸들의 비명이 고요한 여름밤을 악몽으로 만들었다.

때마침 싸움소리를 듣고 달려온 김유신의 부대가 석품의 후미를 공격하니 석품의 군졸들이 독 안에 든 쥐꼴이 되었다. 석품이 더는 버틸 수 없음을 알고 말을 몰아 달아나기 시작했다. 마침 구름이 달을 머금어 사방을 분간하기 어려웠다. 그 틈을 탄 석품이 어둠 속으로 말을 달려 혼란의 틈바구니에서 힘들게 달아났다.

후속조치는 신속했다. 진평왕은 달아난 석품에게 추적대를 보내는 한편, 끌려온 칠숙을 효수했다.

"저자 목을 베어 저잣거리에 매달고 구족을 멸하라."

늙은이부터 어린아이까지 칠숙의 혈육들이 도륙되었고 서라벌이 피의 냄새로 밤새 흐느꼈다. 새벽 저잣거리에 칠숙의 머리가 매달렸다. 머리에서 떨어진 피가 '반역도당 칠숙의 머리'라 써 붙인 방榜을 물들였다.

달아난 석품은 으슥한 산길을 골라 달렸다. 인가를 피해 산으로 몸을 숨기는 것이 최선일 터였다. 하지만 그는 며칠이 지나자 배고픔을 견딜 수 없어 산에서 내려왔다. 농사를 짓느라 집을 비운 민가에서 배를 채웠다. 그리고 해가 지는 쪽을 향해서만 달렸다. 그러기를 며칠 후, 국경에 도착했다. 몇 걸음만 내디디면 백제 땅이다. 며칠 사이의 일들이 주마등처럼 스쳐 지나갔다. 주저하던 그는 차마 국경을 넘지 못하고 돌아섰다. 마지막으로 아이들 얼굴이라도 보고 백제로 떠날 참이었다.

말을 달려 다시 서라벌 근처에 이르렀다. 길 가는 나무꾼에게 자신의 옷을 벗어주고 나무꾼의 옷을 얻었다. 타고 온 말과 땔감이 든 지게도 맞바꾸었다. 나무꾼이 된 석품이 자신의 집 주변을 두리번거렸다. 멀리서 보니 아이들이 마루에서 방으로 들어가는 것이 눈에 보였다. 다행히 군사들의 움직임은 없었다. 나무를 팔러 온 나무꾼인 척하며 집안으로 들어섰다.

"여보시오."

소리를 내서 사람을 불렀더니 아이들이 문을 열고 나왔다.

"잡아라!"

외침과 함께 숨어 있던 수십 명의 군사가 몰려나왔고 순식간에 석품을 포박했다. 눈물을 흘리며 끌려가는 석품의 뒤로 아이들의 울음소리가 울려 퍼졌다.

다음 날 새벽, 저잣거리에 걸린 칠숙의 머리 곁에 머리 하나가 더해졌다. 여자를 왕으로 섬길 수 없다며 일으킨 반란은 이렇게 끝이 났다. 그로 인해 귀족들의 목소리는 기어들어갔고 덕만 공주는 실질적인 왕권 후계자가 되었다.

이듬해인 632년, 진평왕이 죽었다. 덕만이 왕위에 오르니 선덕왕이다. 신라 최초의 여왕이 탄생하는 순간이었다.

바로 그해 백제 무왕은 맏아들 의자를 태자로 책봉했다. 귀족들의 반발을 무마하고 의자를 후계자로 삼는 데 삼십 년이 넘는 시간이 필요했다. 신라와 백제 모두 왕위를 물려주는 일이 순탄치 않았다.

짐을 진 사람들

　김용춘과 김춘추가 대왕전에서 선덕왕을 배알했다. 최근 김용춘은 김춘추와 함께 다니는 경우가 많아졌다. 혼자 입궐해도 될 일을 굳이 춘추를 대동하는 데에는 나름의 이유가 있었다. 아들은 아버지를 넘어설 때 비로소 어른이 된다. 김용춘의 바람이었다.

　"대왕마마, 화백회의에서 대왕마마께 존호尊號를 올리기로 하였사옵니다."

　"존호란 원래 사람이 죽은 연후에나 올리는 것이 아니오?"

　"그러하옵니다. 하오나 중국에서는 이미 오래전부터 생존해 계신 경우라 할지라도 존호를 올려 그분의 성덕聖德을 본받기를 마다치 않고 있사옵니다. 그리하여 이번 화백회의에서 대

298

왕마마의 지혜와 인품을 높이 받든다는 뜻에서 존호를 올리기로 한 것이옵니다."

"그래요? 고마운 일이오. 헌데 존호가 무엇입니까?"

"성조황고聖祖皇姑이옵니다."

"성조황고라, 성스러운 조상을 둔 여자 황제라는 뜻이구료."

"그러하옵니다. 존호를 통해 만백성이 대왕마마의 지혜와 성덕을 떠올릴 수 있을 것이옵니다."

선덕왕은 존호를 올리는 의미를 알고 있었다. 존호를 올린다는 것은 왕권의 정당성을 알려야 할 필요성이 있다는 것이고, 그것은 곧 자신의 왕권기반이 취약하다는 반증이기도 했다. 아버지 진평왕이 오랫동안 왕위에 머물렀던 탓에 선덕왕은 나이가 쉰이 다 되어서야 즉위할 수 있었다. 그동안 아버지의 통치방법을 지켜봐 왔고 조정이 돌아가는 상황을 잘 알았기에 자신이 무엇을 해야 하는지도 충분히 알고 있었다.

여왕이 부드러운 목소리로 두 사람에게 말했다.

"두 사람이 아시다시피 짐에게는 혈육이 별로 없습니다. 혈육이 없다는 것은 나라를 이끌어가는 데 도움을 줄 사람이 부족하다는 말이 됩니다. 짐의 가까이에서 국사를 도울 수 있는 사람이 절실합니다. 두 사람은 짐에게 가장 가까운 혈육입니다. 사사로이는 짐의 제부弟夫가 되고 또한 조카가 아닙니까."

사실이 그랬다. 덕만 여왕의 여동생 천명이 김용춘과 혼인하여 김춘추를 낳았으니 덕만은 김용춘에게는 처형妻兄이 되고 김춘추에게는 이모姨母가 되는 셈이었다. 김용춘과 김춘추의 정치적 영향력이 점점 커져 가는 지금, 선덕왕이 믿고 의지하며 정책을 추진하는 데 두 사람의 도움이 반드시 필요했다. 선덕왕이 내미는 손을 두 사람이 마다할 리 없었다.

"대왕마마께서 소신들을 아끼시는 마음 황공하옵니다. 목숨을 바쳐 대왕마마를 보필하겠사옵니다."

"고맙소. 기왕 자리를 마련했으니 어떻게 하면 나라를 잘 다스릴 수 있을지 경들의 생각을 들려주도록 하시오."

"그렇지 않아도 작은 도움이 될 수 있을까 하여 몇 가지 조치를 생각해보았사옵니다."

"잘됐구료. 그것이 무엇이오?"

"지난번 이찬 석품의 반란이 마무리되기는 했으나 귀족들이 아직 동요하고 있는 상황이옵니다. 이런 상황에서 그들의 목소리를 잠재울 방법은 당나라에 사신을 보내 책봉을 받는 것이 필요하다 여겨지옵니다. 서둘러 사신을 파견하시옵소서.

또한 군주의 힘은 백성으로부터 나온다고 하였으니 백성들을 위무할 수 있도록 순무사巡撫士를 파견하심이 옳을 줄 아뢰옵니다."

"좋은 의견이오. 어차피 당나라에 조공 사절을 보내야 할 것이니 곧 사절단을 꾸려서 보내기로 하겠소. 그런데 짐을 대신하여 백성들을 순무할 사람으로는 누굴 보내는 것이 좋겠소?"

"소신이 직접 다녀오겠사옵니다."

김용춘이 나섰다.

"오, 고마운 일입니다. 그렇게 하도록 하십시오. 하지만 혼자서는 힘드실 터인데 함께 다녀올 사람이 없을까요?"

"이찬 수품水品이 어떨까 합니다. 백성들로부터 존경을 받고 있는 사람이니 충분히 역할을 해낼 것이옵니다."

"좋소. 경의 뜻대로 하시오."

"대왕마마, 나라를 경영하려면 뛰어난 인재가 필요할 것이옵니다."

김춘추가 작심을 한 듯 인재 이야기를 꺼냈다.

"그야 당연한 말이지요. 혹시 천거하고 싶은 인재가 있으시오? 경이 천거한다면 내 귀히 쓸 것이오."

"김서현 공의 아들 유신을 귀히 쓰시옵소서."

"지난번 낭비성 싸움에서 큰 공을 세웠던 유신을 말하는 것이구료. 내 기억하리다. 헌데 유신의 어떤 점이 뛰어난지 일러 줄 수 있겠소?"

"외람된 말씀이오나, 나라를 구하는 일이라면 소신이 목숨을 걸고 뛰어든다면 어찌할 수 있을 것 같기도 하옵니다. 하오나 전쟁에서 이기는 일은 유신이 아니면 안 될 것이옵니다. 이것이 제가 유신을 천거드리는 이유이옵니다."

"그대의 말을 들으니 크게 믿음이 가오. 한 사람은 나라의 일을 도맡을 수 있고 또 한 사람은 전쟁에 뛰어나다면 무엇이 두렵겠소. 그대의 뜻을 내 짐작하거니와 헤아려 동량棟樑으로 쓸 것이니 걱정하지 마시오."

"황공하옵니다, 대왕마마."

덕만의 즉위는 김용춘과 김유신이 조정의 새로운 실세로 등장하는 기회로 작용했다. 진평왕 시절부터 자신을 지지하던 을제와 수품 등 기존 귀족 세력에 춘추, 유신, 염장 등의 힘까지 보태게 되었으니 지지기반이 취약했던 여왕이 점점 자신의 힘을 구축해나갈 수 있게 된 것이었다.

대왕전에서 물러난 김춘추가 퇴궐한 얼마 후 김유신이 그를 찾아왔다. 김춘추는 딸 고타소랑古陀炤娘과 어린아이 하나를 데리고 정원을 거닐고 있었다.

"어서 오십시오. 그러지 않아도 공과 어른을 뵈러 갈까 하던 참이었습니다."

김춘추가 유신을 함박웃음으로 맞으며 안부를 물었다. 어른은 김유신의 아버지 김서현을 말하는 것이었다.

"애야, 인사드려라."

"고타소랑이라 하옵니다."

열 살쯤 되었을까? 아버지를 닮아 자신을 드러내는 것이 내키지 않는다는 듯 아이는 김춘추보다 한발 뒤에 선 채 고개를 숙였다. 곁에서 미소를 짓던 김춘추가 거들었다.

"제 딸아이입니다."

"반갑구나. 고타소랑이라, 예쁜 이름이구나."

"너도 인사 올려야지?"

김춘추가 고타소랑의 곁에 서 있는 대여섯 살쯤 되어 보이는 아이를 보며 말했다.

"은고恩古라 하옵니다."

말하는 투가 고타소랑을 똑 닮았다.

"그래, 너도 반갑구나. 두 사람이 다정해 보여 보기 좋구나."

"너희는 후원으로 가서 놀도록 해라."

아이들을 돌려보낸 후 춘추와 유신이 마주 앉았다.

"저 아이는…."

유신이 말을 꺼내기 무섭게 춘추가 받았다.

"고타소랑이 어릴 때 어미를 잃어 적적해하는 것이 안타까워 데려온 아입니다. 전쟁통에 부모를 모두 잃었습니다. 그래서인지 고타소랑을 여간 따르는 것이 아닙니다. 보셔서 아시겠지만 고타소랑의 말투까지 따라 하는 아입니다. 제가 해줄수 없는 것을 해주는 아이지요."

"어쩐지 외로움과 애착을 동시에 가진 아이 같더라니. 그런일이 있었군요. 공은 여러모로 좋은 일을 많이 하시는 듯합니다. 부모 잃은 아이까지 보살피시다니요."

"다 저 좋자고 하는 일일 뿐입니다. 그런데 어인 일로 찾아주셨는지요?"

"마음이 뒤숭숭하여 이야기 벗이나 될까 해서 왔습니다."

"좋습니다. 저도 마침 곡차穀茶가 그리운 참이었습니다."

오라버니가 왔다는 소식을 들은 두 동생이 술을 내왔다. 여동생들이 반가운 마음에 눈물을 흘리니 유신의 눈에서도 이슬이 맺혔다. 여동생들의 모습에는 희미한 얼굴 하나가 그림자처럼 드리워져 있었다. 잊었다고 생각했던 천관의 그것이었다. 춘추도 가슴이 뭉클했는지 하늘로 고개를 돌렸다.

동생들이 물러간 후 잔이 몇 순배 돌자 유신이 말했다.

"힘은 용력이 아니라 세력에서 나온다. 우리가 처음 만난 날 공께서 하셨던 말씀입니다. 기억하시는지요?"

"제가 그랬나요? 어린 녀석이 당돌했나 봅니다."

김춘추가 기억이 없다는 듯 너스레를 떨었다.

"당시 저는 혼란을 겪고 있었습니다. 나이가 그럴 때였지요. 뭐랄까…. 왜 사는지, 어떻게 살아야 할지 막막했다고나 할까요? 그때 공께서 하신 말씀이 참 절망적이었습니다. 어린 나이에도 저런 말을 할 줄 아는데 '나는 뭔가' 하는 생각이 들었습니다."

"어린 녀석이 아무 생각 없이 한 말이니 마음에 담아두지 마십시오."

"물론 이미 지난 일입니다. 그런데 그날 이후로 생각이 더욱 복잡해졌습니다. 집안을 일으켜 세우는 일도, 나라를 위한 큰일도 다 부질없게 여겨졌습니다. 그러다가 여자를 만났습니다. 어머니가 아셨고, 다시는 여자를 보지 않겠다고 맹세했습니다. 그리고 여자가 떠났습니다."

"저도 생각이 납니다. 천관이라는 이름…."

유신이 괴로운 듯 춘추의 말을 잘랐다.

"해론이라고 아실 겁니다."

"우리 신라의 영웅이지요."

"해론이 마지막 싸움에 나가도록 도운 것이 저입니다. 제가 김용춘 어르신께 부탁을 드렸고 해론이 자원해서 선봉이 되었습니다. 그리고 아버지의 길을 따라갔습니다."

김춘추는 고개를 끄덕이며 듣고만 있었다.

"해론이 마지막 싸움터로 가기 전에 했던 이야기가 있습니다. 당시 저는 힘겨운 상황이었습니다. 마치 저 들으라는 듯 말하더군요."

"궁금해집니다, 무척."

잠시 뜸을 들인 유신이 말했다.

"짐도 때로는 힘이 된다."

유신의 말을 춘추가 되받았다.

"짐도 때로는 힘이 된다…. 그 말이 공을 변하게 했군요."

유신이 미소를 지어 보였다.

"해론은 아버님이 자기에게는 큰 짐이었다고 했습니다. 아버지가 돌아가시자 새로운 짐이 생겼다는 것을 알게 되었다고도 했지요. 가족을 이끌어야 한다는 것, 아버지의 한을 풀어드려야 한다는 것이 새로운 짐이었던 것입니다. 그 덕에 힘껏 살아갈 수 있다고도 했지요."

"그런 뜻이었군요."

"해론이 말했습니다. 남이 짐을 지게 하면 고통이지만 스스로 짐을 지면 힘이 된다고."

"스스로 짐을 지면 힘이 된다…. 그렇군요."

"당시 저는 자신과 싸우고 있었습니다. 해론의 말이 저를 눈뜨게 했던 것 같습니다. 그 후 저는 자기와 싸우는 대신 짐을 지며 살아왔습니다. 덕분에 여기까지 오게 되었습니다만."

유신의 말을 춘추가 받았다.

"공이 자신과 싸웠다고 하셨는데 그에 비하면 저는 제 주위의 세력들과 싸운 듯합니다. 아시다시피 제 주위에는 온갖 세력이 여우 같은 눈으로 저와 집안을 노려보고 있습니다. 그 때문이었는지 자신과 싸울 여유가 없었던 것 같습니다."

"주변의 세력과 싸우면서 자신을 이겨내신 게로군요. 자신을 이기는 방법이 하나만은 아닐 것입니다. 저의 속 좁음을 다시 알게 됩니다."

"겸양의 말씀이십니다. 대저 자기와의 싸움이야말로 가장 힘든 싸움이라 하였습니다. 저는 주변을 핑계 삼아 그 싸움을 피해 왔는지도 모를 일이구요. 헌데 공께서는 제가 짐이 없다고 생각하시는 것 같습니다?"

"공도 짐이 있으십니까?"

"당연합니다. 유신 공께서 지신 짐보다 가볍지 않다고 느껴집니다. 고타소랑을 보셨지만 그 아이는 저에게 짐입니다. 그 아이가 잘 자라서 시집을 가고 아이를 낳고 행복하게 사는 모습을 보면 짐이 덜어질 듯합니다. 그것 말고도 진짜 큰 짐이 있습니다. 아버님께서는 제가 이 나라를 이끌어갈 것이라고 늘 말씀하십니다. 어떻게 생각해도 그 짐은 작은 짐이 아닙니다. 게다가 어제는 대왕마마께서 아버님과 저를 부르셔서 더욱 큰 짐을 지우시더군요."

"대왕마마께서요?"

"대왕마마를 잘 보필해달라는 짐이었습니다. 세상에 짐이 없는 사람은 없습니다. 저도 공처럼 스스로 짐을 지며 살아왔습니다. 그래서 함께 짐을 질 수 있는 사람을 대왕마마께 천거해 드렸습니다."

"함께 짐을 질 사람이라면?"

"유신 공이지 누구겠습니까?"

춘추의 말에 유신이 놀라며 너스레를 떨며 웃었다.

"너무하십니다. 어찌 공의 짐을 제게 지우려 하십니까?

"하하하."

두 사람이 동시에 웃음을 터뜨렸다.

"오늘은 술맛이 좋을 듯합니다."

술잔이 오갔고 두 사람의 얼굴이 붉어졌다.

잠시 침묵이 흐른 후 춘추가 물었다.

"우리가 잘 해낼 수 있겠습니까?"

우리라는 말 속에 담긴 신뢰를 느끼며 유신이 대답했다.

"모르겠습니다. 그래도 이 짐을 계속 지고 가볼까 합니다."

"저도 그래야 할 듯합니다. 편안한 삶이나 고통스러운 삶이
나 다를 게 없지요. 지금은 제게 지워진 짐이 중합니다."

다시 침묵이 흘렀고 유신의 목소리가 그것을 깼다.

"힘은 용력이 아니라 세력에서 나온다고 하셨습니다. 지금도
그리 생각하십니까?"

"공의 생각은 어떻습니까?"

"지금의 저는 힘이 용단勇斷에서 온다고 여기고 있습니다."

"용단이라…. 그러시군요. 저에게 힘이란 사람입니다."

유신이 일어났을 때 함께 온 종자는 졸고 있었다.

말을 타고 돌아오는 길에 술에 취한 유신이 중얼거렸다.

"사람이라…. 우리 두 사람이 도달한 곳이 결국 같은 곳 아

닌가."

무적즉적

무왕 35년634년, 백제에서는 사찰 건립을 위한 공사가 한창이었다. 법왕 때 시작했으나 왕의 죽음으로 완성을 보지 못한 왕흥사의 마무리 작업이었다. 왕실을 흥하게 하는 절이라는 뜻이니 이름 그대로 왕권의 상징이 될 터였다. 무왕의 힘이 그만큼 강해졌다는 의미이기도 했다.

왕흥사는 도도히 흐르는 사비하를 끼고 축성되었는데 단청이나 장식이 크고 화려해서 한 번 보는 것만으로도 국찰國刹임을 알 수 있을 정도였다. 사찰이 완성된 후 무왕은 사흘이 멀다고 왕흥사를 찾았다. 배를 타고 절에 들어가 주변의 아름다운 꽃과 나무를 감상하였으며 향불을 올려 왕실의 번영을 빌었다.

어느 날은 무왕이 백관을 대동한 채 배를 타고 강을 건너는데, 주변의 절경에 감동한 누군가가 무심결에 이렇게 내뱉었다.

"이 좋은 경치에 술 한 잔이면 신선도 부럽지 않겠구나!"

이 말을 들은 무왕이 작심한 듯 말했다.

"과연 그렇구나! 못할 것도 없지 않겠느냐."

그날로 무왕은 강과 절 주변을 오색채단五色綵緞으로 장식하고, 큰 배 여러 척을 묶고 그 위에 너른 판자들을 붙이도록 하여 연회장을 만들게 했다. 낮에는 거문고를 타고 놀고 저녁에는 술잔을 기울이며 마치 신선들이 사는 곳처럼 느끼게 했다. 그리고 그곳을 대왕포大王浦라 불렀다. 대왕포의 양쪽으로 펼쳐진 언덕은 기괴하게 생긴 바위와 돌로 가득 채우도록 했으며, 그 사이에 신기한 꽃과 풀들을 심어놓아 한 폭의 그림을 보는 듯 환상적인 분위기를 연출했다. 대왕포가 완공되니 무왕이 자주 가서 신하들과 술을 마시고 노래를 부르며 춤을 추고 놀게 되었다.

한번 재미를 붙인 무왕은 점점 향락에 빠져들었다. 빈과 궁녀들을 대동하고 술을 마시고 노래를 부르며 잔치를 벌였는데 어떤 날은 잔치가 사흘씩이나 계속되기도 하였다. 몇몇 생각 있는 신하들의 입에서 혀를 차는 소리가 나오기 시작했다.

312

그뿐만이 아니었다. 무왕은 부여성 남쪽에 큰 연못을 파라는 지시를 내렸다. 왕궁 바로 남쪽에 자리를 잡고 땅을 파서 인공으로 못을 만들게 한 것이다. 무왕 35년에 공사를 시작하여 무려 삼 년 동안이나 땅을 파내려 가서 거대한 연못을 만들었다. 문제는 아무리 땅을 파도 물이 나오지 않는다는 것이었다.

"대왕마마, 아무리 땅을 파도 물이 나오지 않사옵니다."

신하의 보고에 무왕은 이렇게 대답한다.

"물이 나오지 않으면 끌어오면 될 것이 아닌가?"

"하오나 물을 끌어올 수 있는 곳이 이십여 리나 떨어져 있어서…"

"이십여 리가 뭐가 멀다고 그러는가? 군사 만 명이 한 달만 땅을 파면 될 일이 아닌가?"

그리하여 군사들을 동원하여 땅을 파고 물길을 내어 이십여 리나 떨어져 있는 사비하에서 물을 끌어왔다. 그 거대한 연못은 왕궁의 남쪽에 있다 하여 궁남지宮南池라 이름 붙여졌다. 궁남지 사방 언덕에는 버드나무를 울창하게 심고 연못 한가운데에는 섬을 만들게 하였다. 그 섬은 희귀한 바위와 진귀한 꽃들로 가득 채워졌고 그 모양을 신선들이 노닌다는 방장선

313

산方丈仙山을 닮게 하였다. 이렇게 축조된 궁남지에서 왕이 궁녀들과 뱃놀이를 즐기고 흥을 돋우니, 그 모양이 중국 은殷나라의 마지막 왕인 주왕紂王이 주지육림酒池肉林에서 즐기는 것과 다를 것이 없었다.

왕이 열락悅樂에 빠져 지내니 국정이 어지러워지는 것은 당연지사였다. 처음에는 금방 그칠 것으로 여겼던 성충과 흥수도 무왕의 향락이 점점 헤어날 수 없는 지경으로 치닫자 어찌할 바를 몰라 당황스러워하게 되었다. 일상적인 국사는 이미 의자 태자가 맡고 있던 터였기에 큰 문제는 없다 할지라도 군사를 움직이는 일과 섬세한 판단이 필요한 외교적인 조치들은 아무래도 태자가 서툴 수밖에 없었다.

몇 달을 궁남지에서 연회를 베풀고 술로 세월을 보내던 무왕에게 성충이 찾아왔다. 그날도 무왕은 궁남지에서 밤이 되도록 술에 젖어 있었다.

"어찌 여기까지 오셨소?"

성충이 사람 좋은 웃음을 보이며 대답했다.

"하도 달이 좋아서 그만…"

"하하하. 경도 이제 나이가 드나 보오. 달의 정취를 아는 걸

보니. 이리 오르시오."

생사고락을 함께했던 두 사람이 밤이 늦도록 술잔을 기울이며 이야기를 나누는데 그 모습이 여간 운치 있는 것이 아니었다. 술기운이 넘쳤는지 무왕이 자주 웃음을 보이며 뒤로 넘어가기까지 했다.

"여보시오, 좌평."

"예, 대왕마마."

"그대는 사람이 왜 산다고 생각하오? 그대를 살아가게 하는 특별한 이유가 있느냐 이 말이오."

"감히 대왕마마께 드릴 수 있는 말씀인지는 모르겠습니다만… 소신의 답은 올바름이옵니다."

"올바름이라?"

"사람은 마땅히 자신이 가야 할 길이 있는 것이 아니겠습니까? 군주에게는 군주의 길이 있고 신하에게는 그에 맞는 길이 있으며 생업에 임하는 백성에는 또한 나름의 나아갈 바가 있을 것이옵니다. 그 마땅히 나아가야 할 바를 가는 것, 그것이 올바름 아니겠사옵니까?"

"좌평다운 말씀이구료."

"혹 대왕마마께서는 삶의 특별한 이유가 있으신지요?"

"삶의 이유라…. 있었지."

무왕이 혼잣말을 하듯 중얼거렸다. 고개를 들어 달을 보았다. 구름에 가려지기를 기다리는 듯 잠시 뜸을 들였다.

"사명! 선조 대왕의 뜻을 받들어 마땅히 해야 할 일을 하는 것이 사명이라 여겼으니까. 그대가 말한 올바름과 엇비슷한 게 아닐까 싶은데…."

"헌데…."

"헌데 지금은 그것이 없다네. 언제부턴가 보이질 않아… 사명이나 책임 같은 것들은 다 헛된 것이야."

"하지만 그 헛된 것들로 인해 이리도 많은 일을 해내셨고 또한 이토록 멀리 오실 수 있지 않았습니까? 대왕마마께서 해내신 일들은 여느 군주의 그것과는 다르옵니다."

"땅을 좀 더 얻었다고 그것이 무슨 의미가 있겠는가? 왕의 힘이 좀 세졌다고 뭐가 달라지겠는가? 짐에게는 아무 의미도 없다네. 오히려…, 서동 시절이 그립다네."

"서동 시절이 그리우시다니요?"

"그땐 세상 모든 것이 내 뜻대로였네. 해가 뜨면 세상으로 나가고 해가 지면 돌아왔지. 마를 캐는 일도, 동무들과 뛰노는 일도, 색시를 구하는 일도 모두 내 마음대로 할 수 있었다네.

헌데 대왕이 되고 나니 완전히 달라져 버렸지 뭔가. 선조 대왕의 뜻을 받드는 일이 내 마음을 대신하게 된 게야."

"하지만 대왕마마께서는 하실 수 있는 일이 많지 않사옵니까?"

"처음 대왕이 되었을 때는 그럴 것 같았지. 갑자기 찾아온 행운처럼 여겨졌으니까. 하지만 그렇게 보일 뿐 사실은 전혀 달랐다네. 왕이라고 해서 모든 것을 마음대로 할 수 있다고 생각하는가? 신라를 공격하는 일도, 궁궐을 짓는 일도, 새로 도읍을 옮기는 일도 내 마음대로 해본 적이 없지 않은가? 나는 서동을 잃고 용상을 얻은 게야."

무왕이 잔을 들었다.

다음 날 흥수가 성충을 찾았다.

"어제 대왕마마를 배알하셨다 들었습니다. 곧 나오시겠지요? 궁녀들 치마폭에서 술잔이나 기울일 분이 아니시지요?"

"나도 잘 모르겠네."

"답답합니다. 벌써 여러 달입니다. 어찌하여 이리되셨는지, 그 연유가 무엇입니까?"

어두운 얼굴의 흥수가 성충에게 따지듯 물었다.

"그대는 살아가는 특별한 이유가 있는가?"

"갑자기 그건 왜 물으십니까? 사람이 살아가는 것은 생명이 있기 때문입니다. 무릇 성性이란 살고자 하는 마음이며, 그것은 사람의 본성이 아닙니까."

"그런 뜻이 아닐세. 몸이 사는 이유가 아니라 마음이 살아가는 이유를 말하는 것일세."

"마음이 살아가는 이유? 그야 이루고자 하는 것이 있기 때문이지요."

"자네에게 그 이루고자 하는 것은 무엇인가?"

"백제의 중흥이지요. 관리가 나라를 위한 마음 외에 또 무엇이 있겠습니까?"

성충이 홍수의 말에 미소를 지어 보였다.

"대왕마마의 마음속에서 그것이 떠난 듯하네."

"떠나다니요?"

"지치신 게야. 대왕마마께서는 삼십여 년을 신라와 전쟁을 치르셨네. 그동안 제대로 쉬신 적이 거의 없을 정도로 국사에만 매진하지 않으셨나. 매번 발목을 잡는 귀족들도 이겨내셨고 고구려와의 관계도 우호적으로 풀어내셨네. 옛 가야의 땅을 반이나 차지하셨고 한성 땅을 다 회복하지는 못하였지만 언제든 기회만 오면 쳐서 빼앗을 수 있게 되었지. 이만큼이나마 우리 백제의 힘이 커진 것은 모두 대왕마마의 은덕이 아니겠는가?"

"그야 삼척동자도 알다시피 대왕마마의 은공 아닙니까."

"그 많은 적과 싸워오셨으니 이제 좀 쉬고 싶으신 게야."

"무적즉적無敵卽敵이로군요. 적과의 싸움이 끝나면 자신과의 싸움이 시작된다 했습니다. 국후 같은 귀족 세력들을 처단하시고 대성왕大聖王 시절만큼이나 큰 힘을 얻으셨으니…"

"좀 기다려보세."

"언제까지 기다릴 수만은 없지 않습니까? 탕왕湯王은 세숫대야에 일일신우일신日日新又日新이라 적어두고 날마다 자신을 살폈습니다. 군주는 늘 자신을 살펴야 합니다. 그렇지 못할 때는 신하들이 나서서 그 거울이 되어야 하구요."

즉위 이후 귀족들의 견제를 극복하고 신라와의 전쟁을 통해서 영토를 넓혀왔던 무왕은 새로운 백제 중흥의 시작을 알리는 중요한 역할을 했다. 그 노력이 무려 삼십여 년이나 계속되었으니 지칠 만도 했으리라. 나이가 이미 쉰을 넘어섰고 넘볼 수 없는 왕권까지 구축하여 두려워할 것이 없어진 상황에서 우연히 시작된 향락의 경험이 그를 늪으로 끌어들이고 있었다. 위급할 때는 정신을 차리지만 위험이 사라지면 방심하고 방만하게 되는 것이 사람이 아니던가? 짐을 지고 갈 때는 다른 생각을 할 겨를이 없지만 짐을 내려놓은 후에는 공허가 사람을 덮치지 않던가?

"나로서도 좋은 방도가 떠오르지 않네. 자신과의 싸움은 자기가 아니면 안 되는 법이 아닌가?"

"방도가 없다고 이러고 있을 수만은 없습니다. 제가 대왕마마를 직접 알현해보겠습니다."

홍수가 일어섰다. 그러곤 곧장 무왕에게로 달려갔다. 무왕은 대왕포에서 거문고를 타며 술을 마시고 있었다. 홍수가 대왕포에 이르렀을 때 무왕은 이미 취해 있었다.

"대왕마마, 소신 홍수이옵니다."

"그렇지 않아도 그대와 함께 술 한 잔 기울였으면 했는데 적당한 때에 왔도다. 자, 올라와서 내 술을 한 잔 받으라."

"대왕마마! 소신 홍수 주청이 있어 이렇게 무례를 범했나이다."

"주청이라? 말하라. 짐이 못 할 일이 무어 있겠는가? 그대가 원한다면 무엇이든 들어주리라."

"지금 우리 백제는 신라와의 전쟁으로 하루하루가 살얼음을 걷는 것과 같은 상황에 처해 있사옵니다. 대왕마마께서는 쓰러지는 나라를 일으켜 세우시고 선조들의 한을 풀어주시겠다고 맹세하신 후 신라를 공격하여 옛 가야의 땅을 회복하시었사옵니다. 하지만 지금의 신라는 선덕왕의 즉위 이후 내실을 다지면서 김알천과 김유신을 비롯한 무장들의 힘을 바탕으로 군사력을 키워가고 있는 실정이옵니다. 곧 신라의 대대적인 공격이 있을 수 있는 터에 대왕마마께서 이처럼 술과 향응에 빠져 계시니, 소신 어찌 통곡하지 않을 수 있겠사옵니까?"

흥수가 눈물을 흘리며 진심으로 무왕에게 호소했다.

"그대는 어찌 이리 작은 이야기를 하는가? 내 지금 잠시 쉬고 있는 것일 뿐 곧 다시 신라와의 대결을 시작할 것이다. 자, 오늘은 그런 이야기는 그만두고 이리 와서 술잔이나 받으라."

흥수의 말이 효과가 있었는지 무왕이 다소 겸연쩍어하면서 어색한 분위기를 부드럽게 만들려는 듯 술을 권했다. 흥수가 엉거주춤 잔을 받았다.

다음 날 아침 무왕은 성충과 흥수, 백기 등 3품 이상의 주요 관리들을 대왕전으로 불러들였다.

"내 오늘 그대들과 신라에 대한 공격을 논의하고자 하오."

모든 이들의 얼굴에 화색이 돌았다. 기백이 넘치던 예전의 무왕으로 되돌아왔음을 느낀 것이다. 성충이 홍수를 바라보며 눈짓을 나누었다.

"그동안 우리 백제는 신라를 공격하여 제법 많은 성과를 거두었소. 허나 중요한 순간마다 당나라의 간섭으로 그 결실을 보지 못했소. 그래서 말인데…"

"하명하시옵소서."

"신라의 급소를 칠 것이오."

"급소라시면…?"

"서라벌!"

서라벌이라는 말에 모두가 놀라 웅성거렸다. 무왕의 생각을 읽으려는 듯 성충이 물었다.

"서라벌로 가려면 신라의 성 십여 개는 족히 지나쳐야만 하는데, 어찌 곧장 가시겠다 하옵니까?"

"성을 피해 가면 되지 않겠소? 성을 피하고 밤길을 이용해 접근해서 기습한다면 철기병 수백으로도 서라벌 왕궁을 쑥대밭으로 만들 수 있을 것이오."

"하지만 너무 위험한 일이옵니다. 중간에 발각이라도 된다면…"

"큰일을 하는 데 목숨을 거는 것은 당연한 일이 아니겠소? 짐이 경들에게 묻고 싶은 것은 누가 이 일의 적임자냐 하는 것이오."

다시 여기저기서 웅성거림이 일었다.

"대왕마마, 소장 우소于召 목숨을 걸고 서라벌로 진격하겠사옵니다."

얼굴이 시뻘건 장수 하나가 자청했다. 우소는 활쏘기에 능하여 말을 타고 달리면서도 이백 보 밖의 사람을 맞출 수 있을 만큼 명궁이었다.

"오호, 우소 그대라면 내 믿고 군사를 맡길 수 있겠노라."

"소장에게 철기군 오백을 내주시면 기필코 신라 왕의 수급을 가져오겠나이다."

"좋다! 그대에게 철기군 오백을 주겠다. 반드시 승리하고 돌아오라."

걱정스러운 듯 지켜보던 성충이 나섰다.

"대왕마마, 우리 군사의 움직임을 적군들이 간파할까 두렵사옵니다. 정 서라벌을 공격하시려면 성동격서聲東擊西가 필요할 것이옵니다."

"성동격서라?"

"군사를 내어 신라의 독산성을 치게 하옵소서. 그리하시면 분명 신라군의 이목이 독산성에 쏠리게 될 것이고 서라벌을 습격하는 철기병들이 수월하게 움직일 수 있을 것이옵니다."

"좋은 생각이오. 독산성을 공격하는 척하면서 실제로는 서라벌 왕궁을 친다! 그러면 누가 독산성 공격으로 이목을 끌겠소?"

"대왕마마, 소장에게 그 임무를 맡겨주시옵소서. 소장 그러한 임무에 익숙하옵니다."

장군 백기가 나서며 말했다. 능청스러운 기질이 있는 백기를 잘 알고 있던 성충이 그에게 비슷한 일을 맡긴 적이 있었다.

"좋다! 백기 장군, 그대는 독산성을 공격하도록 하라. 그대의 목적은 독산성을 빼앗는 것이 아니라 최대한 적군의 이목을 끄는 것임을 잊지 말도록!"

"예, 대왕마마. 임무를 완수하고 돌아오겠사옵니다."

명을 받은 우소는 용맹스러운 철기병 오백을 선발하여 서라벌로 향했고, 장군 백기는 일천이백의 기병으로 이루어진 별도의 부대를 이끌고 독산성을 향해 떠났다. 백기의 군사들이 독산성 앞에 진을 치니 놀란 주변의 여러 성에서 급히 지원군을 편성하는 등 움직임이 분주해졌다. 이 틈을 노린 우소의 오백 기병은 야음을 틈타 산길을 이용하여 대야성을 돌아들어 갔다. 다행히 대야성을 지키는 신라군에게 들키지 않고 무사히 지나칠 수 있었다. 그렇게 우소와 군사들은 낮에는 숲에 몸을 숨기고 밤에는 길을 재촉해 서라벌을 눈앞에 두게 되었다.

한편 신라의 선덕왕은 희한한 보고를 받았다.

"대왕마마, 며칠째 이상한 일이 계속되고 있사옵니다."

"이상한 일이라니 무슨 일인가?"

"옥문지에서 개구리들이 나와 며칠째 울고 있사옵니다."

"개구리들이 울고 있다? 겨울이 코앞인데 개구리라? 어디 직접 한번 봐야겠소. 앞장서시오."

선덕왕이 신하를 대동하여 직접 옥문지에 이르니 정말로 개구리들이 떼로 몰려나와 울고 있었다. 그 소리가 얼마나 큰지 사람이 접근하기 어려울 정도였다. 그 모양을 상세히 들여다보던 선덕왕이 갑자기 무슨 생각이 들었는지 황급히 명을 내렸다.

"장군 김알천을 불러오라!"

밤늦게 명을 받은 김알천이 황급히 달려왔다.

"대왕마마, 어인 연고로 깊은 밤중에 부르셨는지요?"

"그대는 옥문곡이라는 곳을 아는가?"

"지난번 왕재성을 구원하러 가는 길에 대야성 인근에서 옥문곡이라는 지명을 들은 적이 있사옵니다. 헌데 어인 일로…"

"그대는 군사 이천을 이끌고 지금 즉시 옥문곡으로 출발하라. 그곳에 적군이 숨어 있을 것이니 반드시 섬멸하고 돌아오라."

"그곳에 백제군의 공격이라도 있는 것인지요?"

"가보면 알 것이다. 지체하지 말고 지금 즉시 출발하라."

김알천은 영문도 모른 채 황급히 군사 이천을 모아 출발했다. 밤새 군사를 몰아 달리니 새벽녘에 옥문곡에 이르게 되었다. 정찰을 보낸 병사들이 돌아와 알렸다.

"백제의 기병 오백여 명이 옥문곡에 숨어 쉬고 있습니다."

"과연 대왕마마의 예측이 맞았구나! 군사들은 들어라. 즉시 옥문곡을 습격하여 백제의 군사들을 섬멸한다. 세 방향으로 진군할 것이다. 한 명의 적도 살려 보내서는 안 된다."

김알천이 세 방향으로 포위하여 옥문곡의 백제군을 향해 포위망을 좁혀 들어갔다. 불침번을 서는 군사들의 이목을 피하기 위해 말에서 내려 조심스럽게 접근했다. 백 보까지 접근하자 김알천이 궁수들에게 활을 쏘게 했다. 활을 맞은 백제 군사 수십 명이 쓰러지자 김알천의 명에 따라 신라군이 일시에 함성을 지르며 백제군을 기습했다.

당황한 백제군이 제대로 반격을 가하기도 전에 일선을 무너뜨렸다. 우소가 급히 군사들에게 진을 짜게 하여 방어를 하게 한 후 자신은 활을 들어 달려오는 신라군을 향해 쏘았다. 하지만 수적으로 열세인 데다 기습을 당한 터라 오래 버티기는 어려웠다. 하나둘씩 군사들이 쓰러져 갔고 삼면으로 포위를 당해서 달아날 수도 없는 상황이었다. 뒤는 절벽이고 앞은 신라군이었다. 우소가 남은 화살을 모두 쏘아 신라 병사 여러 명을 쓰러뜨리고는 칼을 뽑아들며 소리쳤다.

"내가 백제의 장군 우소다. 나와 저승길을 동행할 자는 앞으로 나서라!"

나아가 칼을 들이치니 순식간에 네 명의 신라 군사가 칼에 맞아 쓰러졌고 주변의 군사들이 두려워 다가서지 못했다. 이때 화살 하나가 날아와 어깨에 박히니 그 충격으로 우소의 한쪽 무릎이 꺾어졌다. 박힌 화살을 잡아 부러뜨린 우소가 무릎을 세우는 순간, 다시 날아온 화살이 가슴을 뚫었다. 그 위로 신라군의 창칼이 난무했다.

이리하여 우소가 이끌고 온 오백의 철기병은 모두 도륙을 당해 한 명도 살아 돌아가지 못했다. 김알천이 이들의 수급을 수습하게 한 후 서라벌로 돌아가 왕에게 전과를 보고했다.

"백제의 기마병 오백을 모두 참하는 전공을 올렸사옵니다. 하온데 옥문곡에 군사들이 숨어 있다는 사실을 어찌 아셨사옵니까?"

김알천의 물음에 여왕이 답했다.

"옥문지에 울고 있다는 개구리들을 보니 마치 성난 군사 같지 뭡니까? 가만 생각해보니 언젠가 옥문곡이라는 지명이 있다는 소리를 들은 것이 기억나더군요. 이것은 필시 적의 기습을 알리기 위해 하늘이 도움을 주신 것이라는 생각이 들었지요. 그래서 혹시나 해서 장군을 보냈던 것이오."

"아, 탄복할 일이 아니옵니까? 이는 분명히 하늘이 우리 대왕마마를 아끼시는 것입니다. 대왕마마의 지혜가 이토록 영명하시니 백제와 고구려가 어찌 두렵겠습니까?"

김알천이 과장된 표현으로 여왕의 영명함을 찬양하니 주변의 백관이 고개를 끄덕이며 여왕의 덕을 높이 받들었다.

오백 기병의 전사 소식은 곧 독산성을 공격하던 백기에게 전해졌고 이어 사비의 무왕에게 보고되었다. 무왕이 하늘을 우러러 탄식한 후 말했다.

"하늘이 돕지 않는구나! 하늘이."

그날 무왕은 빈과 궁녀들을 데리고 궁남지에 배를 띄웠다.

무왕은 다시 열락에 빠져들었다. 옥문곡에서의 패전으로 기가 꺾여버린 것이다. 하늘이 자신을 돕지 않는다는 생각이 굳어지면서 자신의 역할은 여기까지라고 제한하고, 국사도 의자 왕자에게 일임해버렸다. 대신 술과 노래, 빈들과의 놀이로 지친 심신을, 전쟁으로 얼룩진 삶을 보상받고자 했다.

얼마 후 사냥대회가 열렸다. 말을 타고 활을 쏘고 창을 던져 짐승을 사냥하는 대회였으나 실은 무술이 뛰어나고 용맹한 장수를 뽑으려는 방편이었다. 성충의 제안으로 시작된 사냥대회는 매년 이루어졌으나 신라와의 전쟁으로 삼 년을 내리 쉬었다. 오래간만에 열리는 사냥대회다 보니 너나없이 많은 인재가 몰려들어 기량을 뽐냈다.

나흘을 겨룬 대회에서 장원으로 뽑힌 이가 있었다. 활을 쏘는 솜씨도 훌륭하거니와 특히 창을 쓰는 솜씨가 귀신도 쓰러뜨릴 정도로 날쌨다. 성충이 그의 창 솜씨를 보고는 기쁨을 감추지 못해 달려나가다 미끄러져 넘어졌을 정도다. 의자 왕

329

자 앞으로 불려 온 이는 크지 않은 키에 마른 몸, 날카로운 눈매 속에 고독이 느껴지는 스물이 갓 넘어 보이는 젊은이였다.

"이름이 무엇인가?"

"계백階伯이라 하옵니다."

"계백이라… 좋은 이름인데 성性은 있는가?"

성이 있느냐는 물음에 계백이 머뭇거렸다. 잠시 후 결심을 했는지 고개를 들어 말했다.

"조부께서 지어주신 본래 이름은 부여승扶餘升이옵니다."

"성이 부여扶餘란 말이냐?"

성이 부여라는 말에 주변의 시선이 모두 계백에게로 쏠렸다. 그도 그럴 것이 부여는 백제 왕족의 성이었기 때문이다.

"그러하옵니다. 조부께서 그렇게 알려주셨사옵니다."

"소상히 말해보라. 그대의 조부께서는 누구이며 어떤 분이셨는가?"

"조부께서는 혜왕 대왕惠王大王님의 아드님으로 위로는 법왕 대왕님이 계신 것으로 아옵니다."

"그렇다면 승하하신 법왕 대왕님의 동생분이 아니신가? 이런 반가운 일이 있나! 그렇다면 아버님은 어떻게 되셨는가?"

"아버님께서는 신라와의 전쟁에서 전사하셨사옵니다. 아버님께서 돌아가신 후 조부님께서 저를 데리고 궁에서 나오시었다 들었사옵니다."

"놀라운 일이로다. 나라에 목숨을 바친 왕족의 후예가 지금 내 앞에 나타나지 않았는가? 따지고 보면 그대와 나는 사촌 지간이 될 터."

"여봐라! 계백과 함께 대왕마마를 배알할 터이니 채비를 하도록 하라."

계백을 본 무왕이 크게 기뻐했음은 말할 것도 없다. 무왕은 계백을 중용하여 부장군으로 삼았다.

한편 의자 왕자가 계백과 함께 무왕을 알현하는 자리에는 또 한 명의 젊은이가 함께하고 있었다.

"대왕마마, 오늘 계백과 함께 새로운 인재를 데려왔사옵니다."

무왕이 엎드린 젊은이를 내려다보며 물었다.

"그대는 누구인가?"

"소인은 윤충允忠이라 하옵니다."

곁에 있던 의자가 무왕을 보며 보충했다.

"윤충은 성충 좌평의 아우가 되옵니다."

무왕의 얼굴에 화색이 돌았다.

"그래? 성충 군사에게 이런 젊은 동생이 있었다니 기쁜 일이로구나. 오늘 우리 백제가 두 명의 귀인을 얻었으니 어찌 잔치가 없을쏘냐. 여봐라, 궁남지에서 두 귀인을 환영하는 연회를 성대하게 열 터이니 준비하도록 하라."

그리하여 두 사람을 위한 연회가 열려 모두 술을 마시고 춤을 추며 기쁨을 누렸다. 그러나 오직 두 사람만이 어두운 얼굴이니 성충, 홍수가 그들이었다.

며칠 후 홍수가 성충을 찾아왔다.

"이대로 있을 수는 없습니다. 대왕마마께서 수년째 매일 궁녀들과 술에 빠져 계신데 신하 된 자가 어찌 가만히 있을 수 있단 말입니까?"

"지난번처럼 자네의 충언이 효과가 있다면 좋겠지만 그렇지 않다면 간언하지 않음만 못할 수 있네."

"그렇다 할지라도 가만히 있을 수는 없습니다."

홍수가 성충의 만류를 뿌리치고 무왕 앞에 엎드렸다. 궁남지의 배 위에 앉은 무왕을 향해 홍수가 고했다.

"중국 은나라 주왕은 달기妲己라는 여자에 빠져 별궁의 정원에 큰 연못을 만들어 술로 채우고 주위 나무에 고기를 매달아 놀고 즐기다 나라를 망쳤사옵니다. 또한 주周나라의 유왕幽王은 포사褒姒라는 여자에 빠져 국사를 돌보지 않고 향락에 젖은 결과, 또한 나라를 빼앗겼으니 어찌 두려운 일이 아니겠사옵니까? 우리 백제국의 선조 대왕들께서는 늘 이 점을 염두에 두시고 국사에 매진할 뿐 여자와 술을 멀리하셨으니, 이는 만고의 영화를 위한 방편이셨사옵니다. 지금 대왕께옵서 빈들과 배를 띄움은 선조 대왕께서 멀리하셨던 것들을 받들어 나라를 위태롭게 하시는 일이니 어찌 신하 된 입장에서 고하지 않을 수 있겠사옵니까? 온 백성이 대왕마마 한 분을 의지하여 우러르는데 그들을 불쌍히 여기시어 지혜롭고 영명하신 마음으로 굽어살펴주시옵소서."

홍수의 피를 토하는 듯한 간언에 무왕이 움찔하더니 점점 얼굴이 붉게 달아올랐다.

"지금 짐이 하는 모양이 주지육림의 주왕의 그것과 다르지 않다는 말이렷다! 네가 짐을 능멸하는 것이냐? 그렇지 않고서야 어찌 짐을 주왕에 비유하느냐! 짐은 잠시 마음을 달래고 있을 뿐이거늘. 뭣들 하느냐, 저놈을 당장 끌어내지 않고!"

호위군사들에게 끌려나가던 홍수가 눈물을 훔치면서 외쳤다.

"대왕마마, 어찌 동성 대왕東城大王의 전철을 밟으려 하시옵
니까!"

동성 대왕이라는 말에 무왕이 진노했다. 동성왕은 왕권 강
화를 위해 노력했으나 말기에 향락에 빠져 자객에 의해 암살
되었다. 무왕을 깨우치려던 홍수의 충언이 역린逆鱗을 건드린
꼴이 되고 말았다.

"저놈을 끌고 가 당장 목을 쳐라!"

무왕이 흥분하여 명을 내렸지만 주위의 군사들은 선뜻 행
하지 못하고 머뭇거렸다.

"뭣들 하느냐! 당장 저놈의 목을 치지 않고!"

그제야 군사들이 홍수를 끌어내 그 자리에서 목을 치려 했
다. 순간 성충이 달려와 엎드렸다. 혹시나 싶어 홍수를 따라왔
던 것이다.

"대왕마마, 홍수가 실언을 하였사옵니다. 비록 실언을 했다
하나 대왕마마와 나라를 위하는 마음에서 그리한 것이니, 그
마음이 지극함을 굽어살피시옵소서."

"좌평은 어찌하여 여기까지 나서신 게요? 내 오늘은 좌평
의 얼굴을 봐서 참도록 하겠소. 꼴도 보기 싫으니 어서 끌고
가시오."

성충이 눈물로 범벅이 된 홍수의 팔을 붙잡고 물러났다. 잠시 후 안정을 되찾은 홍수가 말했다.

"그토록 영민하시던 대왕께서 어찌하여 이렇게 되셨는지…"

성충도 말이 없었다.

"덕분에 목숨을 건졌습니다. 신세를 졌습니다."

정신이 드는지 홍수가 말했다.

"이걸로 연판장의 빚은 갚은 셈 치세."

그날 성충과 홍수는 사비하의 물을 바라보며 뜨거운 피를 식혔다.

일 년 후, 궁궐 내실에서 의자 태자가 엎드려 울고 있었다. 침상에 누운 무왕이 손짓으로 의자를 일어나게 했다. 손을 달라는 뜻임을 알고 의자가 따랐다. 의자의 손을 잡은 무왕이 가느다란 소리로 뭔가를 이야기했다. 소리가 작아 의자가 귀를 가까이 댔다.

"내정內政에 대한 일은 홍수에게 묻고, 군사軍事에 대한 일은 성충에게 물어 반드시 신라를 정복하여 선조들의 뜻을…"

말을 마치지 못한 무왕의 손에서 힘이 빠져나갔다. 의자 태자를 비롯한 왕자들과 백관이 곡을 했다.

641년, 백제 무왕이 승하했다. 사십이 년간 재위한 무왕은 백제의 영웅이었다. 서동 출신이라는 한계를 뛰어넘어 귀족 세력들을 물리치고 강력한 왕권을 이루어냈으며 신라를 지속적으로 압박하여 옛 가야의 절반이나 되는 광대한 영토를 얻어냈다. 늘 수세에 몰리기만 했던 백제가 신라를 힘으로 제압하는 모습을 보여주면서 새로운 청사진을 제시한 것이다. 그의 공을 기려 시호를 무武라 하였다.

그러나 적과의 싸움에서 승리한 무왕이었지만 결국 내면의 적에게 무너졌다. 자신의 견제할 세력이 사라지자 향락에 빠져들었고 그것이 흠집으로 남았으니 안타까운 일이 아닐 수 없다. 거인은 쓰러졌고 청사진의 실행은 후세에 맡겨졌다.

의자왕,
칼을 뽑다

무왕의 뒤를 이어 의자가 왕위에 올랐다. 이미 마흔을 훌쩍 넘긴 나이였다. 왕자로 오랫동안 아버지의 모습을 지켜봐 왔기에 국사를 잘 알았다. 용맹이 빼어났고 결단력 또한 탁월해서 군주로서의 능력이 역대 어느 대왕에 비해 떨어지지 않았다.

왕위에 오른 의자왕이 먼저 한 일은 여러 지방을 돌며 백성들을 어루만지는 일이었다. 죽을죄를 지은 경우를 제외한 모든 죄인을 사면하여 생업에 힘쓸 수 있도록 했고, 억울한 백성들의 이야기를 들어 살길을 열어주는 데 많은 시간을 보냈다. 덕분에 백성들의 칭송이 사방에 퍼져 나갔다.

의자왕이 백성을 다독이는 동안 신라의 서라벌에서는 떠들

썩한 잔치가 벌어지고 있었다. 김춘추의 딸 고타소랑과 김품석金品釋의 혼례였다. 두 세도가의 결합이니만치 성대한 혼인이었고 잔치가 사흘이나 계속되었다. 선덕왕의 총애를 받는 김춘추 집안의 혼사다 보니 지위 고하를 막론하고 서라벌의 모든 관리가 잔치에 몰려들었다. 이렇게 사람이 몰린 데는 김품석 집안의 힘도 크게 작용했다. 김품석은 벼슬이 이찬에 오른 진골이었다. 누구나 짐작하듯이 다분히 정치적 계산이 깔린 혼인이었다.

김유신은 혼례를 지켜본 후 집으로 되돌아갔다가 사람들이 뜸해진 사흘째 되는 날 김춘추의 집을 다시 찾았다. 사흘이나 되는 잔치를 치르다 보니 김춘추의 얼굴이 핼쑥했다.

"따님을 보내니 서운하시지요?"

유신이 춘추의 마음을 안다는 듯 물었다.

"서운하다 뿐이겠습니까? 가슴 한곳이 뻥 뚫린 기분입니다."

"명문가에 시집을 갔으니 잘 살겠지요. 이제 짐을 하나 내려놓은 셈 치십시오."

"저도 그렇게 생각 중입니다. 헌데 짐을 내려놓았다고 생각했는데 그게 영…"

말을 마무리 짓지 못하는 김춘추의 마음을 아는 듯 유신이 이어받았다.

"품석이 걱정되시는 게지요? 소문이 좋지 못한 위인 아닙니까? 어찌 그런 자와 혼인을 허락하신 것인지…"

"아버님의 뜻입니다. 고령이신 데다 지병까지 계시니 손자 한번 안아보고 싶은 마음이 크신 게지요. 김품석의 집안과 혼례를 올리는 것이 우리 집안에도 좋을 것이라 여기시는 듯합니다."

"공께서는 이제 아버님의 짐까지 지려 하시는군요."

"져야 할 짐이라면 져야지요. 다행히 은고가 고타소랑을 따라가겠다니 위안이 됩니다."

유신은 은고를 떠올렸다. 은고는 유신에게 어둠이 많았던 아이로 기억되고 있었다.

"시집가는 주인을 따라가는 것이 자신의 운명이라며 한사코 따라나섰습니다."

"다행스러운 일이 아닙니까. 따님께서도 은고를 아끼니 서로 위안이 될 것입니다. 헌데 이렇게 위험할 때 대야성의 도독都督이라니…"

대야성 도독이라는 유신의 말에 춘추가 크게 숨을 내뱉었다. 대야성의 성주가 병석에 눕자 선덕왕이 왕실 인척인 김품석을 도독으로 임명한 것이다. 대야성은 백제가 눈독을 들이는 곳이었기에 진골 귀족 중에서도 이찬 벼슬은 되는 사람이 도독으로 가는 것이 좋겠다는 것이 조정 대신들의 중론이었다. 이를 옳게 여긴 선덕왕이 하필 고타소랑과 혼인을 한 김품석을 임명하고 말았다. 덕분에 김춘추는 혼례를 올리자마자 딸과 사위를 대야성으로 떠나보내야 했다. 그때까지도 김춘추는 상상하지 못했을 것이다. 그날이 딸을 보는 마지막 날이었음을.

대야성주로 임명된 김품석은 아내가 된 고타소랑과 수십 명의 노비, 군사 일천 명을 데리고 대야성에 도착했다. 이찬이라는 높은 벼슬의 성주가 왔다는 소식에 대야성의 토호土豪들이 바짝 긴장해서는 첫날부터 성대하게 부임축하연을 열고 대대적인 환영행사를 벌였다. 토호와 관리들의 환대를 받은 김품석은 예상치 못한 대접에 기뻐하며 술잔을 받아넘기느라 정신이 없었다. 이튿날도 관내 순찰을 핑계 삼아 산천 유람으로 떠들썩하게 술자리를 만들었고, 이런 환영행사가 하루도 빠지지 않고 계속되었다. 토호들과 관리들이 돌아가며 자리를 마련한 덕분에 석 달이 넘도록 잔치가 끝나지 않았다. 서라벌에서는 누릴 수 없는 또 다른 권력의 맛을 알게 되면서 김품석은 어깨에 힘이 들어갔고 마치 세상의 주인이 된 듯한 기분에 빠져들고 있었다.

여기에 새로운 성주가 색色을 밝힌다는 것을 안 토호들이 연일 어여쁜 기생들을 불러 곁에 앉히니 자신이 새신랑이라는 사실을 잊을 정도였다. 신랑이 이 지경이니 새신부의 심정은 오죽했을까? 고타소랑의 곁을 떠나지 않고 지키던 은고가 마음이 아팠는지 울며 말했다.

"아씨, 힘드시면 어르신께 서찰을 띄워 서라벌로 가시는 것은 어떨까요?"

"나는 괜찮다. 내 곁에 네가 있으니 마음이 놓이는구나."

"나리께 알려야 하지 않을까요? 나리께서도 기뻐하실 테고 아씨를 아껴주실 것입니다."

고타소랑이 자신의 배를 쓰다듬었다. 고타소랑은 임신 사실을 김품석에게 알리지 않았다. 아니, 알릴 기회가 없었다.

어느 날 대야성의 창고관리를 맡고 있던 사지舍知 검일黔日이 성주를 자신의 집에 초대했다. 마다할 품석이 아니었다. 검일은 창고관리라는 보잘것없는 일을 맡고 있었으나 제법 세도를 부리고 있는 터였다. 백성들로부터 거두어들인 포袍와 곡식들을 유용한 후에 장부에는 있는 것처럼 꾸며놓는 것이 그의 일이었다. 물론 성주의 지시로 이루어지는 일이었고, 덕분에 성주의 수족이 되어 세도를 부렸다. 이 때문에 관등이 높은 이들도 은근히 그의 눈치를 보았다.

상다리가 부러질 듯 고기와 안주들이 늘어섰지만 김품석은 술만 마실 뿐 안주에는 손도 대지 않았다. 다른 곳을 보느라 정신이 없었기 때문이다. 그가 곁눈질로 보는 곳은 바로 검일의 아내였다. 큰 손님이 오신다고 제법 분칠을 한 것이 품석에게는 여간 마음에 드는 것이 아니었다. 이런 성주의 마음도 모르고 검일은 안주가 부실해서 그러는 줄 알고 하인들만 들볶았다.

자리가 파하고 돌아오는 길에 수행을 하던 아찬 서천西川이 품석의 마음을 읽고는 말했다.

"검일의 아내가 미색이 뛰어나더이다. 검일 같은 자에게는 아까운 여자이지요."

"보는 눈이 너와 내가 같구나."

"자고로 영웅은 여러 여자를 취하는 법, 제게 좋은 생각이 있사옵니다."

귀가 솔깃해진 품석이 자세히 묻자 서천이 말했다.

"조만간 제가 검일을 불러내 술자리를 마련할 터이니 그 틈에 나리께서 검일의 집에 드십시오."

며칠 후 서천이 검일을 불러냈다. 지난번 초대에 대한 답례로 술을 대접한다며 연통을 넣으니 한걸음에 달려왔다. 성주의 보좌관이 부르니 만사를 제치는 것은 당연한 일이었다. 서천이 검일에게 연거푸 술을 따르자 검일이 대취하고 말았다.

그사이 김품석은 모르는 척 검일의 집에 들러 주인을 찾았다. 성주의 목소리에 놀란 검일의 아내가 달려 나와 주인이 출타 중임을 알렸지만 품석은 은근슬쩍 마루에 걸터앉았다. 헛기침을 하며 검일의 아내에게 말했다.

"아름다운 꽃에는 그에 어울리는 나비가 깃들고, 여인이 고우면 그에 걸맞은 호걸이 찾는다 했소. 그런데 이 집에는 꽃은 아름다우나 그에 어울리는 나비가 없으니 어찌할꼬?"

여주인이 말뜻을 생각하는 사이 품석이 덧붙였다.

"그대를 분盆에 담아 성으로 모실까 하오만."

눈치 빠른 검일의 아내가 성주의 마음을 읽었다.

검일의 아내가 자리를 떴다. 잠시 후 안에서 목소리만 흘러나왔다.

"채비가 되었나이다."

이 소리에 김품석이 방으로 들었다.

얼마 후 검일의 아내는 김품석의 후처가 되어 성으로 들어갔다.

지방을 돌며 백성을 위무하는 일을 마친 의자왕은 칼을 잡았다. 아버지의 유언을 실행하겠다는 강한 의지로 군사를 일으킨 것이다. 성충과 흥수, 윤충, 계백, 흑치상지黑齒常之 등 좌평과 달솔 이상의 관리들을 대왕전으로 불러들였다.

"지금부터 승하하신 대왕마마의 뜻을 받들어 신라를 칠까 하오. 그대들의 의견을 듣고 싶소."

"학수고대하던 명이시옵니다. 우리 백제의 기상이 만천하에 떨쳐질 것이옵니다."

흥수가 눈물을 흘리며 기뻐 말했고, 성충은 감격스러운 듯 눈을 감고 고개를 끄덕였다.

"군사들의 상황은 어떠하오?"

의자왕의 물음에 성충이 대답했다. 그는 군사 업무를 총괄하는 위사좌평衛士佐平으로 임명되어 있었다.

"오늘 당장 신라를 공격한다 해도 사만의 군사는 동원할 수 있사옵니다. 한동안 싸움이 없었던 터라 군사들이 충분히 쉴 수 있었고 풍년이 들어 군량미를 십만 석이나 비축해두었으니 언제든 신라를 공격할 수 있을 것이옵니다."

"좋소. 그렇다면 신라의 어디를 치는 것이 좋겠소?"

"소신 흥수 아뢰나이다. 승하하신 무왕께옵서 전군을 휘몰아 신라의 당항성을 공격하시려다 당나라의 간섭으로 물리신 적이 있사옵니다. 이번에도 전군을 휘몰아 공격하되 반드시 신라가 당나라에 구원을 요청하기 전에 끝을 봐야 할 것이옵니다. 그렇게 된다면 아무리 당나라의 간섭이 있다 해도 이미 싸움이 끝난 후이기 때문에 어찌할 수 없을 것이옵니다. 또한 신라에 대한 공격은 아직도 회복하지 못한 옛 가야의 땅이 적당하다고 사료되옵니다. 지금 신라는 고구려와의 싸움으로 병력을 북쪽 전선으로 배치한 탓에 동쪽 방비가 소홀하다는 것이 그 이유이옵니다. 이때야말로 가야의 땅들을 완전히 회복할 수 있는 절호의 기회가 아닌가 하옵니다."

"옳은 생각이오. 이번 싸움은 시간이 승패를 좌우할 터인즉, 속전속결로 싸움을 끝내야 하오. 선봉으로 누가 좋겠소?"

"소신 윤충을 선봉으로 삼아주시옵소서."

"오, 윤충! 그대라면 믿고 선봉을 맡길 수 있을 것이오. 위사좌평과 함께 형제가 나서준다면 이번 싸움은 이긴 것이나 다름없겠소."

"대왕마마, 소신 계백 아뢰나이다. 어찌 큰 싸움을 형제에게
만 맡기려 하시옵니까? 소장 대왕마마의 은덕을 입은 지 오래
이나 아직 공을 세우지 못한 부끄러움에 고개를 들지 못하고
있사옵니다. 부디 위사좌평 형제와 함께 공을 세울 수 있도록
기회를 허하여주시옵소서."

"이거 난감하지 않소. 두 장군이 모두 선봉에 서겠다고 하
니…."

의자왕이 윤충과 계백을 두고 고민을 하는 사이 홍수가 나
섰다.

"대왕마마, 큰 전쟁에는 장군이 여럿 있다 해도 나쁘지 않을
것이옵니다. 두 장수를 모두 선봉으로 삼으면 어떠하실지요?"

"그 말이 옳소. 두 장군은 각 좌군과 우군을 맡아 선봉에 서
고, 짐은 위사좌평과 함께 중군을 맡도록 하겠소."

"그러시면 친정을 하시겠다는 말씀이옵니까?"

"그렇소. 내 직접 신라를 정벌하여 백제의 위상을 드높이고
승하하신 대왕마마의 영전에 신라 왕의 목을 바칠 것이오!"

그리하여 의자왕이 직접 사만의 군사를 거느리고 신라로 진

격하니 윤충과 계백이 각각 일만의 군사를 거느리고 선봉이 되었다. 윤충은 북쪽을, 계백은 남쪽을 맡아 진격하니 신라의 성들이 낙엽처럼 떨어졌다. 당시 신라는 고구려와의 전쟁으로 북쪽 전선에 대부분의 병력이 몰려 있었다. 그런 까닭에 압도적인 병력의 차이를 감당할 수 없었고, 수십 개의 성으로 병력이 분산되어 규모 있는 싸움을 벌여보지도 못한 채 성들이 하나씩 점령당하고 말았다.

신라는 급히 당나라에 구원병을 청하는 사신을 보내는 한편, 지원병을 편성하여 군사를 급파했다. 그러나 매복에 걸려 허리가 끊어지거나 백제군의 세력에 겁을 먹고 싸워보지도 못한 채 돌아오고 말았다. 그리하여 두 달 만에 사십여 개의 성이 항복하였고 수만 명의 군사와 백성이 포로가 되어 백제로 끌려갔다. 그야말로 속전속결이었다. 당나라에 구원을 청하러 갔던 사신이 돌아오기도 전에 싸움은 거의 끝나 있었다. 이제 옛 가야의 땅 중에서 남은 성이라고는 오직 하나 대야성뿐이었다.

백제가 대야성을 치지 못했던 까닭은 당나라에서 국서國書를 소지한 사신이 도착했기 때문이다. 국서에서 당 태종은 늘 그렇듯이 고구려, 백제, 신라는 싸움을 멈추고 화친할 것을 권

고하였다. 그렇지 않을 경우 무력을 동원하겠다는 협박도 여전했다. 백제는 전통적으로 중국 세력과 화친을 맺으면서 좋은 관계를 유지하려고 노력해왔다. 태종의 국서에 화답하여 매번 신라를 공격하지 않겠다고 약속했던 이유도 여기에 있었다. 괜히 중국의 군사들을 끌어들일 빌미를 제공할 필요가 없었기 때문이다. 당나라에는 신라를 공격하지 않겠다고 약속해놓고는 다시금 신라를 공격하는 것이 백제의 전략이었다. 당나라도 이런 사실을 알고 있었지만 웃는 얼굴에 침 못 뱉듯 늘 사죄를 하고 약속을 해오는 통에 어떻게 할 빌미를 얻지 못했다. 게다가 당나라의 당면한 적은 백제가 아니라 고구려였기에 크게 신경을 쓰지 않는 눈치이기도 했다.

사십여 개나 되는 성을 단번에 빼앗긴 신라는 충격에 휩싸였다. 선덕왕은 백관을 불러 대책을 논의했으나 고구려와의 전쟁으로 한수 유역을 지키기도 힘든 판이었기에 마땅한 대안들이 나오지 않았다. 그나마 백관이 한목소리를 내는 것이 있었으니 무슨 수를 써서라도 대야성은 지켜내야 한다는 것이었다. 대야성을 빼앗기면 서라벌이 백제군의 코앞에 드러나기 때문이다. 당나라가 나서서 백제에 압력을 행사하고 있는 상황이었기에 시간을 벌 수 있다는 것이 다행이라면 다행이었다. 하지만 백제가 언제까지 팔짱만 끼고 있지는 않을 것이기에 근본적인 대책을 세워야 했다.

우왕좌왕하는 사이, 대야성을 백제의 대군이 포위했다는 파발이 날아들었다.

불타는 대야성

당나라에 사신을 보내 신라를 공격하지 않겠다고 확약을 한 의자왕은 보낸 사신이 돌아오기 무섭게 대군을 출병시켰다. 윤충과 계백으로 하여금 대야성을 치게 한 것이다. 윤충에게는 대야성을 포위 공격하는 임무가, 계백에게는 적군의 지원병을 차단하는 임무가 맡겨졌다. 언제나처럼 성충은 주도면밀하게 작전을 세웠다. 적군의 지원병을 끊을 수 있다면 대야성을 무너뜨리는 일은 시간문제라는 생각에서였다.

토호들의 초대에 불려다니며 주색에 빠져 있던 성주 김품석에게 백제가 성을 포위했다는 소식은 혼비백산할 일이었다. 설마 이곳 대야성까지 백제군이 몰려오리라고는 생각조차 해보지 않았기 때문이다. 그래서 서쪽 변경의 여러 성이 함락되고 있다는 파발이 연이어 도착했을 때에도 품석은 서라벌에 서신을 보내 구원병을 보내달라고만 할 뿐 성을 방비하기 위해 어떤 조치도 취하지 않았다. 성안에 있던 수비병들은 고작해야 오천을 넘지 못했고 일만 명이 넘는 백성이 있었지만 싸움에는 도움이 되지 않는 노인이나 여자들이 대부분이었다.

백제군이 도착하는 날도 김품석은 성주 자리를 비웠다. 오히려 성의 군사를 지휘한 것은 고타소랑이었다. 군사들을 배치하고 역할을 맡기는 일을 모두 그녀가 이끈 것이다. 품석은 백제군이 성을 포위한 후에야 황급히 돌아왔다. 성을 여러 겹으로 포위한 백제군을 본 품석이 부관들에게 분노를 터뜨렸다.

"어찌 이 지경이 되도록 아무런 보고도 없었단 말이냐!"

"곧 서라벌에서 지원병들이 도착할 것이옵니다. 우리는 그때까지 버티기만 하면 될 것이옵니다."

부관들이 대안을 내놓았고 품석 역시 그것이 최선이라 여겼다. 백제군은 쉴 틈을 주지 않고 포위망을 좁혀왔다. 밤이 되자 불화살이 날아들었다. 성안 곳곳에 불이 붙었고 불을 끄느라 잠을 자지 못했다. 낮에는 석포로 쏘아대는 돌 때문에 성벽 곳곳이 부서졌고 성안의 집들도 파괴되었다. 밤에는 또

다시 불화살이 날아들었다.

계백이 매복을 한 채 적의 지원병을 기다리는 동안 윤충은 성을 공격해 들어갔다. 생각했던 것보다 대야성은 성벽이 높고 산에 의지한 성이어서 공격이 쉽지 않았다. 윤충은 한 번의 공격으로 쉽게 점령할 수 없는 성이라는 것을 알았다. 군사를 물린 윤충은 불화살과 석포를 날리며 위협만 했다. 그러면서 빈틈을 찾으며 새로운 기회를 엿보았다. 그것만으로도 성안의 군사들과 백성들은 크게 동요하여 공포감에 떨었다. 사십여 개의 성을 파죽지세로 점령한 백제군의 기세에 짓눌린 탓이었다.

서라벌에서 구원병이 도착한 것은 사흘이 지나서였다. 딸과 사위를 구원하기 위해 김춘추가 군사들을 독려한 덕분이었다. 오천의 지원군을 이끄는 장수는 필탄弼呑이었다. 선덕왕의 명을 받고 급히 출전한 필탄은 군사들의 진열을 제대로 갖추지 못한 상태였다. 그 때문에 대야성 이십 리 밖에서 계백이 이끄는 백제군의 기습을 받고 주춤하고 말았다. 급한 마음이 화를 자초한 것이다. 천여 명의 병력을 잃은 필탄은 계백의 백제군을 뚫지 못하고 주저하고 있었다. 계백은 지원군이 도착하지 못하도록 하라는 성충의 명에 따라 매복과 기습으로 신라군을 혼란에 빠뜨려 진군을 더디게 했다. 덕분에 대야성을 공격하는 윤충의 부대가 시간을 두고 대야성을 공략할 수 있었다.

윤충이 여러 날을 두고 대야성의 약점을 이리저리 살피기를 반복했지만 마땅한 계책이 떠오르지 않았다. 그렇게 날이 지나고 열흘째 되는 날, 백제 입장에서 반가운 손님 하나가 윤충을 찾아왔다. 야음을 틈타 대야성을 빠져나온 검일이었다. 윤충을 만난 검일이 본론부터 꺼냈다.

"장군께 대야성을 바치고자 합니다."

대야성을 바치겠다는 말에 속으로 쾌재를 부르면서도 짐짓 미심쩍은 척하며 윤충이 물었다.

"그대는 신라의 백성이 아닌가? 그런데 어찌하여 우리 백제에 대야성을 넘기려 하는가?"

"소장은 대야성의 창고지기 일을 맡고 있사옵니다. 헌데 김품석이라는 자가 성주로 부임하여 와서는 제 아내가 아름답다는 것을 알고 빼앗아 간바, 그 한을 풀 길이 없사옵니다. 이제 백제의 대군이 대야성을 들이치니 이번 기회에 그 복수를 하고자 함입니다."

"안타까운 일이로다. 그런 무도한 자가 성주로 있다니 신라의 왕은 어찌 그리 어리석단 말인가? 그래, 그대는 어떻게 우리 백제군을 도울 작정인가?"

"지금 대야성에는 군량이 일만 오천 석이나 쌓여 있어 석 달 열흘을 버티고도 남을 것입니다. 김품석은 그 넉넉한 군량과 지원병을 믿고 있습니다. 성에서 버티기만 하면 지원군이 곧 도착할 것이라는 계산으로 시간을 보내고 있는 것입니다."

윤충이 놀란 표정으로 검일의 말을 받았다.

"군량이 일만 오천 석이나 쌓였단 말인가? 생각보다 군량 사정이 좋으니 이를 어찌한단 말인가?"

"소인 하찮은 사지라는 벼슬아치이오나 마침 식량 창고를 지키는 일을 하고 있사오니 창고에 불을 지른다면 대야성의 식량은 금세 바닥이 날 것입니다. 굶주림에 지친 병사와 백성들이 항복하지 않고 어찌 견딜 수 있겠습니까?"

"그럴 수만 있다면 대야성은 이미 우리 수중에 들어온 것이나 다름없지 않겠는가. 그대가 그렇게만 해준다면 복수할 기회를 주는 것은 물론이고, 우리 대왕마마께 아뢰어 크게 중용될 수 있도록 하겠네."

"소인 장군의 약조 천금같이 믿고 돌아가겠습니다."

검일이 떠난 후 윤충은 무릎을 치며 기뻐했다. 손도 대지 않고 코를 풀 수 있는 절호의 기회가 아닌가. 작정을 한 검일은 시간을 끌지 않았다. 그날 새벽 대야성의 창고 여러 곳에서 동시에 불길이 피어오르기 시작했다. 불길이 어찌나 크고 사납던지 성 밖에서도 그 모양을 훤히 볼 수 있었다. 신라군이 불길을 잡느라 이리저리 뛰며 난리 떠는 모습을 보며 윤충은 궁수들에게 불화살을 쏘게 했다. 불난 집에 부채질이었다. 윤충의 웃음소리가 대야성 밖에서 울려 퍼지고 있었다.

풍전등화, 이것이 대야성의 운명이었다.

〈2권에서 계속〉

• 고구려

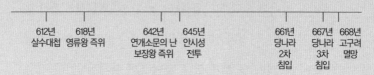

612년	618년	642년	645년	661년	667년	668년
살수대첩	영류왕 즉위	연개소문의 난 보장왕 즉위	안시성 전투	당나라 2차 침입	당나라 3차 침입	고구려 멸망

• 백제

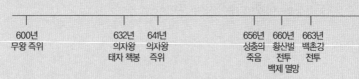

600년	632년	641년	656년	660년	663년
무왕 즉위	의자왕 태자 책봉	의자왕 즉위	성충의 죽음	황산벌 전투 백제 멸망	백촌강 전투

• 신라

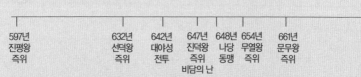

597년	632년	642년	647년	648년	654년	661년
진평왕 즉위	선덕왕 즉위	대야성 전투	진덕왕 즉위 비담의 난	나당 동맹	무열왕 즉위	문무왕 즉위

• 중국

618년	626년	649년
당나라 건국	당 태종 즉위	당 고종 즉위